落ちこぼれ子竜の縁談
閣下に溺愛されるのは想定外ですが!?

くるひなた

Hinata Kuru Presents

fairy kiss

この作品はフィクションです。
実際の人物・団体・事件などに一切関係ありません。

落ちこぼれ子竜の縁談
閣下に溺愛されるのは想定外ですが!?

第一章　溢《あふ》れ者同士の縁談

闇の中に、ぽつりと一つ小さな光が見え始める。

馬の蹄《ひづめ》が堅い地面を蹴るカッカッという音が、トンネルの岩の壁に大きく反響する中、私は馬車の中で一人じっと息を潜めていた。

ともすれば震え出しそうになるのを必死に堪《こら》えるために、自分の身体《からだ》を両腕で抱き締める。ストロベリーブロンドの髪が枝垂《しだ》れ落ちてきて、気休め程度に視界を塞いだ。

やがて、闇が終わる。ついにトンネルの出口に到達したのだ。

こちらの気持ちになんて一切構わず、私を乗せた馬車が意気揚々と光の世界へ飛び出そうとした、その瞬間。

来た道を未練がましく振り返った私の青緑色の目に映ったのは、無情にも、ただ一縷《いちる》の希望さえ拒絶するような圧倒的な闇だけだった。

「もうすぐ着くよ、パティ。疲れたかい？」

「……いいえ、叔父さん。平気」

トンネルを抜けてすぐに声を掛けてきたのは、恰幅《かっぷく》のいい身体を御者台に押し込めて手綱《たづな》を握る壮年の男だった。

パティというのは、私――パトリシア・メテオリットの愛称である。そして、現在進行形で御者を務め、私をここまで連れてきたのは父方の叔父だった。

山を一つぶち抜いて造られたトンネルの先に広がっていたのは、周囲をぐるりと高い山脈に囲まれた盆地。ここ――シャルベリ辺境伯領も、私が生まれ育った大国アレニウス王国の一部である。

ただし、国王の目が届きにくい地域のため、代々統治を担《にな》う領主の一族シャルベリ家には〝辺境伯〟の称号が与えられ、何百年もの間、自治が認められてきたらしい。

アレニウス王国では新国王の即位が一月《ひとつき》後に迫り、早くもそれを祝う飾り付けが国中で始まっている。シャルベリ辺境伯領も例外ではなく、人々の表情にはどこか祭を前にした時のような高揚感が見えた。

シャルベリ辺境伯領の真ん中には大きな貯水湖があった。その中央の浮島に作られた小さな神殿には竜神が祀《まつ》られているという。

海からの湿った空気は高い山脈を登っていく過程で冷やされ雲を作り、山脈を越える前に雨を降らせてしまう。その結果雨雲がやってこず、シャルベリ辺境伯領はかつて深刻な水不足に苦しめられていた。

そのため貯水湖が干上がると、神殿に生け贄《にえ》を捧げて竜神を呼び寄せ、雨乞いをしたらしい。

そんな伝説を思い出しながら、私は馬車の窓から件《くだん》の神殿に視線をやった。

少しだけ立派な東屋《あずまや》といった程度の簡素な神殿の周りには、黒い軍服の集団――シャルベリ辺境伯軍の軍人らしき人々がたむろし、何やら上の方を指差して議論を交わしている様子。

彼らの指差す先によくよく目を凝らしてみれば、神殿の屋根の一角が崩れているのが見て取れた。

どうやら、軍人達はその修繕の相談をしているようだ。そう合点がいった私だが、ふと、神殿の中に納められた石像と目が合った気がして震え上がる。

蛇みたいに長い身体を生け贄らしき女性の像に絡ませた、竜神を象《かたど》った石像である。

ずっと昔、それこそ数百年も前に作られ大切に祀られてきたもので、歴史的価値も文化的価値もある代物だ。

けれども、とある問題を抱えた私にとってそれは、ただただ恐怖の対象でしかなかった。

私は視線を引き剝《は》がすように慌てて両目を閉じる。

それでも、竜神の石像の鋭い眼差しが脳裏に焼き付いてしまっていて、心臓はドキドキと煩《うるさ》いままだった。

幸いなことに、現在ではシャルベリ辺境伯領の水不足の問題は解決している。

山脈にトンネルを掘り、北側から水を引いて南側を経由して海に流すことで、貯水湖の水量を一定に保てるようになったのだ。

私を乗せた馬車が今まさに通ってきたのも、元はと言えば人工河川を通すために掘られたトンネルだった。

町中には、貯水湖を丸く囲むようにして、石畳を敷いた広い大通りが整備されている。

この大通りを東の方角へと進んでいくと小高い丘があり、そこで一際大きな存在感を放つのがシャルベリ辺境伯邸。私にとっては、生まれ育った王都を汽車で出発し、馬車に乗り換えて丸一日かかった旅の終着地だ。

いよいよ間近に迫ってきたシャルベリ辺境伯邸に、私はぐっと下唇を噛んで身を固くする。

そんな私を見て、緊張し過ぎだよ、と叔父が笑った。

「それにしても、小《ちい》ちゃいパティがもうお嫁に行くような年になったんだと思うと、感慨深いねぇ」

「小ちゃいって言わないでよ、叔父さん。私が気にしているの、知ってるでしょ？」

「いやはや、君の縁談を取り持つ日がくるなんて……そりゃあ、叔父さんも年を取るはずだよ」

「縁談なんて……」

若い頃に世界中を漫遊していたらしい叔父は、やたらと人脈が広くてあちこちに顔が利く。そのため、アレニウス王国だけに留《とど》まらず、世界中の国々で上流階級の縁談を取り持つ仲人《なこうど》を務めていた。

婿養子としてメテオリット家に入った私の父とは双子の兄弟のはずだが、見た目も性格も全然似ていない。

アレニウス王家の末席に連なるメテオリット家は女系で、代々女が家督を継いできた。現に、前の当主は母だったし、今の当主の座には二人の兄達を差し置いて三番目の子供である姉が就いている。

私の五つ年上の姉マチルダ・メテオリットは、身内の贔屓目《ひいきめ》を差し引いてもたいそう美しく立派な人だ。

アレニウス王国軍参謀長を務める第三王子リアム殿下とは元々幼馴染《おさななじみ》の関係だったが、昨年家督を継ぐとともに夫婦になった。現在では彼の右腕として軍に所属し、即位を控えた王太子殿下からの信頼も厚いという。

今回私は、そんな姉が相手を決め、叔父が取り持ってくれた縁談に臨むために、こうしてシャルベリ辺境伯領にやってきたのである。

しかしながらこの状況、私にとってはまったくもって本意ではない。

それを知っている叔父は、苦笑いを浮かべつつも諭《さと》すように言った。

「メテオリット家自慢の秘蔵っ子が、そんなしけた顔をするもんじゃない。ご夫君《ふくん》に会うまでには、ちゃんと引っ込めるんだよ？」

「これから会う人が私の夫になるって——結婚するって、まだ決まったわけじゃ……」

「おやおや、舐めてもらっちゃ困るね、パティ。叔父さんはね、まとまらない話は扱わないんだよ」

「でも私、ここで……シャルベリ辺境伯領でやっていける自信なんてないもの……」

一族の末っ子として兄姉や大人達から猫可愛《かわい》がりされてきたせいで、少々甘ったれな自覚はある。

十七年過ごした家からも王都からも道中ずっと離れ難《がた》かったし、見知らぬ土地で見知らぬ人々とはたして上手《うま》くやっていけるのか……正直言って不安しかない。

それなのに姉からは、今日から新国王の即位式まで——つまり一月《ひとつき》もの間、シャルベリ辺境伯邸に滞在して縁談相手と親睦を深めるよう申し渡されていた。

そんな私にとって最大の鬼門は、このシャルベリ辺境伯領を牛耳っている、とある存在。

さっき目が合ったような気がする竜神の石像の姿を思い出しただけで、ぶるぶると身体が震え出す。

それに、これから碌《ろく》に人となりも知らない男性と人生を懸けて対峙するのかと思うと、鬱々《うつうつ》としたため息が零れ出してしまう。

そんな私を見て、御者台の叔父は苦笑いを浮かべた。

「もしかして、自分自身のことを知られるのを恐れているのかな？」

「だって……もしも結婚したなら、相手の方に秘密にしておくことなんて絶対に無理だもの……」

「確かに、打ち明けないわけにもいかないねぇ。ただ、シャルベリ家の方々になら、パティの事情を受け入れてもらうのも難しくないと思っているよ。何たってここは、竜神を祀る地だからね！」

「それは、メテオリット家全体の事情についてだけでしょう？　お姉ちゃんみたいに立派ならともかく、私なんて……」

多忙な姉に慌ただしく送り出されたので、実はこれから会う縁談相手のことはさほど詳しくは知らないのだ。

仲人の叔父にも、会ってからのお楽しみ、とかなんとか言われてはぐらかされてしまった。

ただ、自分自身のことを客観的に考えてみる限り、私みたいな存在を身内以外で受け入れてくれる人がいるなんてどうしても思えなかった。

「そうやって自分を卑下するのは感心しないねぇ、パティ」

「だって……」

やれやれと肩を竦《すく》める叔父の言葉に、私はこの日のために姉が新調してくれた華やかなワンピースに皺《しわ》が寄るのも構わず、自分の膝をぐっと握り締める。

そうこうしているうちに、ついに馬車はシャルベリ辺境伯邸の表門へと辿り着いてしまった。

＊＊＊＊＊

「ようこそ、シャルベリ辺境伯領へ」

シャルベリ辺境伯邸の応接室に通された私と叔父の前に、カツカツと軍靴《ぐんか》を鳴らして現れたのは、黒い軍服に身を包んだ背の高い男だった。

豪華な飾緒《かざりお》は上級軍人の証《あかし》だ。腰に提げたサーベルが、身体の動きに合わせてカシャンと音を立てた。

シャルロ・シャルベリ――現シャルベリ辺境伯の三十歳になる嫡男で、年内に家督を継ぐことが決定している。

現在、辺境伯軍の軍司令官を務め、部下からも領民からもたいそう慕われているという、黒い髪の美丈夫だ。

彼の空色の瞳にちらりと一瞥《いちべつ》されて、とたんに緊張が増す。

その理知的な眼差しに、自分の秘密を見透かされてしまうのではないかと冷や冷やした。

ただ、握手のために差し出された彼の手は、私よりも一回りも二回りも大きく、そして温かかった。

「いやはや、閣下。ご立派になられましたなぁ。最後にお会いしましたのは……確か、姉上様のご成婚の際でしたか？」

「ええ、その節は大変お世話になりました。卿《けい》に良い嫁ぎ先を紹介していただいたおかげで、姉も幸せにやっているようです」

叔父は彼を、軍司令官という立場に敬意を表して〝閣下〟と呼んでいるため、私もそれに合わせることにした。

もしかしたら、これから家族になるかもしれない閣下を、私は不躾《ぶしつけ》にならない程度に観察する。

まず、軍司令官という厳《いか》つい肩書きにしては優しげな顔付きをしていると思った。物腰が柔らかく、人当たりの良い印象を受ける。

けれども私の秘密を知ってしまったら、この人はいったいどんな顔をするのだろう。驚いて、それから眉を寄せるのだろうか。

ついついよくない方向にばかり考えを巡らせてビクビクしつつ、それを顔に出さないよう努める。

向かいのソファには、閣下が笑みを浮かべて座っていた。

叔父もまた私の隣でにこにことしている。

面会は恙無《つつがな》く和やかに始まった——かのように思われたが、何故だか私にはどちらの笑顔もひどく白々しく見えて仕方がなかった。

この違和感の原因は、すぐに判明することになる。

「しかしながら、さすがの卿も今回ばかりは見込み違いをなさったようですね。華やかな王都で生まれ育ったご令嬢には、このような僻地に足を運ぶことさえ、さぞ不本意でいらしたことでしょう」

にこやかな表情とは裏腹に、閣下の口から放たれた言葉の端々には棘《とげ》があった。どうやら彼は、私がこの度の縁談に乗り気でないことに気付いているらしい。

心を見透かされてしまった気まずさと同時に、そもそも自分が閣下に歓迎されていないのを感じて言葉を失った。

そんな私の隣で、叔父が身を乗り出す。

「いえいえ、とんでもない。だってここは、アレニウス王国内で唯一国王陛下から自治を認められた特別な土地ですよ？　私兵団を持つことを許され、国王陛下のおぼえもめでたいシャルベリ辺境伯家に嫁ぐことを誇りに思わぬ娘などおりますまい」

「はは、お世辞は結構ですよ、卿。目の肥えた中央の方々にとって、王都から遠く離れて不便なばかりのこの地は何の面白みもございませんでしょう」

「おやまあ、ご謙遜を。閣下のご評判だって、遠く王都まで響いておりますのに。閣下はいまや王都の若い娘達の憧れの的――僕もあなた様にならば、可愛い姪っ子を安心して差し上げられます」

「いや、それこそお世辞が過ぎます――って……え？　姪っ子!?」

閣下はここで「ん？」という顔をする。

私も心の中で「は？」と叫んで叔父を見た。

「お待ちください、卿。私の縁談のお相手は確か、マルベリー侯爵家の令嬢でしたよね？　卿の姪《めい》御《ご》とは、初耳なんですが⁉」

「ま、待って、叔父さん！　今回私は閣下ではなく、閣下の弟君《おとうとぎみ》――ロイ様との縁談のためにシャルベリに来たのよね⁉」

「わあ、息ぴったり！　よかった！　二人とも気が合いそうだね‼」

閣下と私の声がかぶる。それに、叔父はパチパチと両手を打ち鳴らしてはしゃいでから、悪怯《わるび》れもせずに事の次第を語り始めた。

そもそも叔父は、まず閣下とマルベリー侯爵令嬢との縁談話を進めていたらしい。

マルベリー侯爵家は、優れた文官を数多く輩出している名家である。

ようやく話がまとまり、叔父がシャルベリ辺境伯家に縁談の日取りを通知した矢先のこと。

肝心のマルベリー侯爵令嬢が「辺境伯領なんて僻地に嫁ぐのは嫌！」と暴れた上、懇意にしていた使用人の一人と駆け落ちしてしまった。

この時、並行して姉からの依頼で私と閣下の弟君――ロイ・シャルベリの縁談もまとめようとしていたのだが、ここでも問題が発覚する。なんと、ロイ様はすでにシャルベリ辺境伯家を出ており、現在は恋人と一つ屋根の下で商いをしながら夫婦同然の生活を送っているというのだ。

縁談が二つも御破算になりそうになって焦った叔父は、とんでもないことを思い付く。

「閣下とパティ――溢《あぶ》れ者同士で縁談を組み直しちゃえば、万事解決じゃあないですかっ‼」

ポンと手を打って、これぞ名案とばかりに言い放たれた叔父の言葉に、溢れ者呼ばわりされた私と閣下は、ただただ唖然とするばかりだった。

「──っ、ぶっ！　ふふっ……あはは！　ははははっ！」

突然、応接室の扉の前に控えていた若い軍人が腹を抱えて笑い始めた。

それを、閣下が苦い顔をして窘《たしな》める。

「……モリス、笑い過ぎだ。私はともかく、こちらの姫御に失礼だぞ」

「も、申し訳ありません、閣下。だってっ、溢れ者って……ぶふっ！」

モリスと呼ばれた若い軍人は、閣下の直属の部下だという。シャルベリ辺境伯領の名門トロイア家の次男で、若いながらも少佐の位を賜《たまわ》っているという。

そんなモリス少佐は、上官である閣下に窘められてもしばらくヒーヒー笑っていた。

さすがの私も少々ムッとして彼を睨もうとしたが、その足もとに鎮座している黒い物体に気付いて、ぴきりと固まる。

そんな私を他所《よそ》に、閣下と叔父の会話は続いていた。

「卿、お言葉ですが、何の相談もなしに縁談の相手を変更されては困ります」

「おやおや？　閣下はそもそも、結婚相手としてマルベリー侯爵令嬢にこだわっていらっしゃらなかったようにお見受けしましたが？」

「それは……まあ、そうですが……」

「いよいよ辺境伯の位を継ぐことが決まり、いつまでも独身ではいられないと腹を括《くく》って縁談を受け入れようとなさったんじゃありませんか？　僭越《せんえつ》ながらこのパトリシア、身内贔屓を差し引いたとて、マルベリー侯爵令嬢と比べても遜色ないと断言させていただきますよ」

ここから叔父による、怒濤《どとう》の私の売り込みが始まった。

「メテオリット家は爵位こそ持たないものの、王家の末席に連なる由緒正しき一族でございます。とはいえ、その生活は質素倹約。庶民生活にも精通し、婚家を食い潰す心配もございません」

「は、はあ……」

「特に、このパトリシア！　何を隠そう、メテオリット家の秘蔵っ子でございます！　花嫁修業も一通り済ませ、どこに出しても恥ずかしくない——それこそ、王子殿下の花嫁こそがふさわしいと思うくらい、自慢の姪なんです‼　そんなパトリシアが、今なら閣下の花嫁になるかもしれないんですよ⁉」

「そ、それはまあ、たいそう光栄に存じますが……」

私を叩き売りするみたいな勢いで迫る叔父に、閣下はたじたじとなる。

勝機を得たと判断したのか、叔父は容赦なく畳み掛けた。

「とにかく、閣下には絶対に損をさせないと約束しますから！　しばらくこの子を側《そば》に置いて、見極めてごらんなさいって‼　ねっ⁉」

「……卿が、そこまでおっしゃるのでしたら」

結局、弁が立つ叔父が押し切って閣下に頷かせてしまう。

これにより私のシャルベリ辺境伯邸滞在が、私自身の意思を完全に無視して決定してしまったのだ。

「じゃあね、パティ。叔父さんはこれから別件で海を渡ってくるからね。じっくりシャルベリ辺境伯領を見せていただきなさい」

「え？　お、叔父さん、待って……」

もちろん、私は叔父の言葉にこれっぽっちも納得なんてしていなかった。最初の縁談が破談になったのなら一刻も早く王都に帰りたかったのだ。

「縁談相手が代わるなんて、絶対お姉ちゃんに言ってないでしょ!?　とにかく、一度王都に戻って……」

「ん？　んんー？　パティ、何だって？」

「トンネルの向こうまで一緒に馬車に乗せて行ってよ！　そしたら、一人で汽車に乗って帰れるからっ!!」

「うーん、叔父さん最近耳が遠くなってきてねぇ。もっと大きい声で言ってもらわないと聞こえないなー」

閣下の手前、声を潜めて訴える私に、叔父はとぼけるばかりで取り合おうとしない。

いい加減頭にきた私は、閣下の心証が悪くなるのを覚悟で叔父に摑み掛かろうかと思ったが……

「あ、わんこ。可愛いなぁ。ほらパティ、見てごらん。あの賢そうなわんこが君と遊びたがっていそうだよ」

「ひぇっ……」

叔父の言う通り、少佐の足もとにある黒い物体――真っ黒い長毛種の大型犬が、黒々とした瞳でじっと自分を見つめているのに気付いた私は、たちまち震え上がる。

物心ついた頃から、とてつもなく犬が苦手だった。私自身はよく覚えていないのだが、それ以前に犬にひどく噛まれて大怪我を負ったことがあるらしい。

記憶はないのに恐怖だけはしっかり身に染み付いてしまっていて、犬の存在が、その視線が恐ろしくてならなかった。

そんな私に、叔父はにっこりと微笑《ほほえ》んだものの、その所業はさながら我が子を千尋《せんじん》の谷に突き落とす獅子のよう。

「いつまでも、強い姉さんの翼の下に隠れていちゃいけないよ。パティだって、ちゃんと一人で飛べるんだってことを証明してごらん」

叔父は一方的にそう告げると、じゃあねっ、と片手を上げて颯爽《さっそう》と出て行ってしまった。

時刻は午後四時を回ったところ。

叔父が馬車ごと去ってしまい、今から別の馬車を手配してシャルベリ辺境伯領を出ても、王都に向かう汽車の最終便には間に合いそうにない。

叔父の背中を見送って、閣下は大きく一つため息を吐《つ》いた。見るからに、面倒を押し付けられて困ったという態度だ。

「想定外の事態にさぞ驚いたことだろう。ここは、王都と違って何もないところだが……まあ、ゆっくりしていきなさい」

「す、すみません……お世話に、なります……」

ひとまず客人としてシャルベリ辺境伯邸に滞在させてもらうことになったものの、私はひどく居たたまれない気分だった。

何しろ、閣下との関係は初対面で躓《つまず》いてしまったのだ。

私のことを、シャルベリ辺境伯領を僻地と蔑《さげす》んだマルベリー侯爵令嬢と勘違いしていたせいとはいえ、白々しい態度と棘を含んだ言葉から醸し出された〝招かれざる客〟扱いにはおおいに傷付いた。

閣下の部下だという少佐もいまだにニヤニヤしていて感じが悪い。

いつの間にか閣下の側に寄っていたあの黒い犬の存在なんて、一刻も早く視界から消してしまいたい――そう思った時だった。

「……モリス、客人がいる時は、私に動物を近づけるなと言っただろう」

苦々しい顔をした閣下が、戯《じゃ》れつこうとした黒い犬を軽く手を振って遠ざけるのを見てしまった。

「あーはいはい、すみません。閣下も難儀な性分ですねぇ」

肩を竦めた少佐が、慣れた様子で黒い犬を閣下の側から引き離す。

それを不機嫌そうに眺めている閣下の横顔を見て、私は衝撃を受けた。

(閣下は……この人は、動物が嫌いなんだろうか……)

私には秘密がある。

夫となる人にはどうあっても打ち明けなければならない秘密だが、もしも本当に閣下が動物嫌いだとしたら、私と相容《あいい》れることはきっと不可能だろう。

それに、軍用犬として人間の都合で犬を便役しておきながら、動物嫌いだから近づくなとは随分な話だ。優しげなのは見た目だけで、閣下は本当はひどく冷たい人間なのかもしれない。

（そんな人と結婚なんてできない……きっと一生愛されっこないもの……）

縁談相手の兄だと思って出会ったのに、いきなり新たな縁談相手に成り代わったシャルロ・シャルベリ。

彼に対する私の第一印象は、はっきり言って最悪だった。

＊＊＊＊＊＊

「やっぱり、ここに一月《ひとつき》も居るのは無理っ！　叔父さんが戻ってくるのなんて待っていないで、一人で王都に戻ろう‼」

宛てがわれた客室——シャルベリ辺境伯邸二階東向きの角部屋で、私は早々に王都に戻る決意を固めていた。

シャルベリ辺境伯の引き継ぎ業務に加え、軍司令官としても多忙らしい閣下とは、この日は夕食を共にすることもなかった。

叔父の売り込みを鵜呑《うの》みにして私との縁談を進めようという気は、閣下もさらさらなさそうだ。名の知れた仲人である叔父が連れてきた私をとんぼ返りさせるのは、体裁が悪いと考えて滞在を許しただけだろう。

シャルベリ辺境伯領で語り継がれる竜神の存在が恐ろしくて仕方がなかった身としては、閣下が私との縁談に乗り気でなくてむしろよかったかもしれない。

しかも、少佐の犬を拒絶する場面を目の当たりにし、もしかしたらと思っていた閣下の動物嫌い疑惑は、ここに来て確信に変わっていた。

シャルベリ辺境伯邸で働くメイド達の、こんな会話を耳にしたせいである。

『そういえば、また厩《うまや》の中で猫が子供を産んだんですって。今度も真っ白い子猫らしいわよ』

『しっ！　小さい動物が邸内にいるなんて、シャルロ様に聞かれでもしたらどうするのっ！』

『た、大変……あの方にばれないうちに、子猫達の貰い手を探さないとっ‼』

小さい動物が邸内にいると閣下に知れたら、いったい何が起こるというのだろうか。

まさか処分されてしまう……？

私はブルブルと震える我が身を抱き締める。

万が一、閣下に秘密を知られでもしたら、私は愛されないばかりか命まで危ういかもしれないのだ。何も起こらない内に、早急にシャルベリ辺境伯領を脱出するに限る。

王都から持ってきた荷物も解かず、私は明日の汽車の出発時刻に思いを馳せていた。

そんな時である。コンコン、と扉を叩く音が響いた。

時刻は間もなく午後九時になる。すでに就寝の用意を済ませてベッドに入ろうとしていた私は、応対に出るのが億劫《おっくう》で寝たふりをしようとした。

だって、今日シャルベリ辺境伯領を訪れたばかりの私に、パジャマパーティをするほど親しい相手がいるはずもない。夕食も共にしなかった閣下が、よもや一緒にワインを飲もうと誘いに来ることもないだろう。

私の憂鬱な気分を助長するかのように、外は雨。さっきからゴロゴロと雷までも鳴り始めている。

ノックの主には申し訳ないが、今宵はこのまま不貞寝《ふてね》することを許してもらいたい。

そんなことを考えながら、ベッドに潜り込んで上掛けを被ろうとしたが……

「――パティ？　あらあら、もう眠ってしまったのかしら？」

扉の向こうから聞こえてきたのは、女性の優しい声だった。

家族と同じように、私を「パティ」と親しげに呼ぶその声には聞き覚えがある。

結局私は貝になり切れずに扉を開くこととなった。

「ああ、パティ！　よかったわ。まだ起きていたのね」

「こんな時間にすまないね」

「こんばんは――旦那様、奥様」

扉の向こうにいたのは、私の両親と同じくらいの年齢の男女だった。

優しそうな面立ちの女性に対し、男性の方は厳《いか》めしい感じがする。

このまったく正反対な印象の二人はご夫婦で、何を隠そう現シャルベリ辺境伯とその夫人――つまり、閣下のご両親である。

叔父に置いて行かれ、閣下も早々に仕事に戻ってしまった後、一人途方に暮れていた私を丁寧にもてなしてくれたのはこの二人だった。私みたいな若い娘の客は珍しい、と旦那様と奥様はとても歓迎してくれたのだ。

彼らには嫁いで久しいお嬢様が三人もいるそうで、何だか懐かしくなってしまったのだとか。

奥様は二十年ほど前に事故に遭《あ》い足を悪くしたらしく、車椅子の生活を強《し》いられているが、笑顔を絶やさないお日様みたいな女性だ。

旦那様は寡黙で一見すると厳しそうな人だが、にこにこしている奥様を見つめる眼差しは柔らかい。仲良く寄り添う二人を見ていると、私の心の憂鬱も少しだけ晴れるような気がした。

「おやすみのキスがまだだったでしょう、パティ。シャルベリにいる間は、私にあなたのお母様の代わりをさせてちょうだいね」

そう言って、優しく手を握ってくれる奥様の厚意を無下になんてできるはずもない。

私は少しだけ照れくさい気分になりながらも、おやすみのキスをちょうだいするために、車椅子の奥様に合わせて膝を折ろうとした――その時だった。

ピカッと、辺りに凄まじい閃光が走った。

「きゃっ……!?」

咄嗟《とっさ》に悲鳴を上げたのは、私だったかもしれないし奥様だったかもしれない。

とにかく、廊下の窓から飛び込んできた強い光に驚き、胸の奥で一瞬心臓が跳ね上がる。

しかし、それだけでは終わらなかった。

バリバリバリと空気を引き裂くような耳触りな音に続き、ドーンと凄まじい霹靂《へきれき》によって屋敷が揺れる。

「ひぇっ……‼」

その瞬間、最初の稲光ですっかり竦み上がっていた私の心臓は恐慌をきたし、胸の中でひっくり返りそうなくらいに暴れ始めた。

ドクッ！　ドクッ！　ドクッ！　と鼓動が異常なほど激しくなる。

強烈な勢いで心臓から吐き出された血液が、凄まじい早さで血管の中を駆け巡った。

全身に張り巡らされたありとあらゆる毛細血管の先端にまで、古来より受け継いだメテオリット家の血が行き届く。それを、私はこの時ありありと感じていた。

「だ、だめっ……待ってっ‼」

咄嗟に叫んだその言葉は、はたしてちゃんと音になっていただろうか。

みるみる変わっていく視界に、成す術《すべ》もない私は愕然とする。

一方、私と同じくいきなりの大音量に驚いた旦那様と奥様は、互いに胸を押さえてため息を吐《つ》いた。

「やれやれ、すごい雷だったな。あの様子では、うちの庭の木にでも落ちたやもしれん」

「まああ、大変！　火事になってしまわないかしら？」

「雨が降っているから問題ないだろう。シャルロもまだ軍の施設にいるようだから、任せておけばよい」

「ふふ、そうですね。あの子がいるから安心ね」

茫然とする私の頭上では、旦那様と奥様が顔を見合わせてそんな会話を交わしている。

ところがふと、私の方に視線を戻した瞬間、二人の目がみるみるうちにまん丸になった。

「あっ、あらっ⁉　あらあらあら！　まあまあまあまあ‼」

「な、何と……これはいったい……」

旦那様と奥様は、さっきの落雷以上にびっくりした表情になって、私を見下ろしていた。

しかし、それも無理はない。

だって今、彼らの目の前には、さっきまでの私とおよそ似ても似つかぬ存在がぺちゃんと尻餅をついていたのだから。

お尻の下には、今の今まで身に着けていた寝衣が広がっていた。

剝き出しになった私の身体は、肌色に朱色を混ぜ込んだみたいなピンク色をしている。

申し訳程度の鉤爪《かぎづめ》が付いた五本の指は、赤子のそれのようにふくふくとして小さかった。

「ぴぃ……」

ああ、とため息を吐いたつもりが、口から出たのは何とも弱々しく情けない鳴き声だけだ。

頭でっかちのちんちくりん。手足が短くお腹《なか》はぽっこりと丸い。

立派な姉とは比べものにならないほどお粗末な姿に、我ながら情けなくなった。

思わず天を仰げば、絶句する旦那様と奥様の顔が見え、私はますます絶望的な気持ちになる。

穴があったら入りたいとは、まさにこのことだと思った。

「パ、パトリシア……君は、パトリシアなのか？」

私の前にしゃがみ込んだ旦那様が、ゴクリと唾を吞み込んでから震える声で呟く。

「メテオリット家に竜の血が受け継がれているというのは……ただの迷信ではなかったのか……」

「ぴっ⁉」

私は、ただでさえ大きくなった両目をさらに大きく見開く。瞳の色に変化はないが、瞳孔だけはヘビみたいな縦長になっていた。

旦那様の言う通りだ。

私が生まれたメテオリット家は、アレニウス王家の末席に連なると同時に、太古の竜の血を引く一族である。

私はそんな一族の中で時々生まれる先祖返りの一人――ただし、何の役にも立たない、落ちこぼれの子竜だった。

「ぴっ！　ぴいっ、みい……‼」

旦那様の視線から逃れるように、慌てて床に広がる寝衣の下に潜り込もうとする。

けれども、旦那様の手が私の両脇を摑む方が早かった。

「旦那様、だめよっ！　小さい子なんだから、優しくしてあげないとっ‼」

ジタバタと短い手足をばたつかせる私を見兼ねた奥様が、旦那様の背中をベシベシと叩く。

その拍子に緩んだ手から、私は身を捩《よじ》って逃げ出した。ところが……

「ぴゃっ！」

床に着地した瞬間、その場から走って逃げ出そうとした私だったが、脱げた寝衣に足を取られてひっくり返る。慌てて起き上がろうとすればするほど寝衣が絡まって、最終的には身動きが取れなくなってしまった。

「ぴい……」

いよいよどうにもならなくなり、情けない声を上げる。そんな私を助けてくれたのは、結局旦那様だった。

旦那様は絡まった寝衣を丁寧に解くと、私を奥様の膝の上にポンと置いた。

そして、彼女を乗せた車椅子を押して私が与えられた客室に入り、扉にしっかりと鍵を掛けた。

＊＊＊＊＊

ずっとずっと昔、アレニウス王国がまだできて間もない頃のことである。

初代国王の幼い末王子が、権力争いに敗れて失脚した人物によって攫《さら》われ、南の国境付近に広がる森の奥の洞窟に投げ込まれるという事件が起きた。

その洞窟には恐ろしい竜が棲《す》んでいると言われていたのだ。

末王子を攫った者は、彼を生け贄にして竜を仲間に引き入れ、自分がアレニウス王国を支配しようと企んだらしい。

「ところが、肝心の竜は王子を生け贄としては受け取らなかった。それどころか彼を保護し、ちょうど卵から孵《かえ》ったばかりだった自分の娘と一緒に大切に育てた——だったかな？」

「あらっ！　竜も、お母さんだったのね！」

旦那様と奥様の言葉に、私はこくりと頷く。

「竜に保護された初代アレニウス国王の末王子はやがて立派な青年に成長し、兄妹のように一緒に育った竜の娘と番《つが》った。以来、竜の血が王国の守護を担っている――確か、そんな言い伝えを聞いたことがある」

旦那様が語るのは、アレニウス王国に伝わる故事である。

善良な竜の加護を上乗せすることで、人々に王家をより神聖視させるのがそもそもの狙いだったのだろう。歴代の国王達が竜を従えているような絵画も多く描かれ、アレニウス王家の権威を象徴するのに一役も二役も買っている。

しかも、この異類婚姻譚《いるいこんいんたん》――何を隠そう、実話である。

末王子と竜の娘は確かに結ばれ、彼らの間に生まれた子供を初代アレニウス国王が正式に王族の一員として認知した。これが、メテオリット家の始まりである。

そして、突然の落雷をきっかけに子竜の姿になってしまった私は、そんなメテオリット家に時折生まれる先祖返りの一人だった。

竜の血は女にのみ遺伝するため、先祖返りの特質を持って生まれるのも必然的に女である。

これこそが、メテオリット家の当主が女であらねばならない理由であり、先代の当主である母も、そして現当主を務める姉マチルダも、竜の姿に身を転じる能力を持った先祖返りであった。

ただし……

「絵画に描かれていた竜と比べると、パトリシア嬢は随分……その、小さいんだな？」

旦那様がそう遠慮がちに零した言葉に、私はぐっと奥歯を噛み締める。人間の時よりも尖った犬歯が歯茎に刺さってわずかに痛んだ。

メテオリット家の始祖も、母や姉を含めた歴代の先祖返り達も、それはそれは美しい竜だった。

体長こそ人間よりいくらか大きいくらいだが、背中には立派な翼を持ち、鳥よりも高く速く空を飛ぶ。

すらりとしてしなやかな肢体は女性的で、全身を覆うのは爬《は》虫類《ちゅうるい》風《ふう》の鱗《うろこ》ではなく、手触りの良いビロードみたいな肌だ。

手足の先に付いた鉤爪は鋭く、仇《あだ》なす相手を容赦なく引き裂く強さと残酷さも持ち合わせていた。

そんな彼女達に比べて私ときたら、長い尻尾はあるものの、体長はせいぜい小型犬くらい。

身体の色は人間の時の髪の色が反映されたピンク色で、竜らしい威厳は皆無である。

手足は短く、お腹なんかぽってりとしていて完全に幼児体型だ。

せっかくの鉤爪も小さ過ぎて、きっと戦うには力不足だろう。何なら、猫の爪の方がよっぽど戦闘力が高そうだっ。極めつけは……

「パトリシア嬢には、翼が無いのだな」

シャルベリ辺境伯として王宮に出向く機会も多いのだろう。歴代の国王と竜達の絵画を見たことがあるらしい旦那様が、ふとそう呟く。

とたんにとてつもない胸の痛みを覚えた私は、小さな竜の手でぐっと胸を押さえた。

旦那様の言う通り、私の背中には翼がなかった。

他の竜のように飛べないため四足歩行で移動するのだが、そもそも手足が短いせいであまり速く走ることもできない。つまり私は、竜として、どうしようもない落ちこぼれなのだ。

その事実を今、改めて目の前に突き付けられたように感じ、私の視界はみるみるうちに滲んでいく。

丸い眼球に張っていた水の膜は雫となって、ピンク色の膝の上にポタポタと滴《したた》った。

「あらまあ、旦那様ったらパティを泣かせて。いけない人ねぇ」

「あ、いや……私は、そんなつもりでは……」

私を膝に抱いていた奥様に「めっ」と叱りつけられて、旦那様がおろおろし始めた。

彼を困らせたかったわけではない私は、必死に涙を止めようとするが上手くいかない。

子竜の姿だと外見の幼さに精神が引っ張られるみたいで、どうにも感情の起伏が制御できなくなってしまうのだ。そんな自分の不甲斐無さに余計に涙腺が緩む、という悪循環。

竜の声帯や舌は人語を発するのに向いていないため、会話だって不可能だ。喉から出るのは、ぴいぴいといった甘ったれた鳴き声ばかりで嫌になる。

居たたまれなくなった私は両手で目元を覆い、奥様の膝の上でぎゅっと小さく縮こまった。

そんな私を、パティ、と旦那様が奥様みたいに愛称で呼ぶ。

「言葉が足りん、と私はいつも妻に叱られてな……小さいというのも、翼がないというのも、パティを貶《おとし》めるつもりで言ったわけじゃないんだ。私の言葉で傷付けてしまったのなら謝る。すまなかったな」

旦那様の大きな手が、私を奥様の膝から掬《すく》い上げた。

自治権と並んでアレニウス王国で唯一私兵団を構えることが許されているシャルベリ辺境伯は、代々軍司令官も兼任する軍人である。

自分を持ち上げた旦那様の武骨な手を見て、あの方の手も随分大きかったな、と私はふいに昼間握手を交わした閣下の手を思い出した。

動物嫌いらしい彼の手が、こうして子竜の身を抱くことはきっとないのだろう。

何となくそれを寂しく思って俯く私の背中を、旦那様はさっきの奥様みたいに優しくトントンしてくれた。

緊張していた身体からは徐々に余計な力が抜けていき、ぽつんぽつんと小さく空いた鼻の穴から安堵のため息が漏れる。

そんな私と旦那様を見上げて、車椅子に座った奥様が顔を綻《ほころ》ばせた。

縁談のために遥々《はるばる》王都からやってきたというのに、本命だったはずの相手にはすでに心に決めた女性がいて、ならばと急遽提案された新たな縁談相手である閣下も結婚には乗り気ではない。

結局自分はシャルベリ辺境伯領にとって招かれざる客だったのだ、とどうしようもなく腐っていた私の気分は、この時、旦那様と奥様の厚意に触れて少しだけ浮上した。

「パティがこの姿になることは、世間的には知られない方がいいのだろうか」

そんな旦那様の問いに、私は目一杯首を縦に振る。

元来メテオリット家の事情を知るのは、国王とその直系、それからメテオリット家の娘と婚姻関係を結んだ家、とごく限られた者だけだ。

世間一般的には、竜は伝説上、あるいは想像上の生き物に過ぎない。

メテオリット家に太古の竜の血が受け継がれている、その先祖返りが竜の姿に転じる特性を持つ、なんて吹聴してもにわかに信じる者はいないだろう。

それなのに、旦那様と奥様が子竜になった私の存在を早々に受け入れてくれたのには、偶然その瞬間に立ち合ったからということの他にも、実は大きな理由があった。

「私も妻も、今宵見たことは口外すまい。その誓いとして、我が家の――シャルベリ家の秘密を明かそう」

そんな前置きに続いて旦那様の口から語られたシャルベリ家の秘密に、私はさして驚かなかった。

というのも――実は、すでにそれを知らされていたからだ。

この〝秘密〟こそ、姉マチルダが竜の血を引く私の縁談の相手としてシャルベリ辺境伯家の人間を推した理由だった。

「シャルベリ家は昔、幾度も娘を雨乞いの生け贄として竜に捧げ、最後の生け贄の導きにより竜の鱗を得てその眷属《けんぞく》となった。さすがにメテオリット家のように竜の姿をとることはないが――我が家にも時々生まれるんだ。竜の力を受け継いだ、先祖返りがな」

メテオリット家にも、シャルベリ家にも、竜の存在が深く関わっていた。

しかしながら、人間と血を交じわらせることで細々と種を繋いできた前者と、神殿まで建てられて祀られている後者の存在の仕方は、対極にある。

生け贄として捧げられた幼い王子を保護して育てた竜の末裔である私からすれば、幾人もの娘達を食らって願いを叶えたというシャルベリ辺境伯領の竜は、正直とてつもなくやばい相手としか思えない。

シャルベリ辺境伯邸に向かう馬車の中、貯水湖の中央にある神殿に納められた石像と目が合って震え上がったのも、この時、竜神の気配をまざまざと感じていたからだ。

自分の中に流れる竜の血とは相容れない竜神の存在が、私はとにかく、怖くて怖くて仕方がなかった。

第二章　想定外の事態

『ひ弱なちびのくせに。お前みたいなのが竜を名乗るな』

知らない子供の声が、私の存在を容赦なく唾棄《だき》する。

『何の役にも立たない、出来損ない』

子供の声はそう言って、反論もできない私をひたすら詰《なじ》った。

自分がメテオリット家の先祖返りとして――竜として落伍者《らくごしゃ》であるなんて、誰かに言われるまでもなく自覚している。

幾つになっても大人の姿になれず、翼もない私はのろのろと地を這うしかない惨めな子竜だ。

いつだって、姉の伸びやかな肢体が羨ましかった。

彼女の鋭い爪と自分の薄っぺらい爪を比べて、何度ため息を吐いたことか。

『お前みたいな落ちこぼれの子竜は、――でしか生きていけないだろう』

私を嘲笑《あざわら》う子供の声は所々不明瞭ではあったが、耳を塞いでも一向に止《や》まない。

やめて、と叫んだ私の声もいやに幼かった。

何故だか、翼のない背中がひどく疼《うず》く。

キリキリと締め付けられるみたいに胸まで苦しくなってきて、私は自分自身を抱き締めるようにして身体を丸めた。

いっそこのまま硬い殻を被って、卵の中にでも引き籠《こも》ってしまいたい気分だった。

ドロドロの卵の中身にまで退行して、そこからもう一度生まれ直せば、翼もあって爪も鋭い、姉みたいな立派な竜になれるのではなかろうか。そうしたらきっと、今みたいに心無い子供の声に詰られることも、自分と姉を比べて劣等感に苛《さいな》まれる必要もないだろう。

そんなことを思って、私はますます縮こまる。

その丸まった背中を、ふいに温かな手が撫でた。

「大丈夫、大丈夫よ。ねえパティ、起きて？　私に、あなたの綺麗《きれい》なお目目を見せてちょうだい」

さっきまで自分を苛んでいた酷薄な子供のものとは正反対の、慈愛に満ちた優しい声が耳を打つ。

その瞬間、私は一気に覚醒した。

重く伸《の》し掛かる泥を掻き分けるようにして、意識が浮上する。ぱっと目を開いたとたんに飛び込んできたのは、カーテンの隙間から差し込む陽光と……

「おはよう、パティ」

「お……おはよう、ございます……奥様」

太陽みたいな笑みを浮かべた奥様だった。

両目をぱちくりさせる私の背中を、奥様はなおも撫でながら言う。

「起こしてしまってごめんなさいね。何だか魘《うな》されていたみたいだから、放っておけなくって」

「いえ……起こしていただきありがとうございます。何だか、とても嫌な夢を見ていました」

昨夜の私はうっかり子竜化してしまい、奥様の寝室——シャルベリ辺境伯夫妻の寝室で眠らせてもらった。

そもそも姉や歴代の先祖返り達は、自由自在に人間から竜へ、あるいは竜から人間へと姿を転じることができたのだ。

しかし、それが儘《まま》ならない落ちこぼれの私の場合、例えば昨夜の落雷みたいに強烈な驚きや恐怖に見舞われた時などに、望むと望まざるとにかかわらず子竜の姿になってしまったりする。

心臓の拍動が激しくなれば竜の血が混ざった血液が凄まじい早さで全身を駆け巡り、そうして竜のゲノムを持つ細胞が急激に活性化されることによって表面上にもその変化が現れる。

心拍数の急激な上昇は、往々にして生命に危険を及ぼす場合がある。

そして、竜とは人間よりも身体の造りが頑丈で生存値の高い存在だ。

命の危険を覚えた時、私の身体は生き残れる可能性の高い竜へと自然と変化する。

つまり子竜化とは、私にとって生存本能が正しく働いた結果であると言えた。

「人間が竜になったり、竜が人間になったりするなんて、本当に不思議。自分の目で見ていなかったら、にわかには信じられなかったでしょうねぇ」

人間に戻った私のストロベリーブロンドを撫でながら、奥様がころころと笑う。

子竜化する時とは反対に、人間の姿に戻るためには鼓動を落ち着ける必要があった。

最も効果的なのは、ひとまずぐっすり眠ることだ。深く眠れば心拍数は減少し、やがて平常値に落ち着く。

その辺りの事情を、子竜化して人間の言葉が話せない状態だった昨夜の私は、筆談によって旦那様と奥様に説明したのである。子竜の小さな手ではペンを握るのも容易ではなく、文字も随分たどたどしくなってしまったがやむを得まい。

そうして、事情を把握した旦那様と奥様によって、私は一晩彼らの寝室に匿《かくま》ってもらえることになった。

万が一、朝になっても人間の姿に戻れていなかった場合、シャルベリ辺境伯家で働く使用人達に子竜の姿を見咎《みとが》められないようにという二人の配慮からだ。

客人が客室に籠城すればいずれ強行突破される可能性もあるが、屋敷の主人夫妻の私室に招かれた私を無理矢理引き摺《ず》り出そうとする使用人など、まずいないだろう。

元来メテオリット家の秘密を知らせていいのは、配偶者とその両親まで。

そもそも閣下と結婚するつもりのない私は、シャルベリ辺境伯夫妻にも子竜化するところを見られてはいけなかったのだが、今となってはもう後の祭りである。

時刻は午前七時前。

奥様と一緒に寝室を出てリビングに行くと、昨夜荷解きしないままだった私の鞄が届けられていたことにほっとする。裸の上に、昨夜奥様が羽織らせてくれたらしい寝衣を纏《まと》っていた私は、身支度を整えてやっと人心地がついた。

その後、足が不自由な奥様の身支度を手伝ってから、朝食に向かうために車椅子を押して部屋を出る。

シャルベリ辺境伯夫妻の私室は、一階南向きの角部屋だった。

通常、屋敷の主人の私室というのは最上階に設けられることが多いが、シャルベリ辺境伯夫妻の場合は奥様が車椅子に乗っていることを考慮して一階にある。

道すがら、いつも奥様の介助をしている旦那様の話になった。

旦那様は昨夜、年頃の娘と同じ部屋で眠るわけにはいかないと言って、わざわざ別室で休んでくれていた。

気を遣わせてしまったことを申し訳ないと思う一方で、紳士的な対応に自然と好感度が増す。

明るく社交的な奥様と、それに甲斐甲斐しく寄り添う寡黙な旦那様は、理想的な夫婦に見えた。

「旦那様と奥様はとても仲睦まじくていらっしゃるのですね。素敵なご夫婦で憧れます」

「うふふ、そうかしら。でも、旦那様とゆっくり過ごせるようになったのなんて、本当に最近のことよ？　シャルベリ辺境伯の位をシャルロに譲ると決めて、やっと肩の荷が下りたみたい」

「アレニウス王国で唯一の自治区ですものね。シャルベリ辺境伯という立場はさぞ大変なのでしょう」

「旦那様はああ見えて不器用だから余計にね。その点、シャルロはもうちょっと上手くやると思うんだけれど……でも、あの子を側で支えてくれる素敵なお嫁さんがいてくれると、もっと安心なんだけど？」

そう言って笑顔を向けられても、私にはどう答えていいのか分からなかった。

どうやら奥様は、私が閣下と縁談を組み直すことに賛成のようだ。

旦那様の気持ちは分からないが、昨夜のやり取りから考えれば私個人に対しては好意的だった。だって、子竜の姿なのをいいことに、結局あの後、旦那様はベッドに下ろすまでずっと私をだっこしていたのだから。

もしも夫となる人の両親が、子竜の私を手放しで受け入れてくれるとしたら、それはとてもありがたいことなのだろうが……

「あら、シャルロだわ。あんな所で何をしているのかしら？」

ふいにそう呟いた奥様の視線を追って、私も窓の外に目を向ける。

シャルベリ辺境伯邸と軍の施設の間に作られた中庭の片隅。そこに立った大きなオリーブの木の下に、黒い軍服を纏った閣下の背中が見えた。

その長身の向こうにはもう一人、シャルベリ辺境伯軍の軍服に身を包んだ人物が立っている。少佐より、もしかしたら私よりもまだ年下に見える若い軍人だ。

距離があり過ぎて普通の人間には聞こえないような彼らの会話の一端が、竜の末裔の私の耳に届いた。

「――もできないのなら話にならない。今すぐ荷物をまとめて隊から出ていきなさい」

「か、閣下……、自分はっ……!!」

「申し開きは聞かない。さっさと行け」

「……っ、はいっ……」

閣下の声は、それはそれは冷たかった。自分に向けられたわけでもないのに、私までぶるりと震え上がる。

どうやら若い軍人は叱責を受けていたらしい。彼がどんな失敗をしたのかは分からないが、閣下はとにかく取り付く島もない様子であった。

まだ少年にさえ見える年若い部下の失敗も許せない彼が、赤の他人でしかない私の落ちこぼれっぷりを知ったらどう感じるだろうか。それを思うと、胸がズンと重苦しくなる。

とぼとぼと軍の施設の方に歩いていく若い軍人を見送って、くるりとこちらに身体を向けた閣下から、私は慌てて目を逸らした。

旦那様と奥様のことはすっかり好きになってしまったが、彼らの息子だからといって閣下のことも好きになれるかと問われれば、この時の私は思いっきり首を横に振っていたことだろう。


朝食は、庭園に面した場所にある食堂のテラスに用意されていた。

木立越しに降り注ぐ朝日が、真っ白いテーブルクロスに緻密な葉影の模様を描いている。

宝石みたいにキラキラ輝いているのは、ガラスのピッチャーに満たされた搾りたての果実ジュースだ。陶器のエッグスタンドの周りには、湯気を上げた見るからに焼きたてのパンやスコーンが並び、何種類ものジャムが添えられていた。

シャルベリ辺境伯領にはこれと言った特産物はないのだが、トンネルが開通するまでは他の都市との行き来が困難な孤立した土地であったため、衣糧や燃料などの生活必需品を自給自足できるシステムが整っているらしい。

そのため、シャルベリ辺境伯邸で出される料理も全て、領内で採れた食材が使われている。ワインもチーズも、パンやスコーンに使われている小麦粉だってシャルベリ辺境伯領産だ。

とはいえ、限られた土地の中で生産できる量はさほど多くはないため、基本的には地産地消。

つまり、遠く離れた王都で生まれ育った私には、これまでシャルベリ辺境伯領の産物を口にする機会がなかった。

テーブルに飾る花を摘むため庭園に寄っていた私と奥様が到着した時、食堂のテラスには先客が二人いた。昨夜、私に寝室を譲ってくれた旦那様と……

「あらあらまあ、シャルロ。あなた、朝食の席にまで仕事を持ち込んでいるの？　そんな無粋な子に育てた覚えはないのだけれど？」

「……っ、おはよう、母さん。いや、どうしても早急に父さんのサインが必要な書類があってね……すまない、今後は慎むよ」

湯気の立つ朝食もそっちのけで、難しい顔をして書類の束を睨んでいたのは、さっき中庭で年若い部下を叱責していた閣下だった。

開口一番、挨拶さえもすっ飛ばした奥様からの苦言に、閣下は慌てた様子でテーブルの上に広げていた書類をかき集める。

次期領主らしくどんと構えて余裕のある態度だった昨日の閣下と、厳しく部下を叱責する先ほどの閣下。そんな彼と、母親相手におたおたする今の彼の差異に驚き、私は思わずまじまじと見つめてしまった。

旦那様もそうだが、どうやら閣下も母親である奥様に頭が上がらない様子。

完全な女系家族であり、女の立場がすこぶる強いメテオリット家において、母や姉の尻に敷かれまくっている父や兄達を見て育った私には、なかなか親近感を覚える光景だった。

ちなみに姉マチルダは、上司であるはずの第三王子リアム殿下まで時たま顎《あご》で使う。

「先日の大風で竜神の神殿に被害が出ただろう？　昨夜、商工会の会長と協議した結果、修繕の間は竜神の石像を軍の施設で保管することになったんだ」

奥様にじとりと睨まれた閣下は、書類の束を整えながらそう説明した。

それを聞いた私は、昨日馬車の窓から見た竜神の神殿の周りに、軍人がたむろしていたのを思い出す。

閣下が軍の施設で保管すると言ったのは、もしかしてもしなくても、私が目が合った気がして震え上がったあの石像ではなかろうか。

思わず「えっ」と声を上げてしまったことで、ようやく閣下も私の存在に気付いたようだ。

彼は一瞬その空色の目をまん丸にしたが……

「——ああ、パトリシア嬢。おはよう、昨夜はよく眠れたかな？」

「……おはようございます、閣下。はい、おかげさまで」

たちまち、その顔面に取り繕《つくろ》った白々しい笑みを載せてしまった。

奥様に対するような素の表情を、私みたいな余所者に見られるのは本意ではないのだろう。

そんな閣下のあからさまな線引きに、私は心底がっかりする。

私達が相容れないことは、いよいよ決定的となった。

だから、閣下が親切ごかしに「もしも王都に戻るつもりなら、汽車の駅までの馬車を手配しよう」なんて言ってきた時は、一も二もなく頷くつもりだった。

恩を着せられるようで少々面白くなかったが、もう一刻も早く王都に戻りたかったからだ。

それなのに――

「あら、パティはまだ帰らないわよ。縁談云々《うんぬん》は置いておいて、私のお客様としてこのままうちに居てもらうことにしたんだもの！」

「「――は？」」

パンッと両手を打ち鳴らし、少女みたいな無邪気な笑みを浮かべた奥様の言葉に、私と閣下の素《す》っ頓狂《とんきょう》な声が見事に重なった。

＊＊＊＊＊＊

シャルベリ辺境伯邸には、表門から屋敷にかけて見事な庭園が広がっている。

庭園の中は、薔薇《ばら》の生垣に挟まれた通路が幾何学模様を描くように造られており、その内の一本を進んでいた旦那様がふいに私を振り返って口を開いた。

「パティ、妻の我が儘《まま》に付き合わせてすまないな」

「……いえ」

奥様による、私のシャルベリ辺境伯領滞在続行宣言から早一週間。

私は初日に案内されたシャルベリ辺境伯邸二階東向きの角部屋で、相変わらず寝起きしていた。

〝私のお客様として〟との言葉通り、この一週間、奥様と過ごした時間が一番長い。

次点はもちろん、足の不自由な彼女に寄り添う旦那様だ。

いかにも軍人然とした風体の旦那様が、こまごまと奥様の世話を焼く姿は見ていて微笑ましい。

今日なんて、午後三時から庭園で開かれている奥様主催のお茶会の給仕役まで買って出ていた。

かしましいマダム達にやいのやいの言われながら、まるで定規で測ったかのようにホールケーキを正確に七等分する旦那様には拍手喝采したいくらいだった。

今もまた、紅茶のお代わりを所望する彼女達のため、空のポットを抱えて屋敷の厨房に向かっている最中である。

完全に奥様の尻に敷かれている旦那様の姿に、同じく母に頭が上がらない父の哀愁漂うシルエットを重ねてしまった私は、思わずその背を追っていた。

ともあれ、一週間前のあの朝、私はシャルロ閣下の空々しい態度に心底がっかりし、一刻も早く王都に帰りたいと考えていた。

だから、旦那様には本当は、私を引き留めようとする奥様を窘めてもらいたかったのだが……

「ようやく隠居の目処《めど》が付いて、妻のために存分に時間を使えるようになったんだ。私は、可能な限りあれの願いを叶えてやりたいと思っている」

六年前に長男であるシャルロ閣下に譲るまで、辺境伯位とともに辺境伯軍司令官をも兼任していた旦那様の日常は多忙を極めていた。その結果、子育ては奥様に任せっきりで、なかなか家庭を顧《かえり》みる余裕がなかったのだという。

奥様の足が不自由になったのは、二十年前に起きた不幸な事故が原因だった。

シャルベリ辺境伯邸は築二百年を数える古い建物で、老朽化によりベランダの手すりが壊れていたらしい。三階のベランダから落ちた奥様は、幸い命に別状はなかったが、後遺症により自力での歩行が困難になってしまった。私の当初の縁談相手であるロイ様が生まれたすぐ後のことだという。

それでも立派に彼を育て上げた奥様を、私はただただ尊敬する。

「そんなロイも、ついに自立して家を出た。親としては喜ぶべきなのだろうが……妻はあれを殊更《ことさら》可愛がっていたものだから、裏では随分と寂しがっていてな。パティには申し訳ないが、もう少しだけ付き合ってやってはもらえまいか」

厳つい眉を八の字にした旦那様にそんな風に請われてしまえば、私はもう黙って頷く他なかった。

ところで、不本意ながらも一週間をシャルベリ辺境伯邸で過ごした私には、朝食と夕食の時にだけ顔を合わせる相手ができた。

何を隠そう、シャルロ閣下である。

私をシャルベリ辺境伯領に引き留めた奥様に対し、表立って異を唱える様子はなかった閣下だが、私が同じ屋根の下に居続けることを本当は煩《わずら》わしく思っているかもしれない。

邪険な扱いを受けるわけではないものの、彼は私と目を合わせようとしないのだ。

そんな相手とわざわざ親交を深めようなんて気は微塵も起きなかったから、私と閣下の関係は良くも悪くも初対面の時から変わっていなかった。

それに、同じ屋根の下と言えば……

「神殿の屋根を修繕する間、竜神の石像はこちらで保管されるとおっしゃっていましたよね。もう、移動は済んだのでしょうか？」

「ああ、今日の午前中に完了したと聞いている。何だ、パティは竜神の石像に興味があるのか？」

旦那様の問いに、私は大慌てで首を横に振った。

とんでもないことだ。むしろ、石像の保管場所付近には絶対に近づきたくない。

「旦那様は、竜神そのものの姿をご覧になったことはおありなんですか？」

「いいや、はっきりと目にしたことはないな。天気が荒れている日などは、何となく空に気配を感じることはあるが……」

旦那様の話によれば、眷属であるシャルベリ家の人間の前にも、竜神がおいそれと姿を現すことはないらしい。シャルベリ家の人々にとっての竜は、メテオリット家にとってのそれとは違って、全然身近な存在ではないようだ。

しかし、それも致し方ないことだろう。

だってシャルベリ辺境伯領の竜は、少なくとも六人の生け贄の乙女を食らい、七人目に至っては連れ去って娶《めと》ったという話だ。しかも、生け贄は全員、その時代時代のシャルベリ家当主の娘であるという。犠牲となった娘達を悼《いた》み祀るための霊廟が、シャルベリ辺境伯邸の庭園の一角にひっそりと建てられている。

彼女達の命を対価として人間の願いを叶えた竜は神となり、崇められると同時に畏《おそ》れられる存在となった。その成り立ちが、人間社会に溶け込んで共生を図ったメテオリット家の竜とはどうあっても相容れない。

だからこそ、私は竜神も、その縄張りであるシャルベリ辺境伯領に来るのも恐ろしかったのだ。

馬車の窓から石像の鋭い目を垣間見た時の、あの身の毛がよだつような感覚が今でも忘れられない。冷たい汗が背筋を流れ落ち、全身がぞくぞくとして——

(そう、ちょうど今みたいな感じ……)

そう思いかけて、私ははっとする。

唐突に、視界の端を何かの影が過《よぎ》った。

「えっ……なに……?」

それは、いきなりのことだった。蛇に睨まれた蛙みたいに私の全身はたちまち硬直し、足なんてその場に縫い付けられたかのように一歩も動かなくなった。

前を歩く旦那様は、そんな私の様子に気付かないままどんどんと離れていってしまう。

一方、逆に近づいて来るのは、ふよふよと宙にたなびく一本の太い縄のように見える物体だった。

その表面は虹色に輝く鱗らしきものに覆われていて、片方の先端には頭が付いている。

竜の先祖返りらしく常人より視力がいい私には、その大きく裂けた口の中にぞろりと並んだ牙まで分かった。

ギョロリとした二つの目玉が私を真っ直ぐに捉えているように感じるのは、できることなら気のせいだと思いたい。

だって近づいてくるのが、今さっき旦那様との話題に上った竜神の石像――それにそっくりな、竜だったからだ。

「――っ‼」

もはや悲鳴を上げる余裕もない。私は硬直していた両足をやっとのことで地面から引き剝がすと、すぐ目の前の小道に飛び込んで一目散に駆け出した。

この時、私が旦那様の背中を追うなり声をかけるなりして助けを請わなかったのには理由がある。

竜が明らかに進行方向から迫って来ているというのに、旦那様が無反応だったからだ。

これにより、旦那様にはあの竜の姿が見えていないのだと思い至る。

常人の目に映らないものが見えてしまうというのは、メテオリット家の先祖返りにはよくあることだった。

「はあっ……、はあっ……」

私はとにかく、がむしゃらに走った。

小道がどこへ通じているのかも分からないまま、ひたすら足を動かす。

さっきまで旦那様と歩いていた通路よりも格段に道幅が狭くなり、振り抜いた腕が垣根で擦《こす》れてあちこち痛かったが構ってなんかいられなかった。

それからどれくらい経《た》っただろう。

走り疲れて足の動きが鈍《にぶ》ってきた頃、私はようやく立ち止まって背後を振り返った。

幸いなことに、虹色に輝く竜の姿は見当たらず、ぐるりと周囲を見渡してもその気配は感じられない。

何とか振り切れたようだ、と私はひとまず安堵のため息を零した。

しかし今度は、竜と遭遇した恐怖と全力疾走したことによって、自分の鼓動がひどく乱れていることに焦りを覚え始める。心拍数が急激に上昇した場合、望むと望まざるとにかかわらず子竜の姿へ転じてしまう恐れがあるからだ。

自分に与えられた客室や、事情を把握している旦那様と奥様の私室でならともかく、シャルベリ辺境伯邸の敷地内とはいえ、こんなどこなのかも分からない場所で子竜化してしまっては一大事。翼がなく、よちよちと歩くことしかできない私が、人目に付かずに客室に戻るのは容易ではないだろう。

とにかく人間の姿を保つため、鼓動を落ち着かせる必要がある。

私は近くの茂みの中に潜り込み、両目を閉じてゆっくりと深呼吸をし始めた。

「はー……、はー……」

呼吸のリズムが一定になれば、それに比例して徐々に心拍も整っていく。

むやみやたらと人前で子竜化してしまわないよう、こうして自分を落ち着ける方法を私に叩き込んだのは、姉のマチルダだった。

他の先祖返りのように大人の竜の姿にもなれず、己《おのれ》を制御することもできない。

そんな落ちこぼれの妹を、姉は一度だって馬鹿にしたことはなく、それどころかいつも心配ばかりしていた。

優しくて綺麗でかっこいい姉のことは大好きだ。けれども、彼女が変身する美しい竜の姿を思い浮かべれば、針で突かれるみたいに胸が痛んで仕方がない。

羨ましいし、妬《ねた》ましい。

同じ親から生まれた同じ先祖返りなのに、始祖の再来と謳《うた》われるほど優秀で美しい姉と、落ちこぼれでちんちくりんの私。劣等感に苛まれるなというのが無理な話だ。

姉ならば、シャルベリ辺境伯領の竜神だって恐れたりしないだろう。

それに比べて私は逃げ惑《まど》ったあげく、こんな茂みに飛び込んで息を殺している。メテオリットの竜の誇りも何もあったもんじゃない。

どんどん膨らんでいく卑屈な思いに、私の心は圧《お》し潰されそうになっていた。

「もう、いやだ……帰りたい……」

泣き言を漏らしつつ両の膝を抱え込み、繭《まゆ》みたいに身体を丸めて自分を守ろうとする。

この時、周囲への注意が散漫になってしまったのは否めない。

ガサガサと茂みを掻き分ける音に気付いたのは、それが自分のすぐ側まで迫ってからのことだった。

ガサッ、と一際大きな音がして、目の前の茂みが揺れる。

私がひゅっと息を呑んだその瞬間、真正面から飛び出してきたのは……

「――わんっ！」

真っ黒い犬の真っ黒い顔だった。

吠えた拍子に見えた口の中、ぞろりと並んでいたのは竜もかくやといった鋭い牙。

またしても悲鳴を上げることさえできなかった私の胸の奥では、心臓がひっくり返りそうなくらいに大きく跳ね上がる。

あっ、と思った時にはもう手遅れだった。みるみる視界が低くなって……

「……ぴい……」

「くうん……？」

結局私は、あれだけ回避しようと必死だった子竜化を成し遂げてしまっていた。

ここまで身に着けていた衣類一式はすっかり脱げ落ちてしまい、地面の上に広がっている。

ちんちくりんの子竜は衣類の海の中であっぷあっぷあっぷともがくばかり。

そんな私を、茂みの向こうから現れた黒い犬――シャルロ閣下直属の部下であるモリス・トロイア少佐の愛犬ロイは、しばし右へ左へと首を傾げて眺めていた。

しかし、やがてゆっくりと近づいてきたかと思ったら、濡れた鼻面《はなづら》を押し付けるようにしてクンクンと匂いを嗅ぎ始める。

まったくもって、生きた心地がしなかった。

ぐるぐるぐるぐる、恐怖のあまりに目が回る。

だって、怖い。とんでもなく怖いのだ。

シャルベリ辺境伯領の竜神を恐れるのは畏怖からだが、犬に対してはもっと直接的な、それこそ即刻命を脅かされるような恐怖を覚える。

しかも、どうやら腰が抜けてしまったらしくて立ち上がることもできない。

私がついにぴぃぴぃと情けない泣き声を零し始めると、ロイは何を思ったのか、いきなり私の首の後ろを咥えた。

そして、こともあろうにそのまま茂みから出て行こうとするではないか。

私は、犬に咥えられる恐怖だけではなく、自分の子竜姿が不特定多数の人間の目に晒されてしまう恐怖にまで戦《おのの》く羽目になった。

「ぴ、ぴぃ、ぴぃぃっ……‼」

短い両の手足をジタバタさせて、何とか必死にロイの口から逃れようとする。

けれども、非力な子竜の力では抵抗も虚《むな》しく、結局は有無を言わさず茂みの中から連れ出されてしまった。

もう、だめだ――私が絶望しかけた、その時である。

思いがけない声が頭上から降ってきた。

「――ロイ？」

「ぴみっ⁉」

私の身体がびくりと跳ね上がる。

それはこの一週間、朝食と夕食の時にだけ耳にしてきた人の声だった。

ロイの口元にぶら下げられた私の視界に、よく磨かれた黒い軍靴の先が割り込んできたかと思ったら、ふいに両脇の下に人間の大きな手が添えられる。

とたんに、ロイはあっさり私の首の後ろを咥えるのをやめた。

その代わり、両脇の下を掬った手によって持ち上げられた私が、真正面から顔を突き合わせることになったのは……

「――驚いた。君、もしかして竜の子供なのかい？」

空色の瞳をぱちくりさせる閣下――私が子竜姿を絶対に見られてはいけないと思っていた相手だった。

＊＊＊＊＊

「――モリス！　モリス少佐はいるか！」

「はい、閣下！　ここに‼」

扉を押し開いて颯爽と現れた閣下に、書類の整理をしていたらしいモリス少佐が慌てて姿勢を正した。

シャルベリ辺境伯邸と軍の施設は、まるでお互いの背中を守るみたいに、それぞれ同じ敷地の表門と裏門に玄関を向けて建っている。シャルベリ辺境伯軍司令官を務めるシャルロ閣下の執務室は、そんな軍の施設の最上階――三階のど真ん中に設けられていた。

部屋の中央には大きなソファセットがあり、閣下の執務机は奥の壁際にどんと置かれている。床には一面に絨毯《じゅうたん》が敷かれ、つかつかと足早に歩いていく閣下の靴音も、その後を従順に追う犬のロイの足音も全部吸収していた。

「閣下、何ごとですか⁉　まさか、また王都から何か……？」

「いや、それとはまた別に、緊急を要する案件が発生した」

固い表情をして駆け寄ってきた腹心に向かい、閣下も難しい顔で首を横に振る。

彼は執務室の中にモリスしかいないことを確認すると、素早く扉に鍵をかけ、声のトーンを落として告げた。

「――至急、竜の育て方を調べてくれ」

「……は？」

少佐がぽかんとした顔になる。しかし、閣下は構わず畳み掛けた。

「ケージに……入れるのはかわいそうか？　うん、かわいそうだな、やめよう。しかし、躾が済むまでは無闇に外に出さない方がよさそうだ。よし、首輪を着けよう。この子の首に負担のかからない、子猫用の柔らかい首輪がいい。顔付きが柔らかいし骨格が華奢だから、この子はきっと女の子だな」

「え？　ちょっ……」

「しかし、竜はそもそも何を食うんだ？　見た目は爬虫類っぽいが、餌も同じようなものでいいんだろうか。鶏肉を与えても平気か……？」

「ちょ、ちょっと……ちょっと待ってください、閣下！　話を整理させてくださいっ!!」

身を乗り出さんばかりの様子で話を進める閣下に、少佐は果敢にも待ったを掛けた。

そんな二人の足もとを、こちらも興奮した様子のロイがぐるぐると走り回っている。

しかし、少佐が「待て」と一言号令をかけたとたん、たちまちその足もとにぴたりと身体を添わせてお座りをした。ロイは単なる少佐の愛犬というだけではなく、主人に従順であるよう軍用犬としての躾もされている。

私はと言うと、そんな一連の様子を閣下の腕の中からこっそり眺めていた。

正確には、閣下の腕の中で、閣下の軍装の黒いマントに包まれた状態で、である。

執務室に到着するまでそうして隠されてきたおかげで、不特定多数の人間に子竜姿を見られることは免れたのだが……

「そもそも、竜って何の話です？　まさか閣下、酒でも飲んで酔っぱらっているんですか？」

「失敬な。私は至って素面《しらふ》だぞ。勤務時間中に飲酒などするものか」

「閣下が、気分転換に外の空気を吸ってくると言って出掛けたままなかなか戻って来ないので、ロイに探しに行かせたんですが……」

「そのロイが、この子を見つけてくれたんだ。――さあ、見て驚け！」

「ぴっ!?」

閣下はそう高らかに告げると、マントの中から私を取り出し、少佐の眼前に突き付けた。

「――っ、え？　りゅ、竜？　本当に……!?」

強制的に顔を突き合わせる羽目になった私と少佐は、揃って両目をまん丸にする。

しかし、少佐が我に返るのは早かった。

「――いやっ、いやいやいや、だめ！　だめですよ！　うちでは飼えませんからね！　元いた場所に捨てて来てくださいっ!!」

「おいおい、聞き捨てならないな。こんないたいけな子竜を捨てて来いとは……お前には血も涙もないのか」

とんだ冷血漢だな、と非難する閣下に心の中で同調しかけたが、そもそも私は自分が置かれた状況がいまだに理解できていない。

というのも、私はこれまで、閣下は動物が嫌いなのだとばかり思っていた。

戯れ付こうとしたロイを拒み、動物を近づけるなと少佐に命じていた初対面の時の様子と、子猫が彼の目に入ることを恐れるようなメイド達の会話からそう判断したのだ。

子竜化してしまう私の秘密が閣下に露見しようものなら、愛されないばかりか命まで危ういかもしれないと戦いたのも記憶に新しい。

ところが、実際はどうだろう。

「ロイ、あんなひどい男が飼い主でいいのか？　いっそ、うちの子になったらいいんじゃないかい？」

「くうーん……」

閣下は私を片腕に抱えたまま、少佐の足もとにお座りしていたロイをモフモフと撫でて口説き始める。その姿は、とてもじゃないが動物嫌いには見えなかった。

するとここで、少佐が閣下をキッと睨んで反論を開始する。

「軽率にうちの子口説《くど》いてんじゃねーですよ！　そもそも閣下、お忘れですか⁉　あなた、つい先日だって子猫を拾ってきたでしょうが‼」

「忘れるものか。あの子も可愛いかったな。真っ白でふわふわの毛並みの……」

「その真っ白のふわふわの毛に、デッカいハゲを作らせちゃったんでしょうがっ！　閣下が、子猫が嫌がっても懲りずに構い倒すからっ‼」

「ええ……あのハゲ、私のせいか……？」

噛み合わない主従の会話は、私とロイを間に挟んだままさらに続いていく。

「幸い、メイド長があの子猫にいい貰い手を見つけてくれて、早々にハゲも改善したからよかったようなもののっ……」

「その点は安心しろ、モリス。そもそも、竜にはハゲようにも毛が無い」

「そういう問題じゃねーんですよ！　ハゲる代わりに胃に穴でも開いたらどうするんですかっ！　閣下みたいにやたらと捏《こ》ねくりまわしたら、小動物にはストレスがかかるんですってば‼」

「捏ねくりまわすって何だ、人聞きの悪い。可愛がっているだけじゃないか」

このようなやり取りの間も、閣下の手は私の頭をずっと撫でくり撫でくりしている。

そういえば、閣下が自分に動物を近づけるなと言い放った時、〝客人の前で〟という注釈が付いていたことを思い出した。きっと、動物相手にデレデレする姿を見られては、シャルベリ辺境伯軍司令官の沽券《こけん》にかかわるからだろう。

子猫の話をしていたメイド達は、前回閣下が拾ったという真っ白い子猫が辿った顛末を知っていたに違いない。だから、閣下の重い愛情に晒されてハゲを作ることのないよう、生まれたばかりの子猫を彼の目から隠そうとしていたのだ。

閣下は動物嫌いなんかではない――むしろ、大の動物好きだということはよく分かった。

私はというと、子竜とはいえ猫の子なんかに比べれば身体の造りは頑丈だ。

一言物申すとすれば、メテオリットの竜の体表を覆っているのは爬虫類的な鱗ではなく、ビロード風の短い毛である。場合によっては、ハゲる可能性が無きにしも非《あら》ず。

とはいえ、人間の言葉も心理も理解できるので、今の閣下みたいにやたらと捏ねくりまわされても、それが可愛がられているのか苛められているのかくらいの判断は付く。先に拾われたという子猫のように、ハゲるほどのストレスを抱えることはないだろう。

つまり、子竜の私にとって、閣下は脅威でも何でもなかったのだ。

ただそれが分かっても、私の頭の中はひどく混乱していた。

だって、子竜の状態で相対している今の閣下の姿は、これまで私が目にしていたものとあまりにもかけ離れている。

私は閣下のことを、旦那様ほどではないにしろ、もう少し寡黙な人だと思っていた。

それなのに、子竜姿の私を拾って大喜びで執務室に戻ったかと思ったら、そこでずっと年下らしき部下の少佐に窘められる、なんて。

おまけに、子竜を飼うことを少佐に反対されて子供みたいに唇を尖らせているのだ。そんな閣下を、私は衝撃的な思いで見上げていた。

こんな——無邪気な少年のような姿が閣下の素《す》なのだとしたら、これまで私が見てきた彼は相当大きな猫を被っていたことになる。

閣下が、私との間に分厚い心の壁を立てていることを、改めて思い知らされたような気がした。

「とにかくですね！　自制が利かない閣下は、はっきり言って繊細な小動物を飼うのに向いてませんっ‼」

上官を上官とも思わぬ容赦のなさで、少佐がぴしゃりとそう言い放つ。

初めて会った時、叔父から溢れ者呼ばわりされた私と閣下のことを腹を抱えて笑っていたため、正直少佐に対していい印象が無かったのだが、今ばかりは全力で彼を応援したい気分だった。

何しろ私は、このまま閣下に飼われるわけにもいかないし、いつまでも子竜の姿でいるわけにもいかないのだ。どうにかしてこの場から抜け出し、与えられた客室か事情を知る旦那様や奥様のもとに戻らなければならない。

とにもかくにも、まずは閣下の腕の中から逃れようと身を捩った、その時だった。

「わんっ！」

「ぴみっ⁉」

扉の向こうを通り過ぎる人の気配でも察知したのか。今の今まで行儀よくお座りしていた犬のロイが、いきなり立ち上がって吠えた。

驚いた私は情けない声を上げ、とっさに閣下の胸元にしがみつく。

その拍子に、仕立てのよい軍服の襟元に爪の先が引っ掛かってしまい、私はますます慌てた。

そんな中、思い掛けず頭上から降ってきたのは、万感の思いを詰め込んだみたいな盛大なため息だった。

「はー……可愛い……。猫の毛とはまた違った、この柔らかで滑らかな肌触り……くせになりそう」

閣下はそう呟き、私をぎゅっと両腕で抱き竦める。

さらには、私の額に鼻先を埋めてスーハースーハーした。猫吸いならぬ、竜吸いである。

どういう反応をしていいのか分からず、結局されるがままの私に、閣下はご満悦の様子。

「見ろ、モリス。パティだって、こんなに私に懐いているじゃないか」

「……は？」

「パティと私を引き離そうなんてのは、もはや鬼畜の所業だぞ。おー、よちよち。モリスはこわい人間でちゅねー」

「え？　閣下、ちょっと……!?」

閣下の口からするりと飛び出した赤ちゃん言葉には、盛大に突っ込みたいところだった。

私がこの一週間で抱いた彼のイメージからかけ離れ過ぎていて、もはやどんな顔をして対峙すればいいのかも分からなくなってくる。

だがそれよりも何よりも、一等聞き捨てならなかったのは……

「か、閣下？　もしかして、今……その子を〝パティ〟って呼びました!?」

「ああ、呼んだが？　何か問題でもあるか？　うちで飼うんだから、私が名前を付けたって構わないだろう？」

「いえ、だって……パティって確か、先日からこちらに滞在中のパトリシア・メテオリット嬢の愛称ですよね？　辺境伯ご夫妻が呼んでいらっしゃるのを何度か耳にしましたが……」

「いかにも、パティの名はパトリシア嬢から拝借した」

私の言いたいことは、モリス少佐が代弁してくれている。

それに対し、満面の笑みを浮かべた閣下は、さらに私の心臓を引っくり返すような台詞《せりふ》を続けた。

「だってほら、すごく可愛いじゃないか。この竜の子も、パトリシア嬢も――ずっとだっこしていたいくらい、可愛いね」

この時、「は？」と叫んだはずの私の声は、残念ながら子竜の口内で変換されて「ぱ」になった。

第三章　目から鱗

——ずっとだっこしていたいくらい、可愛いね。

子竜のみならず、人間の私まで持ち出して、閣下はそう宣《のたま》った。

思わずポカンと口を開いて見上げた閣下の顔は、私がこの一週間で知った彼と本当に同一人物なのかと疑いたくなるくらい緩んでいる。

そりゃあもう、デレデレ——いや、デッレデレ！　だ！

例えるなら、初孫をあやしている時のうちの父みたいな表情である。

私はとにかく、閣下のデレっぷりに啞然とするばかり。

そんな中、気を取り直すようにこほんと一つ咳払いをしてから口を開いたのは少佐だった。

「ええっとですね、閣下。私の目から見て、パトリシア嬢は間違いなく可愛らしいお嬢さんだと思いますが……閣下もそういう認識だったってことでいいです？」

「その通りだが？　だってほら、あの子可愛いだろう？」

少佐の問いに対する閣下の答えを、我に返った私は思いっきり訝しんだ。

というのも、最悪の初対面から一週間経ってもまだ、私と閣下が打ち解ける気配はなく、朝夕一緒に食卓を囲んでいても親交が深められる気がまったくしていなかったからだ。

そもそも、閣下は私に——パトリシア・メテオリットになんて興味がないのだろうと思っていた。

それなのに、いきなり〝可愛い〟なんて言われたって、喜びよりも戸惑いの方が勝《まさ》る。

すると、同じように感じていたらしい少佐が、またしても私の気持ちを代弁してくれた。

「だって閣下、パトリシア嬢と全然関わろうとなさらないじゃないですか。てっきり、閣下は彼女を避けておられるんだとばかり思っていました」

「パトリシア嬢と接する機会がほとんどなかったのは事実だが、単にそれは私が多忙を極めていたせいであって、彼女を蔑《ないがし》ろにする意図はないよ。そもそも、私の予定を把握しているお前なら、私がこの一週間、客人をもてなしている余裕なんてなかったこと、よくよく知っているだろうが」

「あー……そういえば、そうでしたね。ただでさえ、辺境伯位の引き継ぎ業務でバタバタしているところに、来月行われる即位式の警備に出す部隊の編成だの、王都から届いた怪文書への対応だのと、変則的な業務が舞い込みましたもんねー」

「そこに加えて想定外だったのが、竜神の神殿の改修工事だ。そのせいで、パトリシア嬢を迎えた初日の夜だって、私は商工会長との会談という名の飲み会に長々と付き合わされるはめになったんだからな」

閣下と少佐の会話を聞いて、私は目から鱗が落ちるようだった。

これまで、私が閣下と朝夕の食事の時間しか顔を合わせられなかったのには、退《の》っ引《ぴ》きならない事情があったらしい。

私自身、彼と親交を深めるのは早々に諦めてしまっていたし、シャルベリ辺境伯邸に留《とど》まっているのだって旦那様と奥様に請われたからだ。

それなのに、実は閣下に嫌われていたわけでも避けられていたわけでもなかったと知って、この時不思議とほっとした。

ところがここで、少佐が思いもかけない台詞を口にする。

「パトリシア嬢がお気に召したのでしたら、彼女の叔父上殿の提案に乗っかってサクッと結婚しちゃえばいいいじゃないですか」

とたんに、私の心臓がドキリと高鳴った。

私をだっこしていた閣下にもそれは伝わったらしく、よしよしと大きな手で背中を撫でられる。

しかし、優しい手とは裏腹に、彼の口は淡々と答えを吐き出した。

「——いや、それは無理だろう」

私はひゅっと息を呑む。どうしてですか、とすかさず少佐が問うた。

閣下は私の強張《こわば》った背中をゆったりと撫でながら、ため息まじりに口を開く。

「あのなぁ、モリス。彼女はまだ十七歳だぞ？　私との年の差を計算してみろ。二十歳のロイとなら釣り合うかもしれないが……私には、少々若過ぎる」

「閣下との年の差っていうと……えーっと、十三歳？　いや、全然許容範囲じゃないですか!?　いいじゃないですか、幼妻《おさなづま》。男冥利に尽きるでしょ!!」

「お前……今の台詞、身重の細君の前で言えるもんなら言ってみろ」

「あっ、どーもすみませんでした!!」

主従の砕けたやり取りを、私はただ黙って聞いていた。

おかげで、少佐が既婚者で、しかも奥様が妊娠中だという情報を得る。

そんな少佐と会話をしながら執務机の前に座った閣下は、子竜姿の私を膝の上に座らせると、達観したような声で続けた。

「パトリシア嬢のことは、純粋に可愛らしいと思っているよ。下心のない、言うなれば兄のような心境でね。父も母も随分と気に入っているようだし、彼女さえよければ、是非とも叔父上殿が戻るまでシャルベリでゆっくりしていってもらいたいね」

閣下は現在三十歳。

上の兄と同い年なので、私としても年齢だけ見れば兄のような存在と思えないこともない。

ただし、実の兄がすでに二人もいるというのに、今更他人に兄らしさを求める必要性はこれっぽっちも感じなかった。

それなのに、閣下は私を妹のようにしか思えない――つまり、結婚対象としては見られないと言う。

彼にはやはり、私と縁談を組み直す気はないようだ。

そのくせ、私がシャルベリ辺境伯邸に滞在することは歓迎してくれるらしい。

がっかりしたような、けれどもほっとしたような。

相反する思いが同時に湧き上がってきて、私は表情が分かりにくい子竜姿でありながらぎゅっと眉間に皺を寄せた。

「——さて、パトリシア嬢は父と母に任せておくとして、私は君のお世話をしないとね？」

そうこうしている内に、閣下が執務机の引き出しから何かを取り出した。

とたん、私はぎょっとする。

閣下が満面の笑みを浮かべて右手に握ったのは、ニッパー型の爪切りだった。どうやら彼は私の爪を切るつもりらしい。

よちよち、いい子でちゅねーと猫撫で声であやしながら、背中から抱き込むみたいにして左の前足を掴んだ。

さっきロイの吠え声に驚いてしがみついた際、閣下の軍服の襟に引っ掛けてしまったことから、私の爪の先が尖っているのに気付いたのだろう。

しかし、パチン、と爪を切る音が響いたとたん——

「ぴゃあっ……!!」

私は甲高い悲鳴とともに、閣下の膝の上で飛び上がった。

「んん？　パティ？　どうした!?」

「あー、閣下!!　それ、絶対切り過ぎですってー!!　あーあ、かわいそうに。血が出ちゃってるじゃないですか……」

子竜化した私の爪は、猫のそれと似たような構造をしている。根元近くには血管と神経が通っているため、あまりがっつり切られると血が出るし、何より肉を断たれるくらいに痛いのだ。

閣下はそれを知らなかったのだろうが、こちらとしては堪《たま》ったもんじゃない。

左の人差し指を深爪にされ、私は痛みから逃れようとがむしゃらに身を捩った。

閣下の腕を振り払い、彼の膝から床へと転がり落ちる。絨毯がクッションの役目を果たしてくれたおかげで大した衝撃はなかったが、左前足を庇うように身を丸めていたせいで、私の身体はボールみたいにぽよんと跳ねた。そのまま執務机の下を潜り、床の上をコロコロと転がっていく。

「パティ、すまない！　すぐに手当てするっ……」

「わわわっ、待て待て待てー」

椅子を倒さんばかりの勢いで立ち上がった閣下が、慌てて駆け寄ってこようとするのが見えた。

執務机の側に立っていた少佐も、足もとを転がっていく子竜ボールを拾おうと手を伸ばしてくる。

ところが、二人の手が届く前に、私の身体は二本の柱の間に挟まる形で止まった。

とはいえ、こんな部屋のまっただ中に、小さな私が挟まるくらいの間隔で柱が立っているなんて不自然だ。痛む左前足を庇《かば》いつつ、恐る恐る顔を上げれば……

「ぴゃっ!?」

至近距離から私を見下ろしていたのは、真っ黒い犬の円《つぶ》らな瞳。

私は、行儀よくお座りして待機していた犬のロイの前足の間に挟まって止まったのだった。

ぴきりと固まった私の顔を、ロイの長い舌がベロリと舐め上げる。

その瞬間、恐怖は限界突破した。

逃げ出したい一心の私の目が捉えたのは、雲一つない青空が覗く窓の向こう。

無我夢中でロイの前足の間から抜け出し、一目散に走った。

といっても、短い足ではさほど速くは走れなかったが、まさか翼のない子竜が窓から飛び出ようとするとは誰も思わなかったのだろう。

「――パティ!? ま、待って!!」

「えっ、ちょっ……ロイ！ その子を止めろっ!!」

閣下と少佐が私の意図に気付いて止めようとするが、時すでに遅し。

「あ、危ないっ!! ここは三階だぞっ……!!」

閣下の悲鳴みたいな声が聞こえた時には、私はもう窓枠を蹴って外へと飛び出してしまっていた。


結果から言うと、私は深爪以上の傷を負わずに済んだ。

私の事情を把握している旦那様と奥様のもとに戻ることができ、またもやお二人の私室で一晩匿ってもらった。

そして、無事人間の姿に戻ることができた翌朝。朝食が並んだテーブルを囲んでのことである。

「急に姿が見えなくなったかと思ったら、子竜になって空から降ってくるとは……パティにはまったく、驚かされてばかりだな」

「あら、私はまた子竜のパティをだっこできて嬉《うれ》しかったわ」

「お、お騒がせして、すみませんでした……」

苦笑いを浮かべる旦那様と、満面の笑みの奥様の向かいの席で、面目次第も無い私はひたすら縮こまる。

とはいえ、無謀にも三階の窓から飛び出した昨日の私を救ったのは、旦那様でも奥様でもなかった。ちらりと横を向けば、ぱちくりしながら私を見つめる眼差しと至近距離でぶつかる。

「……」

青空みたいなその虹彩には見覚えがあった。閣下の瞳と同じ色だ。

けれども今、私の側にいるのは、閣下ではなく――そもそも、人間でさえなかった。

虹色に輝く鱗でびっしりと覆われた長い胴体。体長は一般的な成人男性の身長ほどで、太さもその太腿くらいある。そんなものが、私の身体に添うようにゆったりと巻き付き、左の肩に背後から顎を載せていた。

昨日、庭園の中を歩いている最中に遭遇した、あの竜だ。

偶然なのか、それとも待ち構えていたのかは分からないが、とにかく軍の施設三階の窓から飛び出した子竜の私を地面に激突する前にキャッチしてくれたのは、この竜神の石像にそっくりな竜だった。

竜は、状況が呑み込めずに固まる子竜を背に乗せたまま庭園へと戻り、いきなり姿を消した私を探してくれていた旦那様のもとまで届けてくれたのだ。

ところが、旦那様には突然私が空から降ってきたように見えたという。

というのも……

「あのぅ……旦那様と奥様には、本当にこの竜の姿が見えていらっしゃらないんですか？　お二人揃って、私をからかっているとかじゃなくて？」

「うむ。残念だが、我々の目には映っていないな」

「パティが羨ましいわあ。私も、竜神様が見たーい」

初めて遭遇した際に旦那様が無反応だったことからある程度は予測していたが、どうやらこの竜神らしき竜、私以外の人間の目には映らないらしい。竜神の眷属の血を引く旦那様には辛うじて気配は感じられるものの、姿形はまったく見えていないという。

そもそも何故いきなり昨日になって、竜は姿を現したのだろうか。

私のそんな疑問に、旦那様は昨日の午前中に竜神の石像をシャルベリ辺境伯邸の敷地内に移動させたことが関係しているのでは、との推測を口にした。

「近くにまったく別種の竜の血を引くパティがいたものだから、じっとしていられなくなったんじゃないか」

「えええ……りゅ、竜神様の縄張りを侵してしまった私が、排除されるって可能性は……」

「排除するつもりなら、とっくにパティはシャルベリにいないだろう。あいにく私には竜神の姿は見えないが、少なくとも何かに憤《いきどお》っている気配は感じられないな。空だって、あの通りの快晴だ」

「それなら、いいんですけど……」

シャルベリ辺境伯領の竜神は天気を司るとされており、その感情は空模様に直結すると考えられている。竜神が怒れば雷鳴が轟《とどろ》き、嘆けば冷たい雨が降るのだという。

今朝は昨日に引き続き、雲一つない一面の青空が広がっていることから、竜神の心もまた凪《な》いでいると推測できるわけだ。

それを裏付けるかのように、件《くだん》の竜は私の左肩に頭を預けてうとうとし始めていた。

シャルベリ辺境伯領の竜神という存在自体については、私は今もまだ恐ろしく感じている。

とはいえ伝承上では、とぐろをまけば貯水湖全体を覆ってしまうほど大きいと語られているものが、今みたいに人間とそう変わらない大きさで現れ、自分の肩の上で居眠りをしているのかと思うと自然と警戒も緩む。

竜の大きさに関して言えば、件《くだん》の石像を介して姿を表しているからではないか、というのが旦那様の見解だ。確かに、言い伝え通りの巨大な身体では、シャルベリ辺境伯邸の敷地内では動きにくかろう。

私がメテオリットの子竜なら、今の彼——シャルベリ辺境伯領の竜神は女性を娶ったことから陽神《おがみ》であると考えられている——はシャルベリの小竜神だ。はっきり言って、お互い竜らしい威厳はない。

何より、昨日助けてもらったこともあり、私はこの小竜神に対して少なからず親近感を覚え始めていた。

「——おはようございます。遅れて申し訳ありません」

そんな中、一人遅れて朝食の席に現れたのは閣下だった。

どこか疲れたように見えるのは、もしかしてもしなくても、子竜の私が窓から飛び下りたせいだろうか。昨日は閣下と少佐が犬のロイを伴い、暗くなるまで必死に何かを探している様子だったと旦那様から聞いている。

何だか申し訳ない気持ちになって私が俯いていると、席に着いた閣下がふと声をかけてきた。

「パトリシア嬢、熱はもう下がったのかい？」

「あ、はい……おかげさまで……」

昨夜私が夕食に参加しない理由は、微熱があるため部屋で休んでいる、と説明されたらしい。

実際は、子竜の状態のままだったから引き籠《こも》っていただけで至って元気。強いて言えば、閣下に切られた爪が痛かったくらいだ。

しかし、そんなこととは知らない閣下が続ける。

「慣れない環境に置かれて疲れが出たのかもしれないね。どうか、無理をしないように」

「はい、お気遣いいただきありがとうございます」

昨日まで白々しく感じていた閣下の声が、何だか今朝は殊更優しく聞こえたのは、昨日素の彼を見てしまったせいだろうか。端整な面《おもて》をデレデレに緩ませて、ひたすら私を可愛いと言ってくれていたのだ。それを思い出すと、今更ながら頬が熱くなってしまう。

私は赤くなった顔を見られまいと、深爪した左の人差し指を握り込んでますます俯いた。

＊＊＊＊＊＊

シャルベリ辺境伯領に来て八日目――子竜姿で閣下の執務室に連れて行かれ、深爪の刑に遭った翌日のことである。

この日の午後、奥様は主治医を屋敷に迎えて月に一度の定期検診を受けていた。

診察には旦那様が付き添い、手持ち無沙汰になった私は、出入り自由の許可をもらった旦那様の書斎でのんびり本でも読もうと思っていた。ところが……

「――な、何？　私をどうしたいの⁉」

現在、シャルベリ辺境伯邸と軍の施設との間に作られた中庭まで追い立てられている。

犯人は、昨日出会った竜神の石像大の存在――小竜神と呼んでいる、私の目にしか映らない竜だ。

その虹色の鱗に覆われた鼻面にぐいぐいと背中を押された私は、何が何だか分からないまま中庭の片隅に立つ大きなオリーブの木の下までやってきた。

ちょうどそこは、私がシャルベリ辺境伯領にやってきた日の翌朝、閣下が年若い部下を厳しく叱責していた場所である。

ここまで来てようやく、小竜神が私を連れてきた理由が分かった。

オリーブの木の上の方から、みーみーという鳴き声が聞こえてきたからだ。

「これは猫……それも、子猫の声かな？　もしかして、木から下りられなくなっちゃってる⁉」

その呟きを肯定するみたいに、小竜神は私の周りをぐるりと一周してから、子猫の声が聞こえる方へと飛んでいく。

楕円形をしたオリーブの葉の隙間に、真っ白い子猫の姿が見え隠れしていた。

小竜神は飛べるのだから、昨日閣下の執務室の窓から飛び出した私を空中で捕まえてくれたみたいに、子猫のことも簡単に助けられるのでは、と思ったが……

「シャー!!」

小竜神が近づくと、子猫は一人前に全身の毛を膨らませて威嚇《いかく》した。

「あの子……小竜神の姿が見えているんだ！」

怯えた子猫が後退《あとずさ》れば、枝が大きく撓《しな》って今にも折れそうになる。

居ても立っても居られなくなった私は、木の周りをくるくる飛び回っておろおろしているように見える小竜神に向かって叫んだ。

「子猫が怖がるから、あなたは少し離れていて！　私が登って助けるわ！」

自慢じゃないが、木登りは得意なのだ。

姉や歴代の先祖返りみたいな翼を持たない私にとって、空はいつも憧れの場所だった。

少しでも近づきたくて、生家の庭木を片っ端から登った覚えがある。

シャルベリ辺境伯邸のオリーブの木は樹齢が古いものらしく、どっしりと太い幹の上で大きく枝葉を広げた美しい樹形をしていた。乾燥に強い木なので、シャルベリ辺境伯領が水不足に悩まされていた時代から、こうしてここにあるのかもしれない。

一通り木を検分して登りやすそうな位置を見極めた私は、意を決して靴を履いたまま幹の節の部分に足を掛ける。そして、自分の身長ほどの高さまで登った時だった。

「――――パトリシア嬢？」

突然、思わぬ声に背後から名を呼ばれ、私はびくりと身体を震わせる。

木の幹にへばりついたまま、おそるおそる後ろを振り返ってみれば……

「か、閣下……？」

空色の瞳をまん丸にした閣下が立っていた。

「ど、どうして……」

「いや、執務室の窓がやたらとカタカタ音を立てるので、不審に思って近寄ってみれば、ちょうどこのオリーブの木が目に入ってね。何だか胸騒ぎを覚えて来てみたんだが……」

そう言う閣下の頭上では、小竜神がくるくると円を描きながら飛んでいる。どこか誇らしげな表情をしているところを見れば、閣下がここに来るよう仕向けたのは彼なのだろう。

「驚いたな、木登りかい？　パトリシア嬢は意外とお転婆なんだね」

くすりと笑われて、私はとたんに真っ赤になって弁明する。

「ち、違います！　別に木登りがしたいわけじゃなくて、あの、子猫が……」

「子猫？　──ああ、なるほど。そういうことか」

私が見上げた先に、縮こまって震える真っ白い子猫を見つけた閣下は、合点がいったような顔をした。

子猫は相変わらず、みーみーと哀れな鳴き声を上げている。

一刻も早く助けなければ、と急いで木を登ろうとした私だったが……

「こらこら、待ちなさい。私が行こう」

子供にするみたいに両脇の下に閣下の手が入って、木の幹から引き剝がされてしまった。

ぎょっとして固まる私を地面に下ろした彼は、苦笑いを浮かべて諭《さと》すように言う。

「万が一、木から落ちて怪我でもしたら大変だからね。君を我が家に託していかれた叔父上殿や、王都で待つ姉君に申し開きができないだろう?」

「あ……」

閣下の言葉に私ははっとした。確かに、曲がりなりにも客として身を寄せている以上、私がシャルベリ辺境伯邸で怪我を負えばその家主——旦那様や閣下が責任を問われる可能性がある。

私は目先のことばかりに捕われて、深く考えずに行動してしまった自分の軽率さを恥じた。

ぐっと唇を噛んで俯く私の周りを、おろおろしたように小竜神が回り始める。

そのしっぽの先が偶然掠めたせいで鼻がむずむずしたと思ったら、ぷしゅんと一つくしゃみが出た。

とたん、思いも寄らない温もりが私を包み込む。

閣下が、軍服の上着を脱いで背中から着せ掛けてくれたのだ。

「病み上がりなのだから、無茶をしてはいけないよ。私の上着で申し訳ないが、子猫を木から下ろすまでの間、預かるつもりで羽織っていなさい」

「あ、は、はい……ありがとうございます……」

慌てて頷いた私に、閣下はにこりと笑ってから木の幹に手を掛けた。

閣下の軍服の上着は私には大き過ぎて肩が落ちてしまうし、丈なんて長過ぎて膝の下まで隠れてしまう。その上豪華な飾緒や勲章のバッジがたくさん付いていてずっしりと重く、ずっと着ていると肩が凝りそうだった。

けれども、とても温かかった。上着に残った閣下の体温と香りに包まれて、まるで彼に後ろから抱き締められているみたいに錯覚する。

昨日、子竜姿で実際に抱き締められたことも思い出し、私の頬は本当に熱があるみたいに火照《ほて》った。からかうように顔を覗き込んでくる小竜神を、私は知らんぷりする。

そうこうしている間に、閣下はさっさとオリーブの木に登り、子猫がいる枝の付け根にまで到達した。彼は子猫を怖がらせないようにそっと片手を伸ばし、殊更優しい声で語りかける。

「大丈夫、大丈夫……ああ、いい子だね。怖くないよ」

みーみーと鳴き続けていた子猫も、閣下に自分を害するつもりはないと気付いたのだろうか。

やがて、鼻先でじっとしていた閣下の指をちろりと舐めた。

「——おいで」

閣下は機を逸することはなかった。素早く掌《てのひら》を子猫の腹の下に滑り込ませ、その真っ白い身体を捕まえる。

驚いた子猫はみゃっと鳴いてとっさに爪を立てたが、閣下は怯むこと無く胸元へと抱き寄せた。

そうして安堵したように長い長いため息を吐《つ》いてから、子猫の狭い額に小さく一つキスをする。

はらはらしながら一部始終を見守っていた私は、一時《いっとき》とはいえ、この人のことを動物嫌いだなんて思い込んでいた自分が信じられなかった。

「木登り……お上手なんですね」

子猫を片手に抱いたまま、するすると木を下りてきた閣下に、私は思わず感嘆のため息を吐く。

側にいた小竜神に怯えてジタバタする子猫を抱き直しつつ、閣下は肩を竦めてまた苦笑いを浮かべた。

「小さい頃、傍若無人な姉達にもみくちゃにされるのが嫌で、よく木の上に避難していたからね。――さて、お前はどこから来たのかな？　私が飼えればいいんだが、モリスはいい顔をしないだろうなぁ……」

閣下はそう言いつつも、子猫を離し難《がた》い様子だった。

真っ白い毛並みを優しく撫でる手とは裏腹に、いやに難しい顔をしているのは、もしかしたら子猫にデレデレしてしまいそうなのを必死に堪《こら》えているのだろうか。

そう思うと、何だか閣下が可愛く見えてきて、私の前では取り繕わなくていいですよ、と言ってあげたくなる。

思えば、こんなに長く彼と一緒にいたことは今までなかった。

閣下は多忙だし、それでなくても彼の側には高確率で少佐が――私の苦手な犬のロイがいる。

二人きりで言葉を交わすのも、今回が初めてのことだった。

その後、子猫はやはり、先日メイド達が話題にしていた厩で生まれた内の一匹であることが判明する。今朝方、寝惚《ねぼ》けた馬が嘶《いな》いたのに驚いて厩を飛び出し、行方不明になっていたらしい。

それを探していたメイド長が、偶然オリーブの木の側を通りかかったことで、子猫は無事兄弟猫の待つ厩へと帰っていった。

すでに里親も決まっているのでシャルロ様は飼えませんよ、と速攻釘を刺された時の、閣下のあの切なそうな表情が忘れられない。

それとともに、シャルベリ辺境伯邸に入るまで私を包み込んでくれていた彼の軍服の上着——その温もりや香りも、記憶の中にしっかりと刻まれたのだった。

＊＊＊＊＊

シャルベリ辺境伯邸は、貯水湖の東に位置する小高い丘の上に立っていた。

私は、初めてここに来た時に潜った表門ではなく、軍の施設を迂回《うかい》した先にある裏門を出て、石畳の大通りを西へと徒歩で下って行く。貯水湖の真ん中にある島の上では神殿の屋根の修繕が始まっていて、トンカントンカンとハンマーで叩く音が町中に響いていた。

貯水湖を臨む大通りの沿道に軒を連ねているのは、先祖代々その場所で商いをしてきた老舗だ。パン屋や果物屋といった食品を扱う店もあれば、その隣に金物屋や靴屋が並んでいたりする。

そのほとんどが、一階を店舗、二階以上を住居としているようだ。

扉の上部には、それぞれの業種にちなんだ看板が掲げられて目印となっていた。

そんな中、私はとある店の前で足を止める。鋳物《いもの》飾りが付いた扉の上に掲げられていたのは、ケーキやクッキーなどの焼き菓子をモチーフにした鉄細工だった。

「――あった、メイデン焼き菓子店。ここだ」

私がシャルベリ辺境伯邸に滞在するようになって、今日で十日になる。

子竜姿で遭遇した日を境にして、私はどうにも閣下のことが気になり始めていた。

少佐相手に私のことを可愛いと連呼しているのを聞いてしまったり、子竜の私にデレデレになった素の彼を目の当たりにしたせいだろう。

私を避けているように見えていたという少佐の指摘を受けてか、食事の際に閣下から話しかけられる機会が増えたのも一因に違いない。食卓での会話の中心はおしゃべりな奥様だが、ふと閣下が私に話を振ってくれたりして、他愛無い言葉を交わすようにもなっていた。

年齢差を理由に結婚対象としては見られないとのことだったが、彼は別段私を嫌っているわけではなかった。

先日、オリーブの木から下りられなくなった子猫を助けた時なんて、くしゃみをした私にすかさず軍服の上着を着せ掛けてくれる気遣いも見せてくれたのだ。

とはいえ、忙しそうなのは相変わらずで、私が閣下と一日の内で確実に顔を合わせられるのは、いまだ朝食と夕食の時だけである。

そんな状況の中、私はこの日、奥様からお使いを頼まれて一人きりで町に出ることになった。

ちなみに、出会った日から私にベッタリで片時も離れようとしない小竜神だが、彼はどうやら現在竜神の石像が保管されているシャルベリ辺境伯邸の敷地内からは出られないらしい。つい先ほど、裏門の向こうから涙ながらに見送られてしまって少々胸が痛い。

とはいえそんな罪悪感も、見知らぬ町を一人きりで歩くわくわくとドキドキ、それからスパイス程度の不安によって、私は薄情にもすぐに忘れてしまった。

アレニウス王家の末席に連なるとはいえ、メテオリット家は爵位も持たない旧家に過ぎない。末っ子の私に対して、姉を筆頭に周囲は少々過保護なきらいはあったが、一人での町の散策を禁じるほどではなかった。そのため、初めて訪れる店の扉を開くのにも、さほど躊躇《ちゅうちょ》はない。

カラン……と、扉の開閉に合わせてアイアンベルが鳴った。

とたんに、焼き菓子の甘い香りが私の鼻腔を満たす。

「いらっしゃいませー」

カウンターの向こうから、明るい女性の声が聞こえてきた。

店番をしていたのは、黒髪を肩の上で切り揃えて黒ぶちの眼鏡をかけた、私よりいくらか年上に見える若い女性だ。扉を閉めてカウンターの前までやってきた私に、女性店員は愛想のいい笑みを浮かべて首を傾げる。

「あらら、可愛いお客様。もしかして、初めましてかしら？」

「はい、少し前にシャルベリ辺境伯領にお邪魔したばかりで……あの、ケーキをいただけますか？」

私が奥様に頼まれたのは、今日の午後のお茶請けにケーキを買ってくることだった。

奥様はこのメイデン焼き菓子店をたいそう贔屓にしているらしく、ご友人を集めたパーティの際にもよくこの店のケーキを注文するそうだ。

女性店員の顔が覗くカウンターの下は、ガラス張りのショーケースになっていた。中には、ケーキャクッキーといった様々な焼き菓子が所狭しと並んでおり、どれもこれも美味《おい》しそうで目移りしてしまう。

私はまず、ショーケースの真ん中に目立つように置かれたケーキを指差し、カウンターの向こうでニコニコしている女性店員に告げた。

「えっと、このチョコレートケーキを……」

「さすがはお客様！　お目が高いっ!!」

「ひえっ!?」

「そちらのチョコレートケーキは、当店の一推し商品でございまぁっす!!」

とたんにぱっと顔を輝かせた女性店員が、カウンター越しに身を乗り出してきて、私の手をぎゅうぎゅう握り締める。

食い気味な相手に、私はたじたじになった。

チョコレートケーキは、シャルベリ辺境伯邸に残してきた小竜神のためのものだ。

というのも、どうやら彼、チョコレートが好物らしい。その証拠に、旦那様と奥様がお供え物として用意したお菓子やフルーツの盛り合わせから、せっせとチョコレートだけを啄《ついば》んでいた。

その時、チョコレートばかりが次々と消えていく現象を目の当たりにし、旦那様と奥様もそこに目に見えない何かがいる——それがシャルベリ辺境伯領とは切っても切れない縁がある竜神だと改めて認識したのだろう。生け贄の乙女を捧げることはできないが、チョコレートならばいくらでも差し上げられるとばかりに、惜しみなく与え続けている。

おかげで、竜神の機嫌に連動するというシャルベリ辺境伯領の空模様も連日快晴が続いているが、日に日に彼の顔や胴がふっくらしてきているのを放っておいていいものかどうか、唯一視認できる私としては悩みどころだ。

それはさておき。

続けてショーケースを覗き込んだ私は、旦那様と奥様に頼まれていたベイクドチーズケーキとラズベリーのムースを、自分用には迷いに迷った末にリンゴのシブーストを選ぶ。

それからもう一つ——実は、閣下のためにもケーキを買ってくるよう、奥様から頼まれていた。

「あの、大人の男性はどういったケーキをお好みでしょうか？」

「大人の男性？　うーん、そうですね——……」

とはいえ、閣下の好みなんて私が知る由《よし》もない。

朝夕の彼の食べっぷりを見ている限り、別段好き嫌いはなさそうなのだが。

結局、独断で選ぶ勇気もなく早々に意見を求めた私に、女性店員はニコニコしながら愛想よく答えてくれた。

「フルーツ系か、もしくはあまり甘くないチーズ系が無難かと思います。けれども当店としましては、甘いのが平気な方なら老若男女問わずチョコレートケーキをお勧めしているんですよ。何たって、代々受け継いできたレシピで作る、うちの看板商品ですからね！」

「はあ……」

曰《いわ》く、メイデン焼き菓子店自慢のチョコレートケーキは、アーモンドパウダー入りの薄い生地に、コーヒー風味のバタークリームとガナッシュを交互に挟んで幾層にも重ね、チョコレートですっぽり上部を覆っている。

とろりして濃厚なチョコレートの甘さに加え、生地に染み込ませたリキュールシロップの柑橘系《かんきつけい》の香りとコーヒーの仄《ほの》かな苦味が絶妙に合わさった、上品な味わいに仕上がっているという。

「ねえ、お客様。もしかして、好《よ》い人へのプレゼントだったりします？　でしたら、絶対に後悔させませんよ！　是非とも、うちのチョコレートケーキをお持ちくださいっ‼」

「い、いえ……全然そういう相手じゃないんですけど……」

相変わらず食い気味な女性店員にたじたじになりつつも、彼女がチョコレートケーキに絶対の自信を持っているのは理解できた。

そもそも、シャルベリ辺境伯夫人である奥様が贔屓にするような店なのだから、どのケーキを持って帰ってもハズレはないだろう。

「それでは、チョコレートケーキをもう一つ……」

期待のこもった目でこちらを見つめている女性店員に、私がそう告げようとした時だった。

カラン……と、背後でベルが鳴る。この店の扉の開閉に合わせて鳴るアイアンベルの音だ。

それによって、他の客がやって来たらしいと気付いた私は、さっさと注文を済ませてショーケースの前を譲ろうと思ったのだが……

「バニラ、そろそろミルクの時間じゃ……ああ、すまない。接客中だったか」

「……えっ？」

聞き覚えのある――しかし、ここで聞くとは思ってもみなかった声がして、私はバッと背後を振り返る。

はたしてそこには、今朝も一緒に朝食を囲んだ相手――閣下の姿があった。

「か、閣下⁉　え、えっと……？」

「――ん？　パトリシア嬢か⁉　どうしてここに……」

ぎょっとする私に対し、閣下も目を丸くした。

しかしながら私を驚かせたのは、閣下がメイデン焼き菓子店に現れたことだけではない。

いつもの黒い軍服姿で腰にサーベルを提げた彼の腕には、首が据わって間もないような乳飲み子が抱かれていたのだ。

しかも、その抱き方があまりにも様《さま》になっている。

私はぽかんと口を開いたままその場に立ち尽くし、閣下と赤子を見比べた。

すると、私が注文したケーキを箱に詰めていた女性店員が、カウンター越しに閣下に声をかける。

「すみませんねー、パパ閣下。こちらのお客様のケーキをご用意したらすぐにミルクを飲ませますんで、もうちょっとだっこしててくださいねー」

「……パパ？」

女性店員の言葉に、私は衝撃を受けた。

と同時に、ずきんと得体の知れない痛みを訴えた胸をとっさに片手で押さえる。

ドキドキと荒ぶる心臓に、静まれ静まれと心の中で必死に呪文を唱える。

私はごくりと唾を呑み込んでから、赤子を抱いた閣下に向かって絞り出すような声で問うた。

「閣下――隠し子がいらっしゃったんですか？」

第四章　一緒に帰ろう

アレニウス王国では法律により重婚が禁じられており、たとえ国王陛下であろうともお妃様は一人しか迎えられない。実際、現アレニウス国王は二人目の王妃を得ているが、それは前王妃が亡くなって四年後のことだった。

当然、次期シャルベリ辺境伯だって複数の妻を持つことは許されない。

私ことパトリシア・メテオリットとシャルロ・シャルベリの縁談云々は、突発的で不確定なものだった。けれども、マルベリー侯爵令嬢との縁談話が先に持ち上がっていたのだから、閣下は確実に独身のはずである。

ということは、バニラと呼ばれた女性店員は彼の愛人で、赤子は二人の間に生まれた庶子ということになるのだろうか。

そう思い至った私は、たまらず顔を顰《しか》める。

だって、閣下は先日少佐相手に、私のことは年の差があり過ぎて結婚対象として見られないと言っていたのだ。

一方で、私とバニラという彼の愛人はさほど年齢が違わないように見受けられる。彼女との間には子供まで拵《こしら》えておいて、同年代の私を子供扱いするのはいささか矛盾が過ぎるだろう。

つまり、閣下が私と縁談を組み直すのに乗り気でない本当の理由は、すでに愛する女性と子供がいたからであって、年の差云々はただの言い訳だったのだ。

とたんに、私はひどくがっかりとしたような——もっと言えば裏切られたような気持ちになった。

それなのに当の閣下はというと、暫定《ざんてい》とはいえ縁談話が持ち上がっている私に愛人と隠し子の存在を知られても慌てる様子はない。それどころか、ぐずり始めた赤子を慣れた手付きであやしつつ、さも不思議そうな顔をして首を傾げた。

「うん？　隠し子？　ええっと、パトリシア嬢。一体何のことだろうか？」

「とぼけないでください！　今まさに閣下が抱いていらっしゃるその子のことですっ‼」

悪怯れる様子もない相手に、私の心の中にもやもやとしたものが広がっていく。

心に決めた人がいたのなら、叔父がいる時にはっきりとそう言って私との縁談の可能性を否定してくれればよかったのだ。そうすれば、唯一の溢れ者となった私は、否応無しにも王都に戻ることなったのに。

自分一人が茶番劇の中で踊らされていたようで、悔しくて唇を噛み締めた。

しかし、ここで一つ疑問が浮かぶ。

あの奥様が、閣下とその愛人の状況を知って、はたして黙っているだろうか。

事故で不自由になった我が身も顧みず、子供達を懸命に育てたという愛情深い人である。

そんな奥様が、息子の愛する女性と子供に、愛人だの庶子だのいう不遇を強いることをよしとするはずがない。まだ十日という短い付き合いではあるが、それだけは断言できる。

バニラと呼ばれた女性店員が、閣下の妻としてシャルベリ辺境伯邸に迎えられていないということは——つまり、彼女と閣下の関係も、二人の間に赤子が生まれている現状も、奥様には知らされていないということだろう。

私は唇を噛み締めるのをやめると、キッと閣下を強く見据えて口を開いた。

「閣下のお子さんということは、奥様にとってはお孫さんですよ。ちゃんと教えて差し上げるべきです」

「——んん？　ま、孫っ⁉」

すると、ここでやっと閣下が慌て始めた。

「ちょ、ちょっと待ってくれないか？　パトリシア嬢、何か誤解をしているようだが……」

「誤魔化しは結構です！　とにかく、旦那様と奥様に全てを打ち明けて、彼女とお子さんのことを認知していただくべきです！」

「いや、いやいやいやいや！　認知も何も、この子は……」

「それに、その気もないのに縁談を保留にするのもよくないと思います！　脈も無いのに体裁のためだけにここに留《とど》まっていたなんて、あまりにも滑稽じゃないですかっ……‼」

最後は恨み言みたいになってしまったのは何とも情けないが、私だって少しくらい傷付いたのだ。

興奮するとまずいのは、自分が一番分かっていた。心拍数が上がって、うっかり子竜化してしまってはいけない。

私はぎゅっと胸元を握り締めて俯き、堪《こら》えろ、と荒ぶる心臓に命じる。

いつぞや目にした黒い軍靴の先が視界に割り込んできたのと、大きな手に肩を掴まれたのは同時だった。

「ち、違う！　この子は——クリフは私の子供ではないんだっ‼」

悲鳴みたいなその声にぱっと顔を上げれば、びっくりするほど近くに閣下の端整な顔があった。

彼の空色の瞳には、ぽかんとした表情の私が映り込んでいる。

目が合った瞬間、自分の心臓がドクンと一際大きく跳ねたのが、胸を押さえていた掌に伝わってきた。と、その時である。

「……っ、ふえっ、えっ、えっ……」

閣下の大きな声に驚いたのだろう。ただでさえお腹を空かせて機嫌を損ねていた赤子が、ついにギャーと火が付いたように泣き始めた。

とたんに、カウンターの奥にある厨房から、白いコック服を着た青年が飛び出してくる。

閣下の腕の中で泣きじゃくる赤子は、このコック服の青年そっくりの鳶色《とびいろ》の髪をしていた。

「お騒がせして、申し訳ありませんでした……」

消え入りそうな声で謝りつつ、私は両手で顔を覆った。

私が閣下の愛人だと思い込んだバニラさんは、メイデン焼き菓子店の店長であるという。そして、赤子の泣き声を聞いて厨房から飛び出してきた、白いコック服を着た鳶色の髪の青年が、バニラさんの夫でありパティシエを務めているラルフさんだ。

赤子はクリフ君といい、メイデン夫妻の一人息子だった。つまり、閣下の隠し子などではなかったわけだ。

私は盛大な勘違いを披露してしまったのが恥ずかしくて、穴があったら入りたい気分だった。

「いや、そもそもバニラが私のことを〝パパ閣下〟なんて、わけの分からない呼び方をするからややこしくなるんだぞ。パトリシア嬢の誤解を全然解こうともしないし……」

「だってー、可愛い女の子に詰られてる閣下なんて見物《みもの》じゃないですかー。それにしても、か、隠し子って……ぶふっ……！」

閣下にじとりとした目で見られてもどこ吹く風で、思い出し笑いをするバニラさん。彼女は何だか、モリス少佐を彷彿《ほうふつ》とさせるキャラだ。

私の隠し子発言がよほどツボにはまったのか、ついには腹を抱えて笑い始めた彼女を、夫のラルフさんが窘めている。その腕の中では、クリフ君がングングと勢い良くミルクを飲んでいた。

「気に病まなくてもいいよ、パトリシア嬢。誰にだって勘違いすることはあるさ」

「は、はい……恐れ入ります……」

結局、自分が言い掛かりをつけた閣下本人に慰められてしまい、私はますます情けない気分になった。

そもそも閣下は、奥様がメイデン焼き菓子店を贔屓にする前から、メイデン夫妻とは知り合いだったそうだ。三ヶ月前にクリフ君が生まれてからは、仕事の合間に時々やってきては子守りを手伝っていたらしい。

閣下は正真正銘独身で、子供もいない。それなのに、赤子をあやす姿が随分と板に付いていたように思う。

私がそれを伝えれば、彼は懐かしそうに目を細めた。

「年の離れた弟の面倒を見ていたからね。弟が生まれたのはもう二十年も前のことだが、案外身体が覚えているものだよ」

「えっと……それは、ロイ様？」

「そうだよ。そのロイが、この隣のリンドマン洗濯店に住み込んでいてね。こうして時々クリフのお守《も》りをしつつ、弟の顔を見に来るのが私の楽しみなんだ」

「そう……でしたか……」

ロイ様の話をする閣下の表情は慈愛に満ちていて、彼をとても可愛がっているのがひしひしと伝わってきた。

ミルクを飲み終わったクリフ君が、父親に背中をトントンしてもらって、ゲフッと見事なゲップを披露する。それを見て微笑む閣下の横顔に無意識に見蕩《みと》れていると、そういえば、と彼が私に向き直った。

「パトリシア嬢は何故ここに？　もしかして、母にお遣いでも頼まれたのかな？」

「はい、ケーキを……今日のお茶の時間に食べるケーキを買ってくるよう言い付かって参りました」

ここでふと、カウンターの上に置かれていた時計に目を向けて、私はぎょっとする。お茶の時間が、思っていたよりも迫っていたからだ。

慌ててバニラさんを見ると、満面の笑みで化粧箱が差し出された。ちゃんと、注文したケーキは詰め終わっていたらしい。

私がお礼を言ってそれを受け取ろうとすると、彼女は思い出したように口を開いた。

「ねえねえ、もしかして、さっき言っていた大人の男性って、閣下のことでした？」

「あ、はい。そうです」

自身が話題に上ったことで、閣下がこちらに注目する。

化粧箱の中にチョコレートケーキを二つ入れてもらったのを思い出した私は、おずおずと彼に向き直った。

「ええと、閣下は甘い物は召し上がりますか？」

「うん？　まあ、嫌いじゃないが……もしかして、私の分も買ってくるよう、母に言い付けられたのかな？」

「はい。どういうのがお好きなのか分からなかったので、バニラさんに勧めていただいたチョコレートケーキにしましたけれど、大丈夫でしたか？」

「それは、もちろん……」

閣下は、私の顔とケーキが入った化粧箱をまじまじと見比べる。

かと思ったら、何やら大きく一つ頷いてから、満面の笑みを浮かべた。

「――よし、帰ろう」

「あれれー、帰っちゃうんですか？　お隣で、ロイ君達と一緒にお茶していくものだとばかり思ってましたけど？」

「そのつもりだったが、気が変わった。せっかくパトリシア嬢が私の分までケーキを買ってくれたんだ。今日は家に戻って彼女とお茶をするよ」

「あらまあ、閣下ったら！　ご馳走様でーす！」

閣下はバニラさんとそんな会話を交わしつつ、ラルフさんの腕の中で大欠伸《おおあくび》をするクリフ君の頭を優しく撫でた。そうして、私の手からさっと化粧箱を奪い取ると……

「さて、パトリシア嬢。一緒に帰ろうか」

「……え？」

閣下はそう言って、化粧箱を持っていない方の手を私の目の前に差し出した。

私はいきなりのことに戸惑ったものの、にこにこしながら成り行きを見守っているバニラさんやラルフさんの視線に背を押されるようにして、慌てて閣下の手に自分のそれを重ねる。

お互いの指先が触れ、じんわりと温もりが溶け合った瞬間、私の心臓はまたドキリと大きく高鳴ったのだった。


カララン……、と扉の開閉に合わせてアイアンベルが鳴る。

午後のお茶の時間が迫る中、私は閣下に手を引かれてメイデン焼き菓子店を出た。

石畳の大通りに踏み出した閣下の黒い軍靴が、カツンと一つ音を響かせた、その時。

ふいに、頭上から声が降ってきた。

「——兄さん、もう行くのか？」

私が初めて耳にする、若い男性の声だ。

声の主を確かめようと顔を上げかけた私の隣で、閣下が「ロイ」と相手を呼んだ。

ロイ・シャルベリ——閣下の弟君《おとうとぎみ》の名前である。

「うちで茶を飲んで行くんじゃなかったのか？」

「ああ、すまない。急遽別の予定が入ったのでね。また改めてお邪魔するよ」

「ふうん……あんまりあちこちで油を売っていると、モリスにまたどやされるぞ」

「はは、さすがに今日はもう邸に戻るよ。万が一モリスが入れ違いでやってきたら、そう伝えておくれ」

穏やかな口調の閣下に比べて、ロイ様はいささかぶっきらぼうだ。

そんな彼が、本来は私の縁談相手となるはずだった。

とはいえロイ様は何も、私との縁談を蹴って恋人のもとに奔《はし》ったわけではない。

叔父が縁談をまとめようとした時には、すでに彼には心に決めた人がいた——それだけだ。

それを把握しておきながら、叔父が私をシャルベリ辺境伯領まで連れてきたのは、マルベリー侯爵令嬢が駆け落ちしたことでご破算になった閣下の縁談の穴埋めのため。おそらくは、ロイ様自身は私との縁談話が持ち上がったことさえ知らないだろう。

私個人としてはロイ様に対して別段言いたいことはない。彼とはきっと擦《す》れ違う運命だったのだろうと思うくらいだ。

だから、この時ロイ様に目を向けたのは、閣下が愛するシャルベリ家の末っ子とはどんな人だろうという、純粋な好奇心からだった。

「……っ⁉」

とたん、私の全身に鳥肌が立った。

本日もシャルベリ辺境伯領の空は、相変わらず雲一つない快晴である。

透けるように青い空と、風にはためく洗濯物をバックに、ロイ様はメイデン焼き菓子店の隣――リンドマン家の建物の屋上から大通りにいる私と閣下を見下ろしていた。

リンドマン家は現在洗濯屋を営んでおり、住み込みでそれを手伝っているロイ様は、客から預かって洗いを済ませた洗濯物を屋上に干していたところだった。

髪は、旦那様や閣下と同じ黒。顔は、逆光のせいでよく分からない。

それなのに、瞳だけはキラキラと虹色に――竜神の鱗と同じ色に輝いているのがはっきりと見えた、その瞬間。私は否応無しに悟った。

彼は――ロイ様は、竜だ。

それも、私みたいな落ちこぼれの先祖返りではなく、確固とした竜神の力を受け継ぐ個体だ。

姿形は人間と変わらない。シャルベリ辺境伯領の竜神の眷属が、メテオリット家の先祖返りのように竜に変化するなんて話も聞いたことはない。けれども、私の本能はロイ様を〝自分より力の強い竜〟と認識し、畏怖した。

彼に比べれば、小さいながらも竜神のままの形をしている小竜神の方が、よほど親しみやすい。

人間離れした虹色の瞳がすいと自分に向けられると、たちまち蛇に睨まれた蛙の気分になった。

とっさにぎゅっと手を握り締めた私は、ここでようやく、閣下と手を繋いだままだったことを思い出す。

「パトリシア嬢？　どうした？」

いきなり手を握り締められた閣下は、不思議そうに私の顔を覗き込んできた。

私は慌てて彼から手を離すも、その勢いで後ろに倒れそうになってたたらを踏む。すると、今し方離したばかりの閣下の手が伸びてきて、背中に回って支えてくれた。

そうして結局、手を繋いでいた時よりも密着してしまった私と閣下の頭上から、再びロイ様の声が降ってくる。

「兄さん、その人は？」

「王都からいらしたお客様だよ。お前が家を出たせいで寂しがっている母に、よくよく付き合ってくれているんだ。お前も感謝しておきなさい」

「そうか……初めまして、ロイと言います。母がお世話になっているそうで、ありがとうございます」

「い、いえ……私の方こそ、奥様にはよくしていただいております。パトリシアと申します」

閣下の大きな身体に隠れるようにして、私は何とか挨拶に応えた。

けれどもやはり恐ろしくてならず、ロイ様の顔を見上げることもできない。

彼との縁談が進まなくて、心底よかったと思う。

私はこの時、初めて運命に感謝した。


ロイ様が住み込みで働いているリンドマン洗濯店の経営者は、何と私と同い年――弱冠十七歳の女の子だという。そして、アミィという名のその子が、ロイ様の恋人だった。

メイデン焼き菓子店の店長を務めるバニラさんといい、若い彼女達が家業の看板を背負うに至るまでには、退っ引きならない事情があったらしい。

閣下はそれを、シャルベリ辺境伯邸に戻る道中、私に語って聞かせてくれた。

「リンドマン家とメイデン家の前の家長――アミィとバニラの父親達は、五年前の嵐の夜、氾濫寸前の貯水湖の水門を開くために犠牲になったんだ」

五年前の嵐に関しては、私も記憶している。アレニウス王国全土を覆うような巨大なハリケーンが襲来し、各地に未曾有《みぞう》の大水害をもたらしたのだ。

シャルベリ辺境伯領も例外ではなく、竜神の神殿を中心に抱く貯水湖は瞬く間に警戒水位を超えたらしい。シャルベリ辺境伯軍はすぐさま山脈の向こうから流れ込む北の水門を閉め、海へと水を逃す南の水門を全開にしたのだが、どういうわけか貯水湖の水は増えるばかり。

あわや氾濫するかと思われた時、南の水門が実は開き切っていないことに気付いたのが、自警団として近くを巡回していたアミィさんとバニラさんの父親達だった。

二人は力を合わせて南の水門を開いたが、その拍子に奔流に押し流されて命を落としてしまったのだという。

「南の水門が全開にできていなかったのは、経年劣化による錆《さ》びが原因だった。水門を管理していたのはシャルベリ辺境伯軍であり、不具合を見逃したのは我々の失態だ。一家の大黒柱を亡くしたリンドマン家とメイデン家に、私は何と詫びればいいのか分からなかった……」

当時すでにシャルベリ辺境伯軍司令官として立っていた閣下は、アミィさんとバニラさんの父親達の死にひどく責任を感じたらしい。そのため、せめてもの贖罪に、と遺《のこ》された娘達を陰ながら支えてきた。

「アミィもバニラも、ともに一人娘でね。まだ十代の女の子が家を継がなければならなくなって、相当苦労をしたと思うんだ」

そう呟く閣下の声は苦渋に満ちていて、私は思わず隣を歩く彼の顔を見上げる。

私が目にする彼の表情は、いつの間にか白々しく取り繕ったものではなくなっていた。

いや、そもそもそれは、閣下に嫌われている、避けられていると思い込んでいた私の、一種の被害妄想だったのかもしれない。

私達の間に距離があったのは確かだ。けれど、そこに悪意がなかったことは、先日子竜化した際に、閣下と少佐の会話によって判明している。

思い掛けず閣下と二人で大通りを歩くことになり、私はひどく戸惑い、また緊張もしていた。

ただし、嫌だとは微塵も思わなかった。

むしろ、明らかにコンパスの長さが違うにもかかわらず、当たり前のように私に歩調を合わせてくれたり、さりげなく馬車が行き交う車道側を歩いて盾になってくれたりと、そこかしこに感じる紳士的な振る舞いに好感を覚えた。

だからだろう。私は閣下の憂いに満ちた顔を見過ごすことができずに、でも、と口を開く。

「私の目には、今のバニラさんはとても幸せそうに見えました。優しい旦那さんがいて、可愛い赤ちゃんが生まれて……赤ちゃんをあやしてくださる閣下もいて」

「えっ……？」

閣下の空色の瞳が、一つ、二つ、大きく瞬いて私を見る。

私はそれを見つめ返しながら続けた。

「パパ閣下って呼び名にはびっくりしましたけれど、きっとあれはバニラさんが閣下に心を許している証だと思うんです。だってお母さんは普通、信頼もしていない人に赤ちゃんを預けたりしませんもの」

「んん……そ、そうかな？」

何だか自信無さげな閣下に、私は「はいっ」と大きく頷いて見せる。

「弟さんとアミィさんは、閣下が引き合わせたんですか？」

「いや、あの子達が知り合ったのはまったくの偶然らしくてね。私の知らない間に、心を通わせていたようだ」

「閣下は、お二人の関係を認めていらっしゃるんですよね？」

「ああ、それはもちろん。ロイにもアミィにもずっと幸せになってほしいと思っていたから、そんな二人が手を取り合って生きていこうとしていることを、私はとても喜ばしく思っているんだ。いや、ロイとの縁談のためにシャルベリに来てくれた君の前でこんなことを言うのは、いささか心苦しいが……」

とたんに申し訳なさそうな顔をする閣下に、お気になさらず、と私は首を横に振った。

だって、閣下はご存知ないかもしれないが、竜とは総じて一途で、また番《つがい》に執着する生き物なのだ。ロイ様がシャルベリ辺境伯家の次男という肩書きも何もかも捨ててアミィさんを選んだというのなら、もうきっと誰も彼らを引き離せない。

そして、ロイ様には竜神の強い加護がある。彼に想われるアミィさんは、生涯安泰だろう。

だったら、と私は閣下を見上げて続けた。

「閣下も、いつまでも気に病まなくていいと思います。バニラさんもアミィさんも幸せを見つけられたんですから、閣下だってそろそろ罪悪感から解放されてもいいんじゃないでしょうか」

ふいに、閣下が立ち止まった。

私もつられて足を止める。

すぐ横を、ガラガラと車輪の音を響かせて馬車が通り過ぎていく中、閣下は静かな目で貯水湖を見つめながら言った。

「軍の失態によって一般市民の尊い命が失われたことは、決して忘れてはならない。二度と同じ過《あやま》ちを繰り返さないために、私は一生この罪を背負っていくつもりだ」

硬質な声で紡がれた閣下の言葉を聞いて、私はたちまち真っ青になった。自分が差し出がましいことを言ってしまったと気付いたからだ。余所者のお前に何が分かる、と責められたって仕方が無いだろう。

私は慌てて、閣下に謝ろうとする。けれども……

「君の言葉を聞いて、少し気持ちが楽になった――ありがとう」

彼がこちらに向き直って、そう続ける方が早かった。

「私の贖罪に終わりはない。けれど、バニラやアミィと同年代で同性の君に、彼女達がちゃんと幸せを見つけられていると言ってもらえて……私も少し、報われた気がするよ」

「いえ……部外者の私が口出しするなんて、おこがましいことでした」

申し訳ありません、と謝った私の肩を、閣下は慌てた風に摑んだ。

「いやいや、謝る必要なんてないよ。私が勝手に湿っぽい身の上話を始めて、勝手に鬱々としたんだ。君はそれを慰めようとしてくれたんだろう？　パトリシアは、人の痛みが分かる優しい子だね」

そう言って微笑んだ閣下の眼差しこそ優しくて、私の心臓はまたドキドキと煩くなり始めた。

敬称を取っ払って名を呼ばれたのも初めてのことだ。

それだけで、お互いの間にあった心の壁がぐっと薄くなったような気がした。

そんな中、貯水湖の方から跳ね橋を渡ってきた人物が、ふいにこちらに駆け寄ってくる。

まだ少年っぽさを残した若い軍人だ。彼は、溌剌《はつらつ》とした声で閣下に挨拶をした。

「司令官閣下、お疲れ様です！　神殿の修繕工事は、当初の予定通りあと十日以内には完了するものと思われます！」

「そうか、ご苦労。引き続きよろしく頼むよ。君も、怪我のないようにしなさい」

閣下に労《いたわ》られた若い軍人は、頬を赤らめて「はい！」と大きく返事をすると、慌ただしく仕事に戻って行った。

その背を見送りつつ、私はふと、彼とどこかで会ったような気がして記憶の糸を手繰《たぐ》る。目的の記憶は存外簡単に見つかった。

「……あっ、あの時の！」

「うん？　どうした、パトリシア」

彼は、私がシャルベリ辺境伯領にやってきた日の翌朝、中庭の片隅に立つオリーブの木の下で閣下から叱責を受けていた年若い軍人だ。

閣下はあの時、彼をシャルベリ辺境伯軍から放逐するような物言いをした。しかし、結局除籍を免れ、竜神の神殿の修繕工事に携わっているようだ。

あの場面を目撃してしまったことを打ち明けた私に、閣下は苦笑いを浮かべた。

「パトリシアがシャルベリに来る数日前の夜、この地は嵐に見舞われていてね。さっきの彼はちょうど夜警の当番だったが、非番の連中と一緒に酒を飲んで私室で寝こけてしまっていたらしい」

そんな彼の担当は、貯水湖の水位の見回りだったという。幸い、別の当番の者が気付いてすぐに対処したからよかったようなものの、あやうく警戒水位を超えようとしているのを見過ごすところだった。

それを聞いた私は、閣下があれほど彼を叱るのも当然だと思った。閣下は、五年前の大嵐で犠牲になった一般市民とその娘達への贖罪を胸に刻んで生きているのだから。

「本人も真摯に反省し、二度と無責任な真似はしないと約束した。その決意に免じ、先日神殿の修繕工事における責任者の補佐に任命したんだ。臨時とはいえ役職を得たせいか、以前よりも積極的になり、責任感を持てるようになったみたいだよ」

叱責の現場を目撃した時は、年若い部下の失敗も許せない閣下には、私みたいな落ちこぼれは受け入れてもらえないだろうと感じた。

けれども、本当は部下の失敗に怒っていたわけではなく、己の責任の重さを理解させるためにあえて厳しく叱ったのだ。

「言われるまま軍を去るようならそれまでかと思ったが、腐らずへこたれず再び立ち上がってきた。あれは、将来有望な子だよ」

そう言って、跳ね橋を駆けて行く少年の背中を見つめる閣下の眼差しは、まるで父親のような慈しみに溢れていた。

その横顔を見て、もしかしたら閣下にならーーこの人になら、メテオリットの竜としては落ちこぼれの私も、ただの子竜として接した時のように受け入れてもらえるのではないか、と思った。

シャルベリ辺境伯邸に帰り着くまで、私は閣下といろんな話をした。

それによって、実は閣下が私の姉マチルダ・メテオリットと面識があったことが判明する。

シャルベリ辺境伯軍司令官として、王都で開かれる王国軍の会合にしばしば出席していた閣下は、王国軍参謀長の第三王子リアム殿下やその部下である姉とも顔を合わせていたのだ。

さらには会合後の打ち上げで、酒を酌《く》み交わす機会もあったとか。

ちなみにメテオリット家の先祖返りは代々大酒飲みで、姉もその例に漏れないし、落ちこぼれ子竜の私も酒精にだけは滅法強い。

「なるほど、彼女がパトリシアの姉君で、今代のメテオリット家の家長を務めているのか。どうりで、若いのに随分しっかりした方だと思ったよ。実に頼もしいお姉さんだね」

「そうなんです！　身内の贔屓目かもしれませんが、姉はいつだって格好良くて……私の憧れなんです！」

姉を褒められたことが嬉しくて、私は思わず声を弾ませる。

落ちこぼれの私にとって、始祖の再来と謳われるほど立派な竜の姿を持つ姉は羨望と嫉妬の対象であるが、そんな負の感情を凌駕するほど大切な家族なのだ。姉の方だって、私に惜しみない愛情を注いでくれる。

そんな姉は、なんと酒の席で閣下相手にまで姉馬鹿を披露していたようだ。

「そうかそうか。あの時マチルダ女史が熱く語っていたのは、パトリシアのことだったのか。いや、私にも年の離れた弟がいるだろう？　だから、妹を愛《いと》おしむ彼女の気持ちは痛いくらいに分かったんだ」

いい感じに酒が入った閣下と姉は、お互い上機嫌で弟妹自慢を始め、リアム殿下はそんな二人の噛み合わない会話を肴《さかな》に酒を飲んでいたらしい。その時の光景が目に浮かぶようだ。

「妹は、こんなに小さくてピンク色で、とにかくめちゃくちゃ可愛いんだって力説していたなぁ」

「あわわ……」

閣下が子犬を抱えるような仕草をする。それを見て、酔った姉が思い浮かべていたのは自分の子竜化した姿だと悟った私は、おおいに慌てた。

閣下がじっと、思案するような顔で私を見てきたから余計にだ。

もしも姉の語った〝子犬大でピンク色の妹〟の説明を求められれば、酔っぱらいの戯《ざ》れ言と言って誤魔化すしかない。

私は閣下を見つめ返しながらそんな決意を固めていたが、幸い杞憂《きゆう》に終わった。

というのも、閣下には別段、過去の姉の発言を気にする風情はなかったからだ。その代わり、ふいに伸びてきた彼の手が、私の頭を——子竜の体表と同じ色の髪をさらりと撫でた。

「か、閣下……？」

「うん、なるほど……確かに小さくてピンク色だ。マチルダ女史が、君を猫可愛がりしたくなるのも頷けるな」

閣下はしみじみと呟きつつ、大きな掌で包み込むようにして、私のストロベリーブロンドの髪をゆったりと撫でる。

自分の顔が、ピンク色を通り越して一気に赤に染まったのを感じた。頬なんて、ひりつくくらいに熱くなっている。

「あの可愛がりようでは、君を一人シャルベリに送り出すのは苦渋の決断だったに違いない。今頃、マチルダ女史はさぞ気を揉んでいることだろうね？」

「あ、姉は心配し過ぎなんです。私だってもう小さな子供じゃないんだから、平気なのに……」

「兄の立場から言わせてもらえば、いくつになったって弟や妹に変わりはないんだ。私もロイが可愛くてね。弟でもそうなんだから、妹だったらもっと過保護になっていただろうさ」

「そう……ですか……」

閣下は、ロイ様の赤子の頃を懐かしんでいた時のような慈愛に満ちた表情をして、私の髪を優しく指で梳《す》いた。

嫌ではなかった。

その仕草に他意はなく、ただ純粋に私を慈しんでくれているのだと分かったからだ。

けれども一方で、幼子をあやすみたいな優しい手付きに不満を覚える。

だって、私は決して、閣下から妹みたいに可愛がられたいわけではなかったのだから。

とはいえ、じゃあ一体どう思われたいのか――そう問われてしまえば、今はまだ私は答えに窮していただろう。

閣下と一緒にいる間、私の心臓はとにかくずっと騒がしかった。

＊＊＊＊＊

シャルベリ辺境伯邸の敷地内に広がる庭園の片隅に、小さなハーブ園があった。

私が奥様の車椅子を押してそこを訪れたのは、メイデン焼き菓子店で鉢合わせした閣下と、初めて午後のお茶の時間を一緒に過ごした日の夕刻のことである。夕食前の散歩がてら、料理長からローストチキンのソースに使うタラゴンを摘んでくるよう頼まれたのだ。

メテオリット家の始祖たる竜が元々棲んでいたのは、アレニウス王国の南端に位置する温暖な地域で、そこにもたくさんの種類のハーブが自生していたという。そのせいか、メテオリット家の人間にとってハーブはごくごく身近な存在だった。

タラゴンはキク科の多年草で、独特の甘く柔らかな香りと、ほろ苦さにかすかな辛味が加わった味わいが魅力だ。ジビエなどの臭み消しや、酢に漬け込んだドレッシングとしても重宝されている。

また、私が個人的に親しみを覚えるハーブでもあった。

というのも、このタラゴンという名前。実は〝小さな竜〟を語源としているのだ。昔は薬草としても広く使われ、毒ヘビに噛まれた傷を癒《い》やしたから、あるいは根の部分がトグロを巻いたヘビのように見えるから、と名前の由来には諸説あるらしい。

そんな話をしながら、薄暮の中で奥様の車椅子を押して、屋敷の方へ戻り始めた時のことである。

突如、ガサガサッと大きな音を立てて垣根が揺れたかと思ったら、何やら黒い物体が飛び出してきた。

「きゃっ……!?」

「あらあら」

私は悲鳴を上げつつも、とっさに奥様の車椅子を停止させる。

びっくりして心臓がバクバクと脈打ったが、何とか子竜化せずに耐えられた――と、安堵したのも束の間。あろうことか、その黒い物体がこちらに向かってびょーんと勢い良く飛び付いてきたではないか。

「わんっ！」

「ひええっ……」

鳴き声を耳にして、黒い物体の正体が犬であると知る。

とたんに私の心臓は、胸を突き破って外に飛び出すんじゃないかと思うくらいに激しく跳ねた。こうなってしまえば後の祭りだ。私は私を、もはや制御しきれない。

「ぴっ！　ぴいっ……ぴいいっ……!!」

犬に押し倒されて地面にひっくり返った時には、私の身体はもう人間のものではなくなっていた。今の今まで身に着けていた衣服の中であっぷあっぷともがくのは、ピンク色の子竜だ。

頭上からは、奥様の慌てた声が降ってくる。

「まあ、ロイ!?　そんな小さな子に乱暴をしてはダメよっ!!」

私を子竜化させた犯人は、またしても少佐の愛犬ロイだった。

奥様が「めっ！」と窘めてくれたが、どうやら彼は私を驚かせようとしたわけではなさそうだ。地面でもがいている私を気にしつつも、空中を見上げてしきりにしっぽを振っている。

その視線の先には、先日からずっと私にくっついて回っている小竜神がぷかぷかと浮いていた。

私以外の人間の目には映らないその姿は、先日オリーブの木に登って下りられなくなっていた子猫には見えているようだったが、どうやら犬のロイも同様らしい。

彼が飛び付こうとしたのは空中の小竜神であって、私はたまたまその下に立っていたがために足場にされただけだった。

「パティ、大丈夫？　ほら、私の膝の上にいらっしゃいな」

とばっちりで子竜化させられてしまった私に、奥様が車椅子から身を乗り出して手を差し伸べてくれる。

私がこうなってしまっては、奥様としても状況的によくない。庭園の外れにあって人通りの少ないハーブ園の近くで、車椅子の押し手がいなくなってしまったのだから。

「困ったわ。ねえ、ロイ。ちょっと誰か呼んできてくれないかしら？」

「わんっ！」

奥様のお願いに、軍用犬として躾けられたロイが一鳴き、小気味好い返事をする。

そうして、空中でぷかぷかしている小竜神を気にしつつも腰を上げた――ところまではよかった。

「――ぴっ⁉」

ロイはいきなり、奥様の膝に抱き上げてもらおうとしていた私の首の後ろを、はむっと咥えたのだ。そしてそのまま、どこかへ向かって全速力で駆け出した。

「ぴ、ぴぃ⁉　ぴぃいっ……」

凄まじい速さで後ろへ流れていく風景に目が回りそうになる。

さらには、首根っこにやんわりと食い込む犬歯の感触に、私はとてもじゃないが生きた心地がしなかった。

「――うわっ、ロイ！　お前、急にどこかに走っていったと思ったら、何を咥えて帰って来たんだ？」

ロイの主人である少佐は、軍司令官閣下の秘書のような役目も担っている。そのため、閣下と彼は必然的に一緒に行動している場合が多い。

ロイが私を咥えたままやって来たのは、そんな閣下と少佐が書類を広げて額を付き合わせている、軍司令官の執務室だった。

猫の子みたいに首根っこを咥えられてブラブラしている私を認めたとたん、執務机に向かっていた閣下の空色の目がまん丸になる。

「パ、パティ⁉　パティじゃないかっ‼」

たちまち書類をほっぽり出して飛んできた閣下のおかげで、私はやっとロイの口から解放された。

初めて子竜姿で閣下と遭遇したのは三日前のこと。

不審がられたり追い出されたりはしなかったものの、閣下に悪気なく深爪にされた上、犬のロイに舐められた私は恐慌を来《きた》してこの場から逃げ出したのだ。その際、三階であることも失念したまま窓から飛び出したせいで、閣下に随分心配させてしまったこともまだ記憶に新しい。

「よしよし、おかえり。先日はすまなかったね。爪はもう大丈夫かい？　あれから随分探したんだよ。今まで一体どこにいたんだい？」

矢継ぎ早にそう話しかけつつ、閣下は子竜姿の私をひしと抱き締めて、ピンク色の頭のてっぺんにスリスリと頬擦りをする。

彼の大きな掌に優しく背中を撫でられると、犬に咥えられるという凄まじい恐怖のせいで狂ったように暴れていた心臓が、徐々に冷静さを取り戻し始めた。

それにともなって思い出したのは、ハーブ園の近くに一人残してきてしまった車椅子の奥様のことだ。こうしている間にも太陽はみるみる西の山際へ沈んでいき、夜の闇はすぐそこまで迫っている。

心細い思いをしているだろう奥様を思うと、私は居ても立ってもいられなくなった。

「ぴ、ぴぃ！　ぴぃいっ!!」

「ああ、よしよし、どうしたんだ？　いい子だから、大人しくしなさい」

ジタバタと暴れる私を宥めつつ、閣下はさっきまでいた執務机の前まで戻って椅子に腰を下ろす。

机の上には書類が広げられており、閣下の腕に抱かれた私の目の前にはちょうどペン立てがあった。

とっさに手を伸ばしてペンを引っ掴んだ私は、目に付いた書類の端にペン先を押し当てようとしたのだが……

「わーっ、だめだめだめ!!　閣下、パティを止めてください！　それ、来月の即位式の警備に関するむちゃくちゃ重要な書類ですよっ!!」

「こらこら、パティ。可愛い悪戯《いたずら》っ子ちゃんめ。ほーら、モリスに叱られちゃいまちゅよー」

慌てた少佐と、保護者として零点《れいてん》な窘め方をする閣下によって、すぐさま書類は遠ざけられてしまう。

その代わり、小さな紙切れを与えられたので、私は改めてそれにペン先を押し当てた。

小さな竜の手ではペンを握るのさえも困難で、綺麗に字を書くなんてなおさら無理だ。

できるだけ少なく簡単な文字で的確に用件を伝えるべく、私は小さな頭を捻《ひね》りに捻った。

その結果……

「あ、あれ？　これって、もしかして文字では？　ええっと……マ、マ、ニ、ワ、ままにわ？　ままにわ、ままにわ……うーん、何かの暗号でしょうか、閣下」

「こ、これは……なんてことだ……」

〝ママ〟で閣下に奥様を思い浮かべさせ、〝ニワ〟で彼女が庭園にいることを示唆するのが狙いだ。

文字を覚えたての幼子が書いたみたいに拙《つたな》いばかりでもどかしいが、これで奥様を迎えに行ってもらえるのならば恥も外聞も構うまい。

いまいちピンと来ない様子の少佐が首を傾げる一方で、私の書いた文字を瞬きもせずに見つめていた閣下がわなわなと震え始めた。

日没間近の庭園に車椅子の奥様。その場景《じょうけい》に違和感を覚え、彼女の身に何かが起きていると勘付いたに違いない。

そう確信した私は、奥様の居場所をより明確に伝えようと、〝ママニワ〟の下に〝ハーブ〟と書き足した。ところがである。

「――パティっ‼　なんっっって、可愛いんだっ‼」

閣下はいきなりそう叫んで立ち上がったかと思うと、何故か私を高い高いし始めた。

「ぴっ……」

翼を持たない落ちこぼれ子竜にとって、長身の閣下に抱え上げられるだけでもひやりとするのに、さらに高々と両手で掲げられて身体が完全に硬直してしまう。

閣下はそんな私を今度はぎゅうと抱き竦めたかと思ったら、頭頂部にぐりぐりと額を擦り付けながら、「あー……」と熱い湯に浸《つ》かったみたいな声を上げた。

「小ちゃい手でぎゅっとペンを握っているのも、プルプル震えながら一生懸命紙に向かっている姿も、何なら書いた文字までも可愛いじゃないか！　まったく……パティはいったい、どれだけ私を悶えさせたら気が済むんだろうね⁉」

「いや、ちょっと閣下？　注目するのそこですか⁉　竜なのに人間の文字らしきものが書けていることに、そもそも驚くべきなんじゃ……」

「はっ、そうだった！　文字が書けるなんて――うちの子は可愛い上に天才なんじゃないか⁉　私も鼻が高いというものだよっ‼」

「うちの子って……閣下、その竜の子を飼うの、全然諦めてなかったんですね？」

少佐の言葉に当然だとばかりに胸を張った閣下は、私を片手で抱え直してから執務机の引き出しを開いた。

とたんに、少佐も私もぎょっとする。

閣下が、思ってもみないものを引っ張り出してきたからだ。

それは、蝶ネクタイみたいな赤いリボンから金色のベルがぶら下がった、小さな首輪だった。

「きっとパティに似合うと思って用意しておいたんだ。可愛いだろう？」

「いつの間に……パティを見つけて、まだ三日しか経っていませんよね？」

「以前、子猫用に手配したのが残っていたんだ。あいにく、あの子を飼い損なってしまって今まで使う機会に恵まれなかったが、やっと日の目を見たな」

「うっわ……ちょっと閣下、それ最低男のやることですよ!?　他の子に用意したものをちゃっかり新しい子に使い回そうなんて、女の子相手に絶対やっちゃいけないやつですって!!」

などと、男二人で盛り上がっているところ申し訳ないが、使い回しだろうが新品だろうが、私としては首輪を着けるのは断固お断りだ。

落ちこぼれとはいえ、私だってメテオリット家の一員である。

ペットのように扱われては、一族の沽券《こけん》に関わるというものだ。

それに、そもそも私が文字を書いて訴えたかったことが、閣下には微塵も伝わっていなかったと判明して愕然とした。

こうしている間にも、窓の外はどんどん暗くなっていく。

閣下達の助力が期待できないのなら、私の事情にも精通している旦那様を捕まえて、一刻も早く庭園に取り残された奥様を迎えに行ってもらわねばならない。

そうとなったら、この場に長居は無用だ。

私が閣下の腕から逃れるために、身を捩ろうとした――その時である。

「女の子といえば――閣下、今日はパトリシア嬢とお茶をご一緒なさったんでしたっけ？」

突然、自分の名前が話題に上ったことで、私は思わず動きを止めた。

その背中を、少佐の言葉に頷いた閣下の手が、あやすみたいにゆったりと撫でる。

「いいですねぇ、可愛い女の子と一緒に甘ーいお菓子を囲んで、きゃっきゃうふふと優雅な一時《ひととき》。次があれば是非ともご相伴に与《あずか》りたいものですが……私はパトリシア嬢の心証がよくないから無理でしょうねー」

「何も、パトリシアと二人っきりでお茶を飲んだわけじゃないぞ。父と母も一緒だったからな。ところで、心証がよくないとはどういうことだ？　お前、彼女に何かやらかしたのか？」

「うわ、いつの間にか呼び捨てするような仲になってる！　ほら私、初対面の際に、溢れ者呼ばわりされたパトリシア嬢と閣下のこと笑いまくったでしょ？　たぶん、あれがよくなかったんでしょうねー」

「自業自得じゃないか。一度ちゃんと、面と向かって謝ったらどうだ？」

呆《あき》れた顔をする閣下に、少佐は肩を竦める。

彼は、足もとにお座りしていた犬のロイの頭を撫でながら、ため息まじりに続けた。

「そもそも避けられているようで、全然目が合わないんですよね。あと、たぶん彼女、ロイのことも嫌いみたいで、半径十メートル以内には近づいてきてくれないんですよ」

この時私は、そうじゃない、と叫びたかった。

苦手と嫌いは、根本的に違うのだ。

噛まれた時の恐怖が身体に染み付いているせいで、ロイに限らず犬を見ると拒否反応を起こしてしまうが、その存在自体を嫌っているわけでは決してないのだ。

ロイが、子竜化した私に対して悪意など抱いていないのも理解している。さっきだって、鋭い犬歯が万が一にも私を傷付けないよう、細心の注意を払って優しく咥えてくれていた。

少佐の初対面の印象は確かによくはなかったが、一緒にお茶も飲みたくないなんて思ってはない。

閣下の右腕ともいえる彼も、その相棒であるロイも、私は嫌ってなんかいないのだ。

しかしながら、奥様のことに関しても、少佐やロイに関しても、子竜の姿では言いたいことが一向に伝わらない。

姉のような立派な竜ならば、車椅子ごと奥様を運ぶのだって造作もないことだし、ロイみたいな友好的な犬相手にみっともなく怯えることも、それによって少佐を避けているなんて誤解を与えるようなこともなかっただろう。

私が出来損ないだから……だからきっと、何もかも上手くいかないのだ。

「ぴっ、ぴぃっ、ぴぴっ！」

「こらこら、パティ。どうした？　いい子だから落ち着きなさい」

儘ならない我が身が歯痒くてならず、私は癇癪《かんしゃく》を起こしたみたいに閣下の腕の中でがむしゃらに暴れた。

その時である。

バタン！　と大きな音を立てて、執務室の窓という窓が一斉に開いた。

全開の窓から吹き込んだ風が、室内を縦横無尽に蹂躙《じゅうりん》し始めた——ように、閣下や少佐の目には映っただろう。

しかし風は、実は外から入ってきたのではなく、執務室の中央でくるりと身体を一回転させた小竜神から発生していた。

私を咥えたロイと一緒にここまでやってきていた小竜神は、人間の目に映らないのをいいことに、天井の真ん中にぶら下がったシャンデリアの上で一連のやり取りを眺めていたのだ。しかし、いよいよ私が焦れ始めたのを見兼ねたのだろう。

小竜神が起こした風により、閣下の執務机の上に広げられていたむちゃくちゃ大事な書類とやらも宙へ舞い上がり、少佐が「ぎゃっ」と悲鳴を上げる。

そして、宙へ舞い上がったのは書類だけではなかった。

「——パティ⁉」

突然の出来事に一瞬怯んだ閣下の腕から、小竜神が私を掬い上げる。

その際、私が小さな竜の手でとっさに握り締めたのは、ちょうど目の前を舞っていた紙切れ——〝ママニワ、ハーブ〟という自分が書いたメモだった。

私はそのまま窓の外へ。閣下達の目にはきっと、風が子竜を攫っていくように見えただろう。

「パティ！　パティー‼」

「わんわんっ！　わんわんわんわんわんっ‼」

犬の次は小竜神。

首根っこを咥えられた私は、閣下の悲痛な叫びとロイの吠え声を背に、暮れゆく空へと舞い上がった。


一度ならず二度までも、空から突然降ってきた子竜姿の私に、旦那様はさぞ驚いたことだろう。

それでも、紙切れに書かれた〝ママニワ、ハーブ〟の意味をすぐさま理解し、私を上着に包んで小脇に抱えたまま大急ぎで庭園へ飛び出した。

おかげで、日が完全に落ち切ってしまう前に、車椅子の奥様に無事お帰りいただくことができたのである。

再び旦那様と奥様の私室に匿われた子竜姿の私は、拙い筆談と身振り手振りを交えて、犬のロイに連れ去られてからのいきさつを語った。

閣下が首輪を取り出したくだりで、奥様が「あらまあ」と苦笑いをする一方、旦那様は少しだけ逡巡《しゅんじゅん》してから口を開く。

「なあパティ、これは提案なんだが……シャルロにも、お前さんの秘密を打ち明けてはどうだろうか。その方が、ここでは過ごしやすいと思うんだが」

その意見はもっともだと思いつつ、私はこの時、答えを保留にした。

理由はやはり、メテオリット家の先祖返りが竜の姿をとるという秘密を、部外者にはできるだけ知られるべきではないからだ。

閣下に私との縁談を進める気が無い以上、私が彼と一緒に過ごすのは、叔父が戻ってくるまでの残り半月余り。それっきりになる可能性のある相手に打ち明けるには、一族の秘密はあまりにも特殊である。

さらに、人間パトリシアの前と子竜パティの前とで閣下の態度がかけ離れ過ぎているのも問題だ。

この日はメイデン焼き菓子店でばったり出くわしたのをきっかけに、シャルベリ辺境伯邸までの道程を閣下と二人並んで歩き、これまでになく多くの会話を交わす機会に恵まれた。

その後、旦那様と奥様を交えたお茶の席でも、閣下の表情は終始穏やかだった。

子竜姿で接した時ほどではないにしろ、初めて素に近い彼に出会えたような気がしたのだ。

それなのに、あなたがデレデレしながら赤ちゃん言葉で話しかけていたのは、実は私だったんですよ、なんて言われたら――私が閣下なら、きっと穴があったら入りたい気持ちになるだろう。

閣下からすれば騙されたように感じるかもしれない。

そう思うと、私はすぐには旦那様の提案に頷くことができなかった。

そんな私に対して、閣下から思いがけない申し出があったのは、この翌朝のことである。

朝食の席に現れた彼は、目の下にうっすらと隈《くま》を拵えていた。

「おはよう、パトリシア」

「おはようございます、閣下。あの……随分とお疲れのようですが、大丈夫ですか？」

「ああ、うん……昨夜は遅くまで探し物をしていてね。結局見つけられなかったんだが……」

「さ、探し物、ですか……」

目頭を揉みながら物憂げなため息を吐く閣下から、私は目を逸らした。

彼の言う探し物が、ピンク色の子竜——つまり、私であるのは明白だったからだ。

少佐とロイを伴って、シャルベリ辺境伯邸の敷地中を探し回っていたらしい閣下は、昨夜は夕食の席にも現れなかった。だから彼は、私も食卓に着いていなかったことを知らない。

図らずも二人して食べ損ねた料理長ご自慢のローストチキンのタラゴンソース添えは、サンドウィッチの具となって今朝の食卓に上っていた。

タラゴンの香味が利いたソースとチキンの肉汁が、トーストしたパンの表面にじわりとしみた逸品だ。

いまいち食欲がなさそうな閣下はそれをちまちまと齧《かじ》っていたが、ふと顔を上げて私を見る。

そして、唐突に告げた。

「そうだ、パトリシア。今日の午後、よければ私の執務室にお茶を飲みに来ないか?」

第五章　トラウマ持ち同士

「素敵素敵！　シャルロが、女の子を執務室に招待するのなんて初めてのことだわっ！　ねえ、旦那様っ‼」

「……んっ！　ぐふっ……そ、そうだな……」

朝食を終えた閣下を見送った後、奥様はそれはもう大はしゃぎだった。

彼女にバンバンと背中を叩かれ、パンを喉に詰まらせそうになりながらも律儀に返事をする旦那様に、私は慌てて水の入ったカップを差し出す。

ところがそのカップ――いや、私の手を掴んだのは、旦那様ではなく奥様の方だった。

奥様は、両目をキラキラさせて身を乗り出してくる。

「シャルロってば、見ての通り仕事人間でしょう？　執務室は、いわばあの子の城なの！　そんな場所に誘ったってことは、パティに心を開き始めた証拠よっ‼」

「え、ええっと……？」

奥様のあまりのはしゃぎように、私はたじたじとなる。ちなみに、閣下からのお茶の誘いは、奥様が勝手に了承の返事をしてしまっていた。

軍司令官執務室が閣下の城だというのは、まあ理解できる。私が子竜姿で二度連れて行かれたあの部屋では、部下は腹心の少佐だけを置き、随分と気を許した様子だったのだ。

少佐に対する砕けた口調や、子竜化した私へのあけすけなデレっぷりが、閣下があの部屋でいかに気を緩めているのかを物語っている。

とはいえ、閣下ほどの地位と年齢なら、これまで懇意になった女性が――それこそ、恋人の一人や二人いそうなものだ。

実際、すらりとした長身に黒い軍服を纏った閣下は、シャルベリ辺境伯邸に勤める若いメイド達の間で絶大な人気を誇っており、彼に秋波を送っている者も少なくはない。

それなのに、私がただ一度閣下の執務室に招かれたくらいで、どうして奥様はこんなに喜ぶのだろう。

首を傾げる私に、水を飲んで落ち着いたらしい旦那様が、こほんと一つ咳払いをしてから説明してくれた。

「シャルロはな……ああ見えて、実は女性不信の気《け》があるんだ」

「えっ、女性不信？　閣下が、ですか？」

「普通はなかなか気付かないだろう。うまく取り繕っているからな」

「えええ……」

閣下には、二歳年上の姉が三人いた。彼女達は三つ子で、それぞれシャルベリ辺境伯領から嫁いで十年近く経つという。

そして、閣下が女性不信を発症したのは、ひとえにこの三人の姉達が原因だった。

運悪く姉達が人形遊びを始める頃合いに生まれてしまった閣下は、恰好のおもちゃとなった。お世話をしたい盛りの彼女達に全力で弄《いじ》り倒され、時には取り合いになって身体を引き裂かれんばかりに三方向から引っ張られる日々。実際手足を脱臼《だっきゅう》したこともあったというから、姉達の乱暴さは推して知るべしだろう。

やがて閣下も成長して体格がよくなると、三人掛かりで来られても腕力でなら負けなくなった。

ところが、今度は口が達者な姉達が結託して、容赦ない口撃を繰り出してくるように。

おかげで閣下は、姉達がそれぞれ結婚のためにシャルベリ辺境伯領を出て行くまで、ずっと彼女達に頭が上がらなかったという。

姉達の脅威に晒され続けた二十年余りの年月が、女性とは物騒極まりない生き物だというトラウマを閣下に植え付けてしまったのだ。弟のロイ様を溺愛したのは、彼が初めてできた同性の兄弟であり、唯一の仲間だと思ったからだろう。

自分の二の舞いにならないよう、姉達の魔の手から小さな弟を必死に守ろうとする閣下の姿はいじらしかった――旦那様と奥様は、そうしみじみと語る。

「か、閣下……おいたわしい……」

思わずそう零した私に、旦那様と奥様が顔を見合わせて苦笑いを浮かべる。

当時、シャルベリ辺境伯と軍司令官を兼任して多忙だった旦那様に家庭を顧みる余裕がなかったことや、奥様がとにかく大らか過ぎたことも、姉達の横暴を増長させる原因となった。

そのため旦那様と奥様は、閣下の女性不信に少なからず責任を感じているようだ。

とにかく、と私の手を握り直した奥様は、鼻息も荒く続けた。

「バニラやアミィだって、シャルロの執務室に招かれたことなんてないわ！　それなのに、今回パティに声をかけたってことは、あなたに心を許し始めた証拠よっ!!」

「いえ、私が時間を持て余していると思って、気を遣っていただいただけなんじゃ……」

「気を遣ってお茶に誘うなら、わざわざ執務室を指定する必要なんてないでしょう?」

「じゃあ、その……妹、みたいに思って……?」

閣下の女性不信が、メイデン焼き菓子店のバニラさんやリンドマン洗濯店のアミィさんに適用されないのは、軍の失態のせいで父親を亡くした彼女達を支えてやらねばという思いが強いからだろう。閣下にとって彼女達は、弟のロイ様同様、守るべき妹みたいな存在なのだ。

けれども私は、閣下に妹扱いされたくなかった。

昨日メイデン焼き菓子店からの帰り道、幼子をあやすみたいな優しい手付きで頭を撫でられながらそう感じたことを思い出す。

途中で口を噤《つぐ》んだ私に何を思ったのか、奥様はさらにテーブルの向こうから身を乗り出してきた。

「もしかしたら、シャルロが女性不信を克服する糸口になるかもしれないわ。シャルロの将来のため、ひいてはシャルベリ家の安泰のために――パティ、どうか力を貸してちょうだいっ!!」

「お、重いっ……責任重大過ぎですよぅ……」

かくして、私は奥様の巨大な期待を背負わされた上、人間の姿のままでは初めて、閣下の執務室にお邪魔することと相成ったのである。

＊＊＊＊＊

「……美味しそうだね。いただくよ」

南向きで日の光を遮るもののないシャルベリ辺境伯軍司令官の執務室は、昼間は照明がいらないほど明るい。

今朝のお誘いを受けて参上した私は、その中ほどに置かれたソファに腰を下ろした。閣下もローテーブルを挟んだ向かいのソファに座っている。

時刻は午後三時。

お口に合えばいいのですがと断って、私が手作りクッキーを差し出したとたん、閣下は明らかに顔を強張らせた。

しかしそれも一瞬のことで、彼はにこやかな表情でクッキーを手に取ったが、その笑顔が作りものであるのはすぐに分かった。閣下が本当はどういう風に笑うのか、私はもう知っていたからだ。

だから閣下が私に気を遣って、食べたくもないのに無理矢理クッキーを食べようとしているのだと思い、ひどく居たたまれない気持ちになった。

ところがである。

「――ん？　え、うまっ……!?」

「えっ……?」

クッキーを口に入れたとたん、閣下の顔から偽物の笑みが消え去った。

彼は空色の瞳をまん丸にしてまじまじとクッキーを眺めたと思ったら、ぐりんと私に向き直る。

その顔にはありありと、〝信じられない〟と書かれていた。

さらには、本当にパトリシアがこれを作ったのか、なんてしつこく尋ねてくるものだから、私は先ほど閣下が顔を強張らせた理由に思い至った。

「閣下……私にはお菓子なんて作れっこないって、思っていらっしゃったんですね?」

「あ、いや……」

「私の作ったものなんて、どうせまずいに決まってるって、うんざりしてらしたんでしょう?」

「いや! いや、その……」

私がじとりとした目を向ければ、閣下は面白いくらいに目を泳がせた。

姉という、一族の誰もが認める立派な先祖返りが先に生まれていたおかげで、メテオリット家の跡継ぎになる必要性も可能性も皆無だった私は、早々に嫁に出るのを自ら見越して花嫁修業に余念がなかった。

家事全般に関しては、全てが完璧とまではいかないものの、人並み以上にはこなせると自負している。

竜としてはどうしようもない落ちこぼれだからこそ、せめて人間パトリシアのスペックを上げようと励んだ結果だ。

そういうわけで、この時の閣下の評価は私にとって不本意極まりないものだった。

思わず唇を尖らせると、閣下は両手を上げて降参のポーズをとる。

「すまない、パトリシア。頼むから怒らないでおくれ。君を貶める意図はなかったんだ。どうか弁明させてほしい」

そうして、眉を八の字にした閣下が語ったことによれば、そもそもの元凶はやはり彼の三人の姉達だった。

「あの姉達ときたら、レシピ通りにしようとも必ずダークマターを生成してしまうんだ。それなりによい食材を使っていても、彼女達の手に掛かればおよそ口にできそうにないものにしかならない。もはや、呪われているとしか……」

「出来上がったものをご覧になったお姉様方は、自分達は料理が不得意なんだと自覚なさらなかったんですか？」

「なさらなかったんだな、これが。何しろ、毎度自分達が作り上げた消し炭を、嬉々として私に食べさせようとしてきたからね」

「うわ、質《たち》が悪い」

姉達としては閣下を苛《いじ》めているわけではなく、むしろ可愛がっているつもりだったらしい。

さらに間が悪いことに、閣下のお母様である奥様も料理の才能にだけは恵まれなかった。

専属の料理長がいるとはいえ、奥様が厨房に寄り付かないのは足が不自由なのが原因かと思っていたが、そうではなかったらしい。ちなみに彼女は、裁縫に関してはプロのお針子顔負けの腕前である。

また、閣下が目を掛けているバニラさんとアミィさんも料理はからっきしで、メイデン家でもリンドマン家でも台所仕事は男性陣が担っているという。

不幸にも、閣下が傍若無人な三人の姉達のせいで女性に抱いたマイナスイメージを、こと手料理に関しては払拭できる存在が周りにいなかったのだ。

閣下はもう一度すまないと謝ってから、改めて私が手作りしたクッキーを指で摘《つま》んでまじまじと眺め始めた。

「生地に練り込まれているのはハーブかな？　……うん、これがうちの姉達だったら、練り込まれるのはせいぜい芝生か牧草だよ」

「それは、随分と独創的な……。そもそもどうして、人間の食べ物以外を混ぜちゃうんでしょう」

「ああ、素晴らしい……生焼けじゃないし、炭化もしていないなんて。もしかして、パトリシアは天才なんじゃないか⁉」

「褒めていただけるのはとっても嬉しいんですが、そもそも及第点が低過ぎます」

話を聞けば聞くほど、閣下が気の毒に思えてくる。

私がこの日の午前中、シャルベリ辺境伯邸の厨房を借りて焼いたのは、ハーブ園から摘んできたカルダモンとクローブに、シナモンとジンジャーを加えたスパイスクッキーだった。

風味豊かなスパイスクッキーは、メテオリット家の始祖たる竜が棲んでいた南部地方の伝統菓子でもある。生地に練り込むハーブや香辛料の組み合わせによって様々な味わいが楽しめるし、甘さを抑えてあるのでお酒のつまみにもなった。

「モリス、君もご馳走になりなさい。いや、お世辞抜きで美味《うま》いぞ」

「では、遠慮なくご相伴に与ります。――あ、本当だ！　美味しい！」

私がお邪魔する前から執務室にいた少佐も、スパイスクッキーを頬張って目を輝かせている。

閣下のプライベートスペースでもある執務室に誘われたことで、彼の女性不信を心配する奥様から多大な期待を背負って送り出されたが、出迎えてくれたのは閣下だけではなかった。

つまり、私はそもそも、閣下と二人っきりでお茶をするために呼ばれたわけではなかったのだ。

そのことにほっとしたような、それでいてどこかがっかりしたような、複雑な思いに襲われた。

それが顔に出ないよう努める私に、少佐がお茶を淹れてくれる。ちなみにこの時、少佐の身重の奥様まで料理の才能に見放されているという悲しい情報がもたらされた。

そんな少佐は閣下が座ったソファの横に立っていたが、その足下には今日もまた当然のごとく真っ黒い犬が寄り添っている。ロイである。

黒々とした円らな瞳は、さっきからずっと私と、相変わらず私の頭の上にぷかぷか浮いている小竜神の間を行ったり来たりしている。

とはいえ、ふさふさのしっぽがしきりに振られていることから、敵意が無いのは明らかだった。

私はごくりと唾を呑み込むと、意を決して少佐に声をかける。

「あの、少佐。もし差し支えなければ、ロイちゃんにもこちらをどうぞ。犬が食べても問題のない材料で作ってきましたので」

「――ええっ、ロイに？　わざわざロイのために作ってくれたんですか⁉」

私が別の包みから取り出したのは、薄力粉と牛乳に、砂糖の代わりに蜂蜜を加えて焼いたクッキーである。渡す機会があれば、と思って作ってきて正解だった。

少佐の視線が、クッキーと自身の足下にいるロイを経由してから、私に戻ってくる。

彼はどこかばつが悪そうな顔をしてもごもごと口を開いた。

「いや、あの、ありがとうございます。……すみません。正直に言いますと、てっきりあなたはロイが嫌いなのだとばかり思っていました」

昨日も聞いた少佐の言葉に、今こそ私は子竜姿ではできなかった弁明をする。

「違うんです。ロイちゃんが嫌いなわけじゃなくて、ただ単に犬が怖いだけなんです。小さい頃に犬に噛まれたことがあるらしくて……。でも、避けていたのは事実なので、気を悪くさせてしまっていたら申し訳ありません」

「いえいえ！　そういうご事情でしたら無理もありません。ロイのことは、どうぞ呼び捨てしてやってくださいね。えーっと、〝らしい〟ってことは、ご自身は噛まれたことを覚えていないんですか？」

「はい。どうやら相当ひどく噛まれたようで、衝撃のあまりその時の記憶がすっかり飛んでしまっていて……それでも身体は覚えているらしく、犬の前だとどうしても足が竦んでしまうんです」

「なるほど、それは大変ですね――分かりました。あなたには無闇に飛び付かないよう、ロイにはちゃんと言い聞かせておきますので安心してください」

少佐は笑みを浮かべてそう告げると、もう一度礼を言ってからクッキーを受け取った。そして、ずっとそわそわしていたロイにそれを与える。

幸い、クッキーは彼の口に合ったようで、瞬く間に食べ尽くされてしまった。

それにほっとして、少佐の淹れてくれたお茶に口を付けていると、ふいに向かいの席から伸びてきた手が私の髪をさらりと撫でる。

弾かれたように顔を上げれば、手の主である閣下と目が合った。

その慈しむような眼差しに、私の胸がトクンと小さく高鳴る。

「かわいそうに、随分怖い思いをしたんだな。犬に噛まれた傷は、もう大丈夫なのかい？」

「はい。おかげさまで、傷の方は後遺症もなく治っております。本当に、ただただ犬が怖くなってしまっただけで……」

竜の血が流れているせいか、メテオリットの先祖返りは常人よりも再生能力に優れている。

そのため、犬に噛まれて負ったであろう傷は今はもう跡形もなく、当時の記憶がない私はそもそもどこを噛まれたのかさえ知らなかった。

気になって姉に尋ねてみたことはある。しかし、痛い思いをしたことなんてわざわざ思い出す必要もないと言われてしまえば、それもそうだなと口を噤んだまま今に至る。

「トラウマはどうしようもないからな。私にも少なからず覚えがある。パトリシアの気持ちは痛いくらい分かるよ」

「あはは……ご理解いただけて嬉しいです」

閣下は三人のお姉様のせいで女性不信気味。

私は私で、過去に噛まれた経験から犬が苦手。

トラウマ持ち同士、妙な連帯感が芽生えた瞬間だった。

＊＊＊＊＊

ローテーブルの上には、私が作ってきたスパイスクッキーの他にも様々なお菓子が並んでいる。こちらは期待をかける奥様からの差し入れだ。

その中にあったトリュフを一つ、自分で食べると見せかけて閣下と少佐の目を誤魔化し、口ではなく肩のあたりに持っていく。何しろ私の肩には、ぷかぷか宙に浮いているのに飽きたらしい小竜神が、背後から顎を載せて寛《くつろ》いでいるのだ。彼のチョコレート好きは健在である。

少佐も閣下に促されてソファに腰を下ろし、犬のロイはその足もとに伏せをした。私からは、ちょうどローテーブルで隠れて見えない位置だ。

おかげで、犬への恐怖心に煩わされずに、少佐が淹れてくれたお茶を楽しむことができていた。

そんな中、私の真向かいに座っていた閣下が、空になったカップをテーブルに戻す。

彼は少佐からのおかわりの申し出を断ると、私に向き直って口を開いた。

「せっかくのお茶の時間に無粋な話を持ち出してすまないが――パトリシア、王都で生まれ育った君を見込んで、一つ相談したいことがあるんだ」

「あ、はい。私でよろしければ、何なりと……」

閣下の改まった態度に、私は緊張を覚えつつ姿勢を正す。小竜神も、何ごとかと顔を上げた。

閣下の隣に座った少佐に驚いた様子はないので、どうやら私がこうして執務室でのお茶に誘われたのは、その相談とやらのためだったのだと合点がいく。

女性不信克服の兆しか、とはしゃいでいた奥様には少しだけ申し訳ない気持ちになった。

「パトリシアがシャルベリに着いたのは午後だったが……あの日の午前中、実は王都から不審な書状が届いてね」

「不審な書状……えっと、それはどういったものでしょう。差出人がどなたなのか、伺っても？」

「個人名は書かれていなかった。ただ、アレニウス王国軍統括室から、とあったんだ。ほら、パトリシアの姉君は軍に所属されているんだろう？　君も、何か知っているかと思ってね」

「王国軍統括室、ですか……」

私はカップをテーブルに戻すと、両手を膝の上に置いた。

マチルダ・メテオリットの妹として意見を求められているのだとしたら、迂闊《うかつ》なことを口走って姉の顔に泥を塗るわけにはいかない。私は慎重に口を開いた。

「私は姉の仕事には関与しておりませんので、ご満足いただける答えができるかどうかは分かりませんが……王国軍統括室は確かに実在する部署です。けれど、正式な書状を送るなら、責任者なり担当者なりの名前があってしかるべきだと思います」

「確かにそうだね」

私の答えに、閣下は一つ頷いてから少佐に目配せをする。

そうして、少佐が彼の執務机の引き出しから取り出してきたのは、何の変哲もない真っ白い封筒だった。表にはシャルベリ辺境伯宛とだけ書かれていて、封蝋には差出人を識別できるような印璽《いんじ》がない。

それだけなら不審というほどでもなかったかもしれないが……

「〝シャルベリ辺境伯は速やかに領有権をアレニウス王家に返上すべし〟だそうだ」

「えっ、領有権の返上⁉　まさか、そんな……」

書状に書かれた内容は、とてもじゃないが看過できるものではなかった。

曰く、南北のトンネルが開通して久しく王都との往来も容易になった現在、シャルベリ辺境伯領を自治区とする必要性はなくなった、というのがその理由らしい。

人間の文字が理解できるらしい小竜神が、私の肩越しに書状を覗き込んでぎょっとしている。この反応を見るだけでも、書状の内容がシャルベリ辺境伯領の竜神的にも本意ではないと分かった。

シャルベリ辺境伯位は、他の爵位と同様に基本的には世襲制で、アレニウス王家がそれに異を唱えたことは建国以来一度もない。閣下のシャルベリ辺境伯就任に関しても、これまでの慣習に従い、国王陛下宛てに代替わりの旨を書簡で報告するだけで完了するはずだったのだ。

通常ならば、折り返し陛下のサインが入った任命状が届く。

しかし、今回王都から送られてきたのは、一方的な権利剝奪の通知だったという。

それを聞いた私は、困惑した思いで首を横に振った。

「シャルベリ辺境伯家から領有権を取り上げようなんて——そんな話題、王都では噂でも聞いたことがありません」

シャルベリ辺境伯領が自治区となったのは、高い山脈に囲まれて他の都市との行き来が困難であったことに起因する。そのため、トンネルの開通によって孤立が解消された現在は、確かに自治権を与え続ける必要はないかもしれない。

しかし、シャルベリ辺境伯領の平穏を継続させるためには、その統治者がシャルベリ家の人間でなければならない、確固たる理由があった。

「わっ……こら、だめっ！」

「パトリシア？」

両手に広げて持っていた書状に、いきなり振り下ろされそうになった小竜神の爪を間一髪のところで避ける。

小竜神の姿が見えていないため不思議そうな顔をする閣下に、私は何でも無いと首を横に振った。

その間も、小竜神は私の肩に顎を置いてプンプンと腹を立てている。

彼の荒い鼻息で書状がカサカサと音を立てて揺れるので、私は慌ててそれを閣下に返した。

しかし、小竜神がシャルベリ辺境伯領の竜神そのもの、あるいはその一部であるならば、シャルベリ家を蔑ろにするような書状に怒るのも無理はない。

(だって、シャルベリ家は竜神の眷属だものね？)

王都でそれを知っているのは、国王陛下に近い極《ごく》一部の王家の人間と、竜を始祖に持つメテオリット家の者だけだ。

つまり、竜神の眷属から竜神が棲む土地の領有権を奪おうなんて御門《おかど》違いな書状を送ってきたのは、そんなシャルベリ辺境伯領の由縁を何も知らない輩《やから》——およそ国有地の領有権に口出しできるような立場にない人物であると推測された。

私はすっかりヘソを曲げてしまった小竜神の機嫌をチョコレートで取りつつ、改めてローテーブルの上に広げられた書状を閣下や少佐と額を突き合わせて覗き込む。

「〝新国王陛下ご即位に先立ち、アレニウス王家直系の後任者に領有権と私兵団を無条件で差し出すべし〟って……そもそもアレニウス王家直系の後任者って誰なんでしょう？　直系というからには、現国王陛下の御子達を指すのだと思いますが……」

「第一王子殿下は間もなく国王となり、第二王子殿下は王国軍大将、第一王女殿下は友好国へと嫁ぎ、第三王子殿下が王国軍参謀長……確かパトリシアの姉君の上司だったな。それから、現王妃から生まれた王子がもう一人いたはずだが、彼は病弱で城から一歩も出られないと聞く。そんな御子達に、シャルベリのような辺境地を統治する余地があるとは思えないね」

「そもそも、後任者の名前さえ知らされないで、こちらが納得するとでも思っているんでしょうか。怪しんでくれって言っているようなものですよ」

内容を読み上げて疑問を口にする私に、閣下が淡々とした口調で答え、少佐はその横でいかにも胡散臭そうに書状を睨んでいる。

この頃にはようやく肩から離れていた小竜神が、ロイのしっぽにちょっかいを出しているのを視界の端に捉えつつ、私はさらに不審な点を指摘した。

「サインがありません。国王陛下のサインがどこにもないなんて、おかしいです。万が一、これが正式な命令書だとしても……」

「そんな重要な書類に陛下の決裁がないなんて考えられない、か。確かに」

閣下は私の意見にうんうんと頷いて同意する。

もしもシャルベリ辺境伯領がアレニウス王家の直轄となるならば、現在閣下が軍司令官を務めるシャルベリ辺境伯軍は王国軍に統合されることになるだろう。

そうすると、王国軍内部でも各部隊や部署の再編成が必要になってくるはずで、それが参謀長の側にいる私の姉の耳に入らないはずがないのだ。

私は書面から顔を上げ、向かいに座った閣下を真っ直ぐに見つめて言った。

「私をこのシャルベリ辺境伯領に送り出したのは姉です。以前閣下にもお話しした通り過保護な姉ですので、程なく統治者が代わると分かっているようなややこしい場所に私をやるとは思えません。――よって、この書状はやはり正式なものではないと私は思います」

「そうか……うん、確かに。可愛い妹を、地位も権力も失う予定の家に嫁にやろうなんて普通は考えないだろうね。私が姉君の立場であっても絶対にしない」

閣下は私の言葉に至極納得した顔をすると、気を取り直すように自身の両膝をポンと叩いた。

「ありがとう、パトリシア。私もこの書状を怪しいとは思っていたんだが、君がきっぱりと否定してくれたおかげで確信が持てたよ。悪戯と陰謀の両方の線で警戒しつつ、一度王国軍統括室に問い合わせてみるとしよう」

「はい、そうなさるのがよろしいかと。もしも差し支えなければ、手紙で姉に相談してみましょうか？　そろそろこちらに置いていただいて半月になりますので、近況報告の手紙を送ろうと思っていたところなんです」

「それは、心強い。是非ともお願いするよ。件《くだん》の書状の差出人が王国軍統括室にいないとも限らないんだ。問い合わせの手紙を握り潰されてしまっては元も子もないからね。書状の写しを作るから同封して、姉君と、可能ならば参謀長閣下にも確認していただきたい」

「承知しました。そのように、手紙に綴《つづ》っておきます」

新国王の即位を来月に控え、アレニウス王国は今、転換期にある。

現国王は穏やかな人柄だがあまり政治に明るくなく、特に新しい王妃を迎えて以降は宰相を務めるすぐ下の弟に頼りきりだという。

一方、新しい国王となることが決まっている王太子は、海の向こうの異国に留学していた経験もあり、政治に対して意欲的な革新派。宰相の叔父よりも王国軍大将を務める実弟の方と馬が合うため、国王となった暁《あかつき》には後者の方が重用されるだろうと言われている。

体制が大きく変動するのだから、権力を巡って多かれ少なかれ騒動が起こるのは想像に難《かた》くない。新国王の即位に続いてシャルベリ辺境伯の位を受け継ぐことが決まっている閣下のもとに、こうしてきな臭い書状が送られてきたのも、その余波なのだろうか。

閣下は少佐にお茶のおかわりを要求してから、にこりと飾らない笑みを浮かべた。

「いやはや、パトリシアみたいな年頃の女の子に、ここまで突っ込んだ意見をもらえるとは正直思わなかったな」

「閣下、料理のことといい、勝手に決めつけるのはよくないと思います」

私が冗談めかして膨れっ面をしてみれば、ははは、と閣下が声を立てて笑う。

そういえば、彼がこんな風に笑うのを見るのは初めてのことだ。

向かいの席からまた閣下の手が伸びてきて、宥めるように私の頭を撫でた。

「すまない、パトリシアの言う通りだ。せいぜい、参考までに話を聞こうとしただけなんだが、これは嬉しい誤算だな。パトリシアがいてくれて、よかった」

閣下の優しい声が耳を打つ。

私は頬が緩むのを見られたくなくて、慌てて俯いた。

子供扱いされるのは本意ではない。閣下に妹みたいに思われたいわけでもない。

シャルベリ辺境伯領に来たのだって、自分の意思じゃなかった。

それでもこの時、パトリシアがいてくれてよかった、と閣下に言ってもらえたことが、私は素直に嬉しかった。

自分の拙い意見でも、彼の役に立てるのだと思えば誇らしい。

おかげで一時《いっとき》とはいえ、自分が落ちこぼれの子竜であることを忘れることができたのだった。

第六章　シャルベリ辺境伯領

『親愛なるマチルダ様へ
お元気ですか。時々子竜になってしまいますが、私は元気です』

手紙の書き出しは、何とも自虐的な一文になってしまった。

お茶に誘われて軍司令官執務室にお邪魔した翌日のこと。

私は閣下に告げた通り、王都にいる姉宛てに近況報告の手紙をしたためていた。

うっかり子竜化してしまう体質が、旦那様と奥様にばれていることを書くのは正直気が重かった。

常々私のことで気を揉んでいる姉に、ますます心配をかけてしまうのが分かりきっていたからだ。

それでも、私の子竜化を知った上で、旦那様と奥様がとてもよくしてくれていることを伝えたかった。

「そうだ。そもそも、縁談自体がなくなったことも報告しておかないと……」

姉はきっと当初の予定通り、私が閣下の弟君《おとうとぎみ》であるロイ様との縁談に臨んだと思っているだろう。

けれども実際は、ロイ様にはすでに心に決めた相手がいて、シャルベリ辺境伯家を出てしまっていた。その結果、私は叔父の独断によって、同様に縁談相手に逃げられた閣下と縁談を組み直すことを勧められ、有無を言わさずシャルベリ辺境伯領に置いていかれて今に至るのだ。

手紙を書き終わると、便箋を三つ折りにして封筒に入れる。

奥様がくれた便箋と封筒には、庭園で摘んで押し花にしたビオラとハーブがあしらわれ、ほんのりと優しい香りが付けられていた。

封をしていない封筒を持ったまま、私は与えられた客室を後にする。

シャルベリ辺境伯邸を裏口から出れば、小さな噴水のある中庭が広がっており、その先には軍の施設が立っていた。

中庭を突っ切って軍の施設までやってきた私は、扉の脇のベンチでぷかぷか煙管《きせる》をふかしている年老いた衛兵に会釈をする。そうして、衛兵が開けてくれた裏口から中へ入り、階段を上って最上階の真ん中にある部屋の前まで辿り着いた。

一つ深呼吸をしてから扉をノックすれば、中から聞き覚えのある声が誰何《すいか》する。

私が扉の前で名乗ると、程なくして取手がカチャリと音を立てた。

そうして扉を開いて顔を出したのは、さっきノックに応えた少佐ではなく――

「いらっしゃい、パトリシア。中にお入り」

優しい笑みを浮かべた閣下だった。

初対面の時と比べれば、私の中で閣下の印象は百八十度変わってしまっていた。もちろん、いい方向にである。

最初は、縁談が破談になったのならすぐにでも王都に帰りたいと思っていたのだ。シャルベリ辺境伯領の竜神が怖くて仕方がなかったし、いつ不測の事態が起きて自分が子竜化してしまうかと不安でならなかった。

何より、縁談を組み直すにしても肝心の閣下にその気がなさそうな上、そもそも私のことをよく思っていない風に見えていたのだから。

けれどいざ向かい合ってみれば、閣下は私の存在を厭《いと》うどころか、むしろ好意的に捉えてくれていた。さらには、その正体は知らないままながら、子竜化した私に対しても重いくらいの愛情を抱いてくれたのだ。

ただ、子竜の耳で聞いた通り、閣下は年の差を理由に私を結婚対象として見られない――つまり、私と縁談を組み直す気はやはりないようだ。

けれども私は、姉への手紙にその事実を記さなかった。

縁談が進まないのなら帰ってこいと言われるのが嫌だったからだ。

「……私って現金よね」

こっそり自嘲した私に、今日も今日とて背中に貼り付いていた小竜神が相槌を打つみたいに「ふん」と鼻を鳴らした。

書状の写しを私の姉宛ての封筒に入れてから、閣下が蝋を落として封をしてくれた。封蝋に捺《お》された印璽はシャルベリ辺境伯軍の紋章――竜神を象ったものになっていて、これを受け取った姉はきっと驚くだろうと思うと少し可笑《おか》しくなる。

時刻は午前十時を過ぎた頃。

封書を完成させた閣下は、パンと一つ手を打ち鳴らすと、椅子から立ち上がる。そして、愛用のサーベルを腰に提げながら、少佐に向かって声をかけた。

「さて、モリス。これで今日の午前中の仕事は片付いたな。少し出てきても問題ないだろう？」

「ええ、午後二時から定例会議がありますので、それまでにお戻りいただけるのでしたら結構です」

「承知した――では、パトリシア。手紙を出すついでに、少し町を案内しよう」

「え……？」

思ってもみない閣下の申し出に、私は目を丸くする。

そこに、畳み掛けるように少佐がとんでもないことを言い出した。

「あ、閣下。ついでにロイを散歩させてやってください」

「うえっ⁉」

私が犬が苦手だということも、その理由も、昨日の説明によって少佐は理解してくれたものだと思っていた。それなのに、閣下が一緒だとはいえ、犬のロイを同行させろだなんて……。

私は正直、裏切られたような気持ちになる。

しかし少佐は悪怯れる様子もなく、それどころか満面の笑みを浮かべて親指を突き上げた。

「閣下を保険にした荒療治ですよ。ああでも、ロイには無闇に飛び付かないよう、よーく言い聞かせましたのでご安心を。とりあえず、犬の存在が近くにあることから慣れていってくださいね」

かくして私は、閣下と、閣下が持つリードの先に繋がれた犬のロイとともに、町へと繰り出すことになったのである。

＊＊＊＊＊＊

シャルベリ辺境伯領は本日も快晴だった。

閣下の瞳の色みたいに澄んだ青空に、薄く雲が棚引いている。またもや留守番の小竜神は不服そうな顔をしていたが、大本《おおもと》たる竜神様のご機嫌は悪くないようだ。

私達がまず最初に訪れたのは、シャルベリ辺境伯邸の表門を出て大通りをしばらく西に下った場所にあるシャルベリ辺境伯領中央郵便局だった。

シャルベリ辺境伯邸にも毎日夕刻に郵便の集配があるのだが、午前十時半までにこの中央郵便局へ郵便物を預ければ正午発の王都行きの汽車に間に合うため、翌日の朝一番に向こうに届くらしいのだ。

レンガ造りの建物にはあちこちに蔦が這い、一目で年代物だと分かる。

扉の上には、馬に跨る郵便配達員をモチーフにした鉄細工の看板が掲げられていた。

局内には動物を連れていけないので、閣下はロイのリードを街灯の柱にくくり付ける。

そうして扉を潜れば、中は人でごった返していた。

「――おやおや、シャルロ様。いらっしゃいませ。これはまた、随分可愛らしいお連れ様ではございませんか」

すぐさま閣下を見つけて声をかけてきたのは、腰の曲がった白髪の老人だった。

丸い老眼鏡をずらしてまじまじと私を眺める彼を、閣下は呆れた顔をして〝局長〟と呼ぶ。

「そんなにじろじろ見てはさすがに不躾だぞ」

「これは失礼。しかし、シャルロ様も隅に置けませんなぁ。わしにもお嬢さんを紹介してくださらんか」

「紹介するのは構わないが、王都から預かっている大事な客人だ。失礼のないよう重々頼むよ」

「ほう、王都から！　こーんな何も無い僻地によくぞいらしてくださいましたなぁ。シャルロ様、こんな奇特なお嬢さんをみすみす逃してはなりませんぞ」

勤続五十年の郵便局長は閣下を幼い頃から知っているらしく、二人は気の置けない間柄のようだ。

私の姉宛ての封筒に切手を貼ったり消印を押したりしながら、郵便局長はにこやかに会話を続ける。

「いやはや、めでたいねぇ。シャルロ様も、爵位を継ぐに当たってようやく身を固める気になられましたか。こちらのお嬢さんは花嫁姿も絵になりそうだ。是非ともご成婚に合わせて記念切手を発行しましょう」

「……ん？　花嫁姿？」

「記念切手なら、新国王陛下のご即位に合わせて発行されることが決まっているだろう。これ以上の予算はどこからも出ないぞ」

「おやまあ、そんなケチくさいことをおっしゃっていては、度量の小さい男だと思われてしまいますぞ。ねえ、奥方？」

「え？　お、奥方⁉」

「ケチくさいとは失敬な。堅実の間違いだろう。何と言われようが無い袖は振れないからな」

閣下と郵便局長の会話についていけずに、私は二人の間でおろおろする。

郵便局長が、私と閣下の結婚を決定事項みたいにして話を進めていくのには戸惑った。

しかし、何より私が困惑したのは、閣下がそれを否定も訂正もしないことだった。

おしゃべりな郵便局長を上手く躱《かわ》して郵便局を出ると、閣下は再びロイのリードを手に歩き出す。

大通りをもうしばらく西へ下れば、北の水門が見えてきた。ここでは、山脈の向こうから貯水湖に流れ込む水の量を調整しているらしい。

トンネルから貯水湖までは大きな水路が川のように流れている。

その両脇には落下防止の鉄柵が設けられ、大通りと遜色ない石畳の道が整備されていた。

半月と少し前王都からやってきた私も、叔父が手綱を握った馬車で通った道である。

ふと鉄柵に手を載せて水路を覗き込むと、キラッキラッと水中に光る物を見つけて、私は思わずあっと声を上げた。

「魚だ……閣下、大きな魚がいます」

「あれはマスだよ。南の山向こうから貯水湖を通って水路を遡《さかのぼ》り、北側のトンネルを越えた辺りで毎年産卵するんだ」

「シャルベリ辺境伯領を丸々横切って行くんですか。大変そうだなぁ……それにしても、随分大きいマスですね」

「南側のトンネルの向こうで、山の栄養をふんだんに含んだ水で育って来るからね。肉厚で脂《あぶら》が乗っていて美味いぞ」

マスの銀色の鱗が、水面で太陽の光を反射してキラキラと輝いている。

群れになって遡上するその光景は、まるで大きな竜が身体をうねらせながら泳いでいるみたいに見えた。

水路沿いの道は絶好のお散歩コースらしく、犬を連れて歩いてくる人と何度も擦れ違う。

その度にびくびくする私を、閣下が毎回背中に庇ってくれた。

ゆったりと散歩を楽しむ人々は、閣下を見かけると気さくに声を掛けてくる。

次期シャルベリ辺境伯は、随分と領民に親しまれているという印象を受けた。

「こんにちは、シャルロ様。絶好のデート日和ですね。可愛らしいお連れ様がいて羨ましいわ」

「竜神様のご機嫌も麗《うるわ》しいようで。もしかして、シャルロ様が素敵な方を連れてきたと喜んでいるのではありませんか？」

「気持ちのいい晴天ですなぁ、閣下。おや？　どうやら閣下にもようやく春が来たようだ」

という風に、挨拶に続けて決まって私の存在に触れるのだ。

誰も彼もが笑顔だった。少なくとも、私が閣下と一緒にいることに関しては、好意的に捉えてもらえていると思ってよさそうだ。

ただ、郵便局長と話していた時と同様に、私を彼の好い人だと決めつけてくる者達の言葉を閣下が一向に否定も訂正もしないのだけが不思議だった。

やがて、私達は水路の沿道を逸れて路地へと入っていく。

路地裏は迷路のように道が入り組んでいて、私一人だとすぐに迷子になってしまいそうだ。店舗と民家が混在し、頭上では建物と建物の間に張られたロープに色とりどりの洗濯物が揺れていた。

雑貨屋や古本屋、靴屋に花屋、画廊も覗いた。きっと閣下は私が興味を持ちそうな場所を選んで案内してくれたのだろう。

おかげで、いつしか私は、ロイが一緒にいるのも気にならないほど散策に夢中になっていた。

太陽が真上に来る頃、私達は一軒の店に辿り着く。

外壁から店内まで蔦が生い茂った、アンティークな風合いの料理屋だった。厨房から漏れるバターやにんにくを焼いた香ばしい匂いに食欲がそそられる。

犬のロイを連れているため、私達はテラス席に陣取った。

時を待たずしてテーブルに運ばれてきたのは、たっぷりのハーブと一緒に焼かれた魚のソテー。さっき水路で見た、あのマスを使った料理らしい。閣下が教えてくれた通り、ピンク色のマスの身は肉厚で、脂が乗っていてとても美味しかった。

ただ困ったのは、量が多くてとてもじゃないが私一人では食べ切れそうにないことだ。

けれども、せっかく閣下に食事に連れてきてもらったのに、食べ残すのも気が引ける。

どうしたものかと途方に暮れていると、向かいの席から「なあ、パトリシア」と閣下に声を掛けられた。

「私はこの後、定例会議を予定していてね。老獪《ろうかい》な上に頭が固いじじい幹部どもとやり合わないといけない」

「は、はい……」

「英気を養うために、いつも昼は多めに食べるんだ。もしよかったら、君の分を分けてくれないかな?」

「あっ……はい！　どうぞ！　是非ともお召し上がりください！」

閣下が、気を遣ってくれたのは明白だった。私が食べるのをやめる口実にもなるし、残りを閣下が食べてくれるのなら罪悪感もない。

とはいえ、いきなり目の前でぱかりと開いた閣下の口に、私の全身が硬直する。

これは、もしかしてもしなくても、閣下に「あーん」を要求されているのだろうか。

オープンテラスという、こんな思いっきり衆人の目がある状況で?

いや、衆人の目があるからこそ、結局私は閣下の求めに従うしかなかった。

だって、シャルベリ辺境伯領の人々の前で、これから領主になろうという彼に恥をかかせるわけにはいかないだろう。

「し、失礼します……」

私はフォークの先にマスの肉厚な身を刺して、おそるおそる閣下の口元に持っていく。一口で頬張るには大き過ぎるかと思ったが、何度も閣下に「あーん」をするのも気恥ずかしい。

半ば無理矢理押し込むような形になったものの、マスの身は何とか閣下の口に収まってくれた。

「うん、いいね。心無しか、自分で食べるよりもパトリシアに食べさせてもらった方が美味しく感じる。ありがとう、満腹になったよ。君のおかげで、午後のじいさん達にも対抗できそうだ」

閣下はそう言ってにこりと笑う。

わずかに口の端に付いたソースを、彼の赤い舌がぺろりと舐め取った。

その光景がいやに扇情的で——あと、今更ながら自分のフォークを使ってしまったため、間接的にキスしたみたいな気分になって急激に顔が熱くなる。

ぴゅう、とどこかの誰かが口笛を吹いたのが聞こえ、私はますます恥ずかしくなった。


ランチが済むと、私達は大通りへと戻ってきた。

しかし、閣下が向かおうとしている場所に気付いたとたん、私の足はその場に縫い付けられたかのように動かなくなった。

「パトリシア、どうした?」

「か、閣下……あの……」

私の方を振り返った閣下の背後には、貯水湖の中央に浮かぶ島へと続く跳ね橋があった。

島の上には竜神を祀る神殿があり、半月ほど前の大嵐によってその屋根が壊れ、現在は修繕工事が行われている。

そのため一般人は立入り禁止だが、閣下は工事の進行状況を確認するついでに、私に神殿を見せようと考えたらしい。

確かに、これといった名所も特産品もないシャルベリ辺境伯領では、竜神の伝説が残るこの島の神殿が唯一の観光場所だろう。

しかしながら、私にとってそこは、おいそれと足を向けられる場所ではなかった。

「こ、こわ、怖くって……」

「うん？　怖い？　跳ね橋がかい？　大丈夫。頑丈にできているから揺れたりしないよ」

「いえ、橋じゃなくて……その、シャルベリの竜神は、生け贄の乙女を食べたという話を聞いたことがあったので……それが怖くって……」

「なるほど……確かに、シャルベリに伝わる竜神の伝説は血腥《ちなまぐさ》いからな。無理もない」

シャルベリ辺境伯領に到着した際、馬車の窓越しに見て震え上がった竜神の石像は、現在シャルベリ辺境伯邸の敷地内に保管されている。

それに伴い、目の前に現れた石像サイズの竜神――小竜神に親しみを覚えたことで、竜神そのものに対する私の恐怖心も随分と和らいだ。

ただし、シャルベリ辺境伯領の竜神がかつて生け贄の乙女達を食らったことは事実であり、今まさに閣下が私を連れていこうとしている神殿が、彼女達が捧げられた祭壇があった場所なのだ。

『生け贄に選ばれたのは、領主の一番下の娘です。領主はその娘を目の中に入れても痛くないほど可愛く思っておりましたが、民のため、身を切る思いで彼女を捧げました。

竜の神様が娘をばくりと口に咥えて天に昇れば、鋭い牙が突き立った彼女の身体から赤い雨が流れ落ち、乾いた大地をしとどに濡らします。

我が子を失う悲しみに、領主の目から溢れたしずくもほとほとと大地に零れ落ちました。

雨は三日三晩降り続け、その間領主の涙も止まることがありませんでした』

シャルベリ辺境伯領で語り継がれる昔話の一節である。

これを持ち出して、竜神の神殿に行くのが怖いのだと言って立ち竦んだ私を閣下は笑わなかったし、呆れることもなかった。

ただ、ロイのリードを持つのと反対の手を差し伸べてくれる。

その手と閣下の顔を見比べていると、彼はふと柔らかな笑みを浮かべた。

「シャルベリの水不足は解消し、今となっては竜神に生け贄を捧げる必要もない。もちろん、万が一竜神がパトリシアを欲しがったって、絶対にあげたりなんてしないから安心しなさい」

閣下はそう言うと、差し伸べられた手を取ろうか取るまいか迷っていた私の手をぐっと摑んだ。

「おいで、パトリシア。――大丈夫、私が一緒だよ」

「あっ……」

そのとたん、今の今まで根が生えたみたいに地面に貼り付いていた足が剝がれた。

私は閣下に手を引かれ、ようやく跳ね橋を渡り始める。

たちまち、空の上から何かに見られているような感覚を覚えた。

けれども、不思議とあまり怖くない。

この時私は、自分の手を包み込む閣下の温もりの方が気になって気になって仕方がなかった。

貯水湖に浮いた島にいる間だけではなく、再び跳ね橋を渡って大通りに戻ってからも、私と閣下の手は繋がれたままだった。そのため、道中擦れ違う人々は揃って、私達の仲を誤解する。けれども閣下はやはりそれを否定することもなく、極めつけは、南の水門の側を通り過ぎていよいよシャルベリ辺境伯邸の裏門が見えてきた頃のこと。

「こんな時間からデートか？　いい身分だな、兄さん」

突然、頭上から茶化すような声が降ってくる。

私達はちょうどリンドマン洗濯店の前に差しかかっており、声の主は閣下の弟君《おとうとぎみ》であるロイ様だった。

洗濯屋として働いている彼は、屋上で客から預かった洗濯物を取り込んでいるところらしい。

相変わらず〝自分より力の強い竜〟の気配がぷんぷんするロイ様を前に、私はぎゅっと身を強張らせる。手を繋いでいた閣下にも、それが伝わったのだろう。

閣下はさりげなく私をロイ様の視界から隠すと、彼を見上げて笑う。

「いいだろう？　日頃頑張っているご褒美として、彼女を独占させてもらっているんだ」

デートじゃない、と閣下は言わなかった。

結局、少佐に戻ると約束した午後二時ぎりぎりまで、私達はずっと手を繋いでいた。

いざ離さなければならなくなった時——私は閣下の手を名残惜しいと思ってしまう。

だから、閣下が最後に一度、私の手をぎゅっと握り——

「まだまだパトリシアを案内したい場所があるんだ。君の叔父上殿が戻って来るまでに改めて時間を作るから、楽しみにしておいで」

そう約束してくれたのは、決して社交辞令なんかじゃないと思いたかった。

けれど――

「――お待たせして申し訳ありません、シャルロ様！　あなたのクロエが参りましたわ‼」

そんな第一声と共に華やかな女性が現れたことで、約束が果たされる可能性は潰《つい》えた。

＊＊＊＊＊

「クロエ・マルベリーと申します」

満面の笑みを浮かべてそう名乗ったのは、スレンダーで背が高く、洗練された雰囲気の女性だった。黒い巻き毛をゆったりと背に垂らし、切れ長のヘーゼルの瞳が色っぽい美人である。

私が姉宛てに出した手紙と入れ違いで、いきなり単身シャルベリ辺境伯領に現れた彼女に、閣下も旦那様も奥様も、もちろん私も大いに戸惑った。

というのも、マルベリー侯爵令嬢クロエといえば、私の叔父がマルベリー侯爵から頼まれて閣下との縁談を取りまとめたにもかかわらず、日取りが決まった矢先に使用人の男と駆け落ちしてしまったはずなのだ。

「シャルベリ辺境伯領に嫁ぐのは本意ではないとおっしゃって、使用人と一緒に出奔なさったと伺っておりますが？」

表情を取り繕った閣下がそう指摘する。

マルベリー侯爵令嬢が「辺境伯領なんて僻地に嫁ぐのは嫌！」と大暴れしたという話が閣下の耳にまで届いており、ただでさえ女性不信気味の彼の心証は最悪だった。

ところが、クロエはさも心外だとばかりに首を横に振る。

「いやだわ、シャルロ様！　そんな、駆け落ちしたみたいにおっしゃらないでっ‼」

「……違うのですか？」

「一方的に想いを寄せてきた使用人が、私を無理矢理連れ出したんです！　けれど、ご安心くださ い！　すぐに助け出されて、この身は清いままですからっ‼」

「そ、そう……」

クロエの剣幕に、閣下はたじたじとなる。

私の隣では奥様が「うちのお姉ちゃん達みたいな一癖ありそうな子ねぇ」と独り言を零していた。

三人のお姉様達みたいということは、彼女達の言動がトラウマな閣下にとって、クロエは鬼門ではなかろうか。

僻地に嫁ぐのは嫌だと喚《わめ》いた件については、家族と離れるのが寂しくて、つい心にもないことを言ってしまったとクロエは弁明する。そんな綺麗事をにわかには信じられず、もしやクロエを名乗る偽物ではないかという疑念も抱いた。

しかし、昨年王都に出向いた際にマルベリー侯爵からクロエを紹介されていた旦那様が、彼女は本物で間違いないだろうと言う。

「シャルベリに骨を埋めるつもりで参りましたの。どうか、末永く可愛がってくださいませ」

艶《つや》やかに微笑んでそう告げたクロエに、私は一瞬見惚れた。自信に満ち溢れた彼女を、いっそ羨ましいとさえ感じる。

一方、閣下と旦那様は困ったように顔を見合わせている。新たな縁談相手としてシャルベリ辺境伯邸に置いていかれた私がいる手前、いきなり現れたクロエの扱いに困っているのだろう。

しかし、当初の予定通り閣下とクロエの間で縁談を進めるにしても、はたまた完全に破談にして彼女を王都に帰すにしても、仲人である私の叔父抜きでは話が始まらない。

結局、叔父がシャルベリ辺境伯領に戻ってくると言い残した数日後まで、クロエを客人としてシャルベリ辺境伯邸に滞在させることになった。


「まあまあ、シャルロ様！　いけません！　朝食はたくさん召し上がらないとっ！」

「いや、朝はあまり食欲が……」

「朝にしっかりと栄養を取らなければ、集中力がなくなりイライラしやすくなってしまうんですよっ‼」

「あ、そう……」

当然のようにシャルベリ家の食卓に自分の席を加えたクロエは、さっそく甲斐甲斐しく閣下の世話を焼き始めた。

朝は小食気味の閣下の皿に、次々と料理を積み上げて満面の笑みで迫る。朝食の重要性など、言っていること自体は正しいので、旦那様や奥様も止めるに止められないようだ。

それにしても、いくら精がつく食材だからといって朝からオイスターを山盛り食べさせようとするのは、さすがにやめてあげてほしい。

盛大に顔を引き攣《つ》らせている閣下も気の毒だったし、私の胸も何だかチリチリと痛んだ。

しかし、クロエ本人は周囲の戸惑いもどこ吹く風で、すでに閣下の婚約者であるかのような振る舞いはこれに留まらなかった。

「さあ、お義母様《かあさま》！　今日はどちらへいらっしゃいますか？　クロエがどこへだってお供しますわ！」

「あ、ありがとう。でもね、せっかくだけど車椅子はパティが押してくれるから……」

「あら、お義母様《かあさま》のお世話は嫁の私がすべきことでしょう？　それに、赤の他人に車椅子のハンドルを預けるなんて不用心だわ！」

「赤の他人だなんて……そんな風に言わないでちょうだい。パティはとってもいい子なのよ」

奥様の車椅子を押す役目も、早々に私からクロエに移った。

いや、奪い取られたというのが正しい。

私に関しては、客としてシャルベリ辺境伯邸に滞在しているとクロエには伝えられていた。

しかし、彼女は閣下の側に自分以外の女がうろつくのを煩わしく思っているらしい。

「それで？　パトリシアさんは、一体いつまでシャルベリに居座るおつもりなのかしら？」

直球でこんな質問を投げつけられたら、嫌でも自覚する。

私は、クロエにとって紛《まご》うことなき邪魔者だった。

「クロエ嬢、口を慎みなさい。パティは君とシャルロの縁談を取りまとめた仲人の姪御だぞ。勝手な振る舞いでその仲人の顔に泥を塗った自覚はあるのか？　叔父上殿が迎えに来るまでは、せめて姪御のパティに礼を尽くすのが筋ではないか」

その場に居合わせた旦那様が少し厳しい口調で咎めるように言う。

しかし、クロエはそれでへこたれるような柔《やわ》な神経はしていなかった。

当初の縁談の日取りに間に合わなかったのは自分のせいじゃないのに、と旦那様の苦言に唇を尖らせていたかと思ったら、私に向かってこう宣ったのである。

「つまり、仲人がお戻りになったらパトリシアさんはシャルベリを出て行く……それでは、あと少しの辛抱ですわね！」

「えっ……」

絶句する私に、クロエはぱっと大輪の花を思わせる笑みを浮かべて続けた。

「そうだ！　せっかくですから、私とシャルロ様の結婚式に出席していってくださいな！　私、あなたに向かってブーケを投げますわね！」

いやだ――！　心の中で即座に答える。

閣下とクロエの結婚式になんて絶対に出たくない。

私はこの時、はっきりとそう感じた。

クロエが閣下や奥様に纏わり付くほど、私が彼らと一緒に過ごす時間は極端に減っていった。始終張り付いてこようとするクロエを回避するため、閣下は軍の施設をシャルベリ辺境伯軍の軍人以外立ち入り禁止にした。必然的に、執務室でのお茶に私が誘われることも無くなった。奥様が定期的に庭園で開いていたお茶会も、何だかんだでクロエが仕切るようになったため、私には居心地が悪い。

その結果、時間を持て余した私は専ら旦那様の書斎に入り浸って本を読んでいた。旦那様が自由に出入りしていいと言って鍵を預けてくれたからだ。

旦那様も旦那様で、シャルベリ辺境伯位の引き継ぎ業務が大詰めらしく慌ただしい毎日を送っており、私は一人きりで過ごすことが増えていた。

それでも、しばらくは平気だったのだ。クロエの存在に胸の奥にはもやもやとしたものが蓄積していたが、叔父が戻ってくるのを待つつもりでいた。というのも……

「あなた、本当にチョコレートが好きなのね？」

一人ぼっちで過ごしているように見える私だが、実はちゃんと相棒がいた。竜神の石像と一緒にシャルベリ辺境伯邸に留まっているあの小竜神が、ずっと側にいてくれたのだ。

よほど一人で寂しそうに見えるのか、私の身体に巻き付くみたいにぴったりとくっついてくる。

そんな小竜神の好みは相変わらず。瞳をキラキラと輝かせながら、私が読書のお供にもらってきたおやつの皿からチョコレートを啄んでいる姿には愛嬌があった。

小竜神の瞳は、閣下のそれと同じ青空の色だ。そのせいか、私のスパイスクッキーにいたく感動していた閣下の瞳を思い出し、ついつい彼が恋しくなってしまう。

そうやって、小竜神とともに静かな読書の時間を過ごしていた私だったが、ふと耳に入ってきた人の話し声に、本のページを捲《めく》る手を止めた。

媚《こび》を含んだその声は、今の私にとってあまり聞きたくないものだ。

しかし、常人よりも優れたメテオリットの竜の聴力は、書斎の窓の外――庭園の一角で交わされる会話を否応無く拾ってしまった。

「今お帰りですか、商工会長様。門までお見送りしますわ」

「おお、これはクロエ様！　恐れ入ります！　いやはや、次期シャルベリ辺境伯夫人として、あなたのような素敵な方を迎えられて喜ばしいですなぁ！」

「うふふふ、商工会長様ったら！　お上手なんですから！」

「いえいえ！　シャルロ様の隣に立つのは、やはりクロエ様のような洗練された女性こそがふさわしい！　美男美女で、さぞお似合いの夫婦になられるでしょうなあ！」

クロエと一緒に、上機嫌な様子で表門の方に歩いていく恰幅のいい中年の男性が、商工会の会長を務めている人物らしい。私とはまだ面識がないが、クロエは自己紹介が済んでいる風だった。

町の中心人物ともいえる商工会長は、彼女を次期シャルベリ辺境伯夫人として歓迎しているようだ。

「確かに、あの人は綺麗で大人っぽくて……閣下の隣に似合うものね……」

私は開いていた窓を閉じ、カーテンも閉めてその場に膝を抱えて踞《うずくま》った。

クロエと商工会長の談笑する声をもう聞きたくなくて、両手で耳を塞ぐ。

そんな私の身体に、ふいに小竜神が巻き付いてきたと思ったら、立てた両膝の上に何かがポンと載せられた。チョコレートだ。

「くれるの？　でもこれ、あなたの好物でしょう？」

そう問う私に、気にせず食え、とばかりに小竜神が鼻先でチョコレートを押し付けてくる。

一口サイズのボンボンショコラで、口に含めば中のガナッシュが滑らかに蕩《とろ》けた。濃厚な甘さが、しょっぱい気分の中で際立つ。

「ありがとう。慰めてくれてるんだよね……？」

私の言葉を肯定するように、しきりに鼻面を擦り寄せてくる小竜神をそっと撫でる。

虹色の鱗に覆われた胴体はひんやりとしていて、案外触り心地がよかった。

「あなたはどうして私の側にいてくれるのかな？　竜のよしみ？」

初めて小竜神を見た時は、怖いと思った。

だが、今となっては私の心の拠り所の一つである。

だから、神殿の屋根の修繕が終わって石像が元の場所に戻されたと聞いた時——小竜神の姿がシャルベリ辺境伯邸から消えて、本当に一人ぼっちになってしまった時。

私は、自分が一体何のためにここに留まり続けているのか分からなくなった。

にわかに空を黒い雲が覆い、ゴロゴロと雷鳴が轟き始めたのは、竜神の石像が貯水湖の真ん中にある神殿に戻された日の夕刻のことだった。

クロエがシャルベリ辺境伯邸にやってきて、今日で一週間。

その前に姉に送った手紙の返事がまだ来ないことに、私は少しやきもきした気持ちでいた。

旦那様の書斎にある本を読むのにも飽き、気晴らしに庭園に出た私の足はハーブ園に向かう。

そこで摘んだのは、〝小さな竜〟を語源とするタラゴン。それ自体に仄かな苦味と甘い香りを持つおかげで、他のハーブとブレンドせずとも単体で美味しいハーブティーを楽しむことができる。

のんびり散策する気分にもならなかったため、タラゴンを二房摘んだらすぐにハーブ園を出た。

いつの間にかぽつりぽつりと雨が降り始めていて、傘を持ってきていない私は屋敷へと急ぐ。その最中のことである。

「ひゃっ……!?」

突如、ピカッと空が光った。

かと思ったら、バリバリバリと空気を引き裂くような耳触りな音に続き、ドーンと凄まじい霹靂が響いた。

雨にばかり気を取られてすっかり油断していた私は、その場で飛び上がるくらいにびっくりする。

あっ、と思った時には遅かった。

私の心臓はたちまち恐慌を来《きた》し、胸の中でひっくり返りそうなくらいに暴れ始めた。

ドクッ！　ドクッ！　ドクッ！　と鼓動が異常なほど激しくなる。

強烈な勢いで心臓から吐き出された血液が凄まじい早さで血管の中を駆け巡り、全身に張り巡らされたありとあらゆる毛細血管の先端にまでメテオリット家の竜の血が行き届いた。

私は迂闊にも、またもや庭園の真ん中で子竜化してしまったのである。

「ぴい……」

尻の下に広がる衣服と、地面に散らばったタラゴンを見つめてため息を吐く。

これまで何度か子竜化した私を回収してくれた小竜神がいない中、旦那様か奥様のもとへ——いや、奥様にはクロエが張り付いているので助けを求められないだろう。

とにかく、人目に付かずに私室に戻るにはどうすれば……と途方に暮れている時だった。

「——わんっ」

「ぴっ⁉」

すぐ側の生垣がガサガサと音を立てて揺れたかと思ったら、ぬっと出てきたのは真っ黒い犬の鼻先だった。ロイだ。私はもう一度飛び上がるくらいびっくりしたものの、現れたのが見知った相手であったことにほっとする。

犬に対する恐怖心が消えたわけでない。ロイのことは嫌いじゃないが、やっぱり怖いものは怖いのだ。

ただ、クロエが来てから少佐と会うことも無くなり、必然的にロイとの距離も遠ざかっていたために、なんだかひどく懐かしい気分になった。

ふいに視界が滲み、ぽろぽろと涙が零れ出す。雨粒よりも大きいそれが、ペタンと地面に座り込んだ私の膝の上でぴちゃんと跳ねた。

すると、ずいっと顔を近づけてきたロイが、私の顔中をペロペロと舐め始める。

一瞬だけ恐怖に身体が強張ったが、彼が涙を拭おうとしてくれているのは明白だったため、私は大人しくされるがままになっていた。

ロイはやがて、いつぞやのように私の首根っこを優しく咥えて歩き出す。

子竜の姿が人目に付くことを恐れた私は慌てたが、すぐに杞憂と分かった。

生垣を越えたところで、子竜化した私にとっても馴染み深い相手と出会えたからだ。

「――パティ⁉」

ロイの口にぶら下げられた私を見つけたとたん、ぱっと顔を輝かせて駆け寄ってきたのは、彼の飼い主である少佐だった。

「ちょうどよかったよ、パティ。本当にいいところに来てくれた」

少佐はそう言ってすぐさまロイの口から私を受け取ると、小雨に濡れないように軍服の上着の中に抱き込んで足早に歩き始める。少佐にだっこをされるのはこれが初めてのことだった。

前回の邂逅の際、子竜が人語を理解し拙いながら字も書くと知った少佐は、被せた上着越しに私の背中を撫でながら、実はね、と続ける。

「ここのところ、招かれざる客人のせいで閣下がすっかり参ってしまっていてね。是非とも君が癒やして差し上げてほしいんだ」

閣下が、クロエの扱いにほとほと困っているのは私も知っていた。自由奔放かつ傍若無人な彼女の振る舞いは、かつて閣下のトラウマ製造機であった三人の姉達を彷彿とさせる。

にもかかわらず、クロエがシャルベリ辺境伯邸への滞在を許されている理由は、単純にシャルベリ家とマルベリー家の爵位の差にあった。

一般的に、侯爵と辺境伯では前者の方が身分が上である。

曲がりなりにも侯爵令嬢を名乗るクロエを、閣下はなかなか邪険にできない。

それに、本来ならば侯爵家から花嫁を迎えることは、シャルベリ辺境伯家にとっては良縁だったはずなのだ。ところが……

「クロエ嬢が来たせいで、やっと打ち解けてきたパトリシア嬢をデートに誘う隙もない。閣下がお気の毒で仕方がないよ」

閣下の一の忠臣とも言える少佐の中で、人間パトリシアはそれなりに株が上がっていたらしい。少なくとも、クロエよりは評価は上らしき発言にほっとする。

そうして、私は少佐の胸元に大事に抱かれたまま、一週間ぶりに閣下の執務室までやってきた。

「閣下ーー！　最高のお届けものですよーー!!」

この時、少佐がノックもせずに扉を開いてしまったのは、子竜を早く閣下のもとに届けてやりたいと気が急いていたせいだろうか。上司を上司とも思わない言動が目立つ少佐だが、本当は閣下をとても大切に思っているのがよく分かる。

はたして、ガチャリと音を立てて開いた扉の向こうに見えたのは、この部屋の主である閣下本人の姿。

奥の執務机ではなく、部屋の中央にあるソファにいた閣下は、盛大に顔を強張らせていた。

その表情の理由は、すぐさま判明する。

「――いやだわ、シャルロ様ったら。人払いなさって？」

閣下の執務室の中で上がった甘ったるい声に、私も少佐も、たぶんロイも聞き覚えがあった。

真っ白いしなやかな腕がするりと伸びて、閣下の首に絡み付く。

ひくり、と閣下の口の端が引き攣った。

シャルベリ辺境伯軍の軍人以外立ち入り禁止となったはずの閣下の執務室に、この時何故かクロエがいた。

しかも、ソファにしどけなく寝転んだ彼女の上に、閣下が覆い被さるような恰好で――

第七章　約束を重ねて

「――し、失礼しましたっ‼」

上擦った声でそう叫んだ少佐が、叩き付けるように勢い良く扉を閉める。

バタンッ！　と大きく響いた音に驚いて、ロイが後ろに飛び退いた。

一方、部屋の中からは、モリス！　と閣下の焦ったような声が聞こえてくる。

それに応えて少佐が再び扉の取手に手を掛けたところで、私は身を捩って彼の腕から逃げ出した。

もう一瞬たりとも、閣下とクロエが一緒にいるところを見たくなかったからだ。

「あっ、こら……パティ、待って‼」

廊下に敷かれた絨毯の上に丸まって落ちた私は、運が良いのか悪いのか、ちょうど一歩前に出ようとしていた少佐の足に当たってボールみたいにポーンと跳ねた。

おかげで捕まえようと伸びてきた少佐の手を逃れ、コロコロコロコロコロ転がって、幾つもの扉の前を通り過ぎていく。

曲がり角の直前では、廊下の隅に置かれていた荷物にぶつかって方向転換した。

上手い具合に角を曲がった子竜ボールは、さらにコロコロコロ。

このままどこまでもどこまでも転がっていくかと思われたが――予想に反し、いくらも行かないうちにポテンと何かにぶつかって止まった。

「――パティ⁉」

とたんに降ってきたのは、聞き覚えのある声。旦那様の声だ。

たまたま軍の施設を訪れていた旦那様と、私は偶然鉢合わせしたらしい。これは、間違いなく運が良い。

そうこうしている間にも、曲がり角の向こうからは子竜を呼ぶ少佐の声が近づいてくる。

私は慌てて立ち上がり、旦那様の足にしがみついた。

それを見て即座に状況を把握したらしい旦那様は、すぐさま私を抱き上げて上着の中に隠した上で、やにわに手近な窓を開け放つ。

息急き切らした少佐が角を曲がってきたのは、その直後であった。

「すっ、すみませんっ！　今し方、こちらにピンク色をした小さな生き物が来ませんでしたか⁉」

「はて、ピンク色をした小さな生き物か……そういえば、そこの開いた窓から何かが出て行ったようだったな」

少佐は旦那様の言葉を疑いもせず、窓から身を乗り出して「パティー‼」と悲愴な声で叫ぶ。

その傍らでは、ロイが鼻をヒクヒクさせながら、じっと旦那様を見上げてしっぽを振っていた。

旦那様に匿われて無事客室に戻ることができた私だったが、これまでとは違って一晩経っても人間の姿には戻らなかった。

原因はおそらく、昨夜一睡もできなかったせいだろう。鼓動はもうすっかり落ち着いているというのに、胸の奥が、心臓が、心が、とにかく痛くてたまらなかった。

瞳を閉じると、執務室のソファの上で折り重なるようにしていた閣下とクロエの姿ばかりが浮かんでくる。

あの場面だけ切り取れば、二人は恋人同士で、執務室でいちゃついていたように見えるだろう。

しかしながら、現実はまったく違っていた。

私の様子から諸々察した旦那様が集めた情報によると、まずクロエが執務室に現れたことからして、閣下の望むところではなかったようだ。

とにかく閣下の近くに行きたかったクロエは、部外者立ち入り禁止の軍の施設に潜り込むために、扉を守る衛兵を買収することにしたらしい。

裏口の扉の脇に置かれたベンチでいつもぷかぷか煙管をふかしている、あの年老いた衛兵である。

何でも、王都でしか手に入らない高価な煙草《たばこ》を融通すると約束したのだとか。

そうして、老衛兵から閣下の執務室の場所まで教わったクロエは迷わずその扉を叩き、てっきり少佐が戻ってきたものと思い込んだ閣下は誰何もせずに入室を許可してしまったというわけだ。

当然のことながら、入ってきたのがクロエだと気付いた閣下は驚き、彼女を説得して追い返そうとする。

ところが、件《くだん》の老衛兵から余計な情報を仕入れていたクロエは食い下がった。

「パトリシアさんは、この部屋に招き入れられたことがあるそうではないですか！　ただの客人のあの子がよくて、婚約者の私がだめだなんて――そんなの、納得いきませんっ!!」

まだ婚約したわけではない、という閣下の主張は呆気なく無視されたらしい。

押し問答の末、クロエがソファに倒れ込んだのはたまただったかもしれない。

しかしその際、閣下を道連れにしたのは、はたして偶然か。

とにかく、二人してソファに倒れ込んだところで、子竜姿の私と犬のロイを連れた少佐が扉を開いた。

「もう少しモリスの戻りが遅かったら、わざと着衣を乱して私に乱暴されたとでも喚きそうな雰囲気だった」

閣下は青い顔をして、そう旦那様に語ったらしい。クロエは、あわよくば既成事実を……くらいは企んでいたのだろうか。

私が旦那様の上着に隠されて私室に戻った後、閣下と少佐は力を合わせて、何とかクロエを軍の施設から追い出した。もちろん、いとも簡単に彼女に買収された老衛兵には相応の処分が下され、軍の施設の裏口に彼の姿はもう無い。

クロエが異様なほど閣下に――あるいは、次期シャルベリ辺境伯の婚約者という立場に固執しているのに対し、閣下自身がそんな彼女の言動に思いっきり引いてしまっているのは傍目《はため》に見ても明らかだった。

それでもクロエは、一度は閣下と縁談の日取りまで決まっていた間柄なのだ。

仲人の叔父が戻ってこなければ話が進まないので、クロエとしてはそれまでシャルベリ辺境伯邸に滞在するという大義名分が立つ。

それに対して、叔父の面子《メンツ》を保つために、その場凌ぎで閣下に宛てがわれただけの私はどうだ。

奥様の車椅子を押す役目からも下ろされて、日がな一日ぼんやりと過ごす自分自身を振り返ると、どっと虚しさが押し寄せてくる。

一晩経っても人間の姿に戻れず、私室に匿ってくれた旦那様と奥様にはいつも以上に迷惑をかけてしまった。

とにかく私は、今の自分が歯痒くて仕方がない。

子竜になった日の夜と、その翌日の朝昼夜。結局、四回続けて食事の席に現れなかった私をさすがに心配して、閣下が訪ねてきた。

と言っても、子竜の姿のまま応対できるはずもなく、旦那様と奥様が上手く誤魔化してくれているのを扉越しに聞いているしかなかった。

その際、閣下に纏わり付くクロエの声がして、私は頭からシーツを被って耳を塞ぐ。

やがてうとうとし始めた頃に聞こえてきたのは、またあの知らない子供の声だった。

『ひ弱なちびのくせに。お前みたいなのが竜を名乗るな』

『何の役にも立たない、出来損ない』

『お前みたいな落ちこぼれの子竜は、——でしか生きていけないだろう』

相変わらず、私を詰り、嘲笑う。

いつの間にか目の前に現れた子供は、唯一はっきり見える口でニイと笑ってこう問うた。

『ねえ――お前、一体何のためにここにいるの？』

私は、ひゅっと息を呑む。今まさに、自問していることだったからだ。

当初の縁談が破談になったのだから、早々に王都に戻るつもりでいたのだ。

ところが、ひょんなことから子竜化してしまうことが旦那様と奥様にばれ、それをきっかけに彼らに請われてシャルベリ辺境伯邸に留まることになった。

最初は閣下に嫌われていると思い込んでいたために居心地はあまりよくなかったが、それが誤解だと判明して彼と打ち解けてからは、王都に戻りたいという気持ちも徐々に薄まり始めていた。

いや――むしろ、もっとシャルベリ辺境伯邸にいたいと思うようになったのだ。

私が作ったスパイスクッキーを閣下が手放しで喜んでくれて嬉しかったし、王都からの不審な書状に意見を述べたことを評価してもらえて誇らしかった。

町を案内してもらった際、会う人会う人が私を恋人か婚約者のように誤解するのを閣下が否定しなかったから、もしかしたら彼もまんざらではないのかと心のどこかで期待した。

だから、また町を案内すると閣下の方から言ってくれたのが嬉しくて、社交辞令なんかじゃないと思いたかった。

女性不信気味なのに構ってもらえる自分のことを、閣下にとって特別な存在なのではないか、とどこか自惚《うぬぼ》れ始めていたのかもしれない。

けれども――

本来の閣下の縁談相手であるクロエが現れたことで、叔父の体裁を保つために押し付けられた、その場凌ぎの縁談相手という私の役目は終わったのだ。

洗練された雰囲気のクロエは、黒い軍服に身を包んだ長身の閣下の隣にいて悔しいほど映えた。

年齢差を理由に、閣下に結婚対象としては見られないと言われた私では、きっと敵わないだろう。

卑屈な思いを募らせる私を、夢の中の知らない子供がますます嘲笑う。

ニイと意地悪そうに歪んだ口が、冷たく言い放った。

『お前がここにいる意味なんてないよ――落ちこぼれの子竜』

＊＊＊＊＊

王都の姉から手紙の返事が届いたのは、私が子竜姿になった翌日の夕刻のことだった。

そのさらに翌朝。ようやく人間の姿に戻れた私は、私物を鞄に詰め込んで、二十日余りを過ごした二階東向きの角部屋を後にする。

一階テラスに設けられた朝食のテーブルまで行くと、閣下はすでに席に着いていた。

こちらに気付いて椅子から立ち上がった彼が何か言う前に、私は口を開く。

「今までお世話になりました。私――王都に帰ります」

当たり前のように閣下の隣に陣取っているクロエの手前、声が震えそうになるのを必死で堪《こら》えた。

私のなけなしのプライドが、彼女に情けない姿を見せるなと叫んでいる。

閣下は空色の瞳を大きく見開き、何故、と唇を震わせた。

「姉から手紙で、ロイ様との縁談がまとまらなかったのなら、家に戻ってくるように言われたんです」

昨日の夕刻、私のもとに姉からの手紙が届いたことは閣下も知っている。

一週間ほど前、私は自分の近況報告とともに、シャルベリ辺境伯から領有権を取り上げげんとする書状について、姉とその上司であるアレニウス王国軍参謀長リアム殿下に意見を求める手紙を送っていた。その答えが閣下宛てに封書で届き、私への返事もそこに同封されていたのだ。

現在メテオリット家の当主は、私の姉マチルダ・メテオリットである。そして、当主の決定は絶対だという風潮は古い家ほど強い。

だから、旦那様も奥様も、そして閣下も、姉の命によって王都に戻るという私の言葉を拒否することはなかった。

閣下は、朝一で軍の重要な会議があるとかで、早々に朝食を済ませて席を立った。

私は、朝食を終えたらシャルベリ辺境伯邸を出るつもりなので、彼とはこれっきりだろう。

「閣下、お世話になりました」

もう一度そう言った私に、閣下は小さく頷いただけでそのまま食堂を出て行ってしまう。

実に、あっさりとしていて素っ気無い別れだった。

ぐっと唇を噛んで俯く私の頭を、ふいに大きな手が撫でてくれる。旦那様だ。

「こちらの都合で引き留めてしまってすまなかったね。パティと過ごした日々は、我々にとって掛け替えのない時間だった。後で、私の方からも姉君にお礼の手紙を送っておこう。道中気を付けなさい。姉君のお許しがあれば、またいつでもここにおいで」

「……っ、はい。ありがとうございます、旦那様」

温かい言葉と労《いたわ》るように撫でてくれる無骨な掌に、私は涙腺が緩みそうになるのを必死に堪《こら》えた。

旦那様が優しくしてくれればくれるほど、何も言わずに行ってしまった閣下と比べ、私は今までの想いが自分の独り善がりだったことを痛感する。

閣下にとって特別な存在になれたのでは、なんて自惚れていた数日前の自分を殴り飛ばしてやりたくなった。

「パティがいないと寂しいわ。何とかして、滞在延長の許可をいただけないかしら？　私から、お姉様にお手紙を書いて……」

奥様は、両目に涙まで浮かべて私の帰郷を惜しんでくれた。

何とか姉を説得できまいかと、便箋とペンを用意しようとする。

そんな彼女に、ぴしゃりと水を差すようなことを言ったのはクロエだった。

「まあ、お義母様、いけませんわ！　パトリシアさんにはシャルベリに留まる意味なんてありませんのに、引き留めてしまっては可哀想！　気持ちよく送り出して差し上げないとっ‼」

私が王都に戻ると告げてから、ずっと一人だけにこにこしていたクロエが、ねえ？　と猫撫で声で同意を求めてくる。

私がそれに何も応えずとも彼女は気にする様子もなく、むしろ晴々《はればれ》とした笑みを浮かべて言った。

「後日、私とシャルロ様の結婚式の招待状を送りますから、是非ともご出席くださいね！」

私は、自分がどんな顔をしてそれを聞いているのかも分からなかった。


シャルベリ辺境伯領はこの日も快晴だった。

陰鬱とした私の心なんて素知らぬ風に、閣下の瞳の色みたいに真っ青な空には雲一つ無い。

はあ、と吐き出したため息は、誰に拾われることもなく冴え冴えとした空気の中で掻き消えた。

馬車を出してトンネルの向こうまで送っていこうと言う家令の申し出を断って、私はシャルベリ辺境伯邸の裏門を出た。貯水湖を囲む大通りを一周して、汽車の駅がある北側のトンネルの向こうまで行く乗り合い馬車がそろそろ来るはずだったからだ。

私物を詰め込んだ鞄を抱えて無言で佇む私に、年若い門番が気遣わしそうにしている気配がする。

そんな善意の視線さえも今は煩わしくて、私は俯いて足元の石畳ばかり見つめていた。

やがて、カツカツと馬の蹄が地面を叩く音と、ガラガラと車輪が回転する音が聞こえてくる。

ついに乗り合い馬車がやってきたのかと思ったところで、私はふと違和感に気付いた。

音が、大通りがある前方ではなく、後方——シャルベリ辺境伯邸の敷地内から近づいて来ていたからだ。

はっとして顔を上げたのと、私の隣で馬車が止まったのは同時だった。

「わんっ！」

「ひえっ⁉」

とたんに響いた犬の鳴き声に、私はびくりとしてその場で飛び上がる。

たちまち跳ね上がろうとする鼓動は、とっさに胸に手を押し当てることによって抑えた。

恐る恐る顔を横に向ければ、すぐ隣に止まった馬車の御者台の上で、よくよく見知った黒い犬がしっぽをフリフリしているではないか。私は一瞬ぽかんとした。

「ロイ……？」

「わふっ」

犬は、少佐の相棒ロイだった。もちろん、どれほど賢い軍用犬であっても犬が馬車を御するのは不可能。御者台にはちゃんと彼の飼い主がいて手綱を握っていた。

少佐はロイの頭をモフモフと撫でながら、何故だかじとりとした目で私を見下ろす。

「おはようございます、パトリシア嬢。私とロイに一言も無く出て行くなんて、随分水臭いじゃないですか？」

「お、おはようございます、少佐……あの……」

おろおろし始める私に、彼は一転して困ったような笑みを浮かべ「すみません、冗談です」と続けた。

「今更何だと思われそうですが……実は私、あなたに謝らなければならないことがあるんです」

「え？　ええっと、何でしょうか……？」

「ほら、パトリシア嬢がシャルベリにいらした日。閣下とあなたを叔父上様が溢れ者同士っておっしゃったのを、私が思いっきり笑いましたでしょう。あれ、後から考えたら相当失礼だったなと反省したんです」

「あ、はあ……」

少佐の言葉に、私はそんなこともあったなと心の中で呟いた。

あれからまだ一月《ひとつき》も経っていないのに、何だかひどく懐かしく感じる。

そういえば、子竜の姿で二度目に閣下の執務室に連れて行かれた時だったか。

初対面で私に対してやらかした、と少佐が後悔を口にしていたのを思い出した。

「閣下はともかく、あなたを軽んずるつもりはなかったんです。その節は、本当に申し訳ありませんでした」

「いえ、平気です。気にしておりませんので……」

「ああいう突発的な縁で繋がった閣下とあなたの関係が、これからどんな風に展開していくのか楽しみにしていたんです。だから、あなたが帰ってしまうのを心底残念に思います」

「……恐れ入ります」

少佐の言葉が社交辞令には思えず、私も素直に申し訳ない気持ちになる。

そんな私に苦笑して、少佐は「汽車の駅まで送ります」と言ってくれた。

とはいえ、少佐も暇ではないだろう——そう思った私が家令の時と同様に彼の申し出も断ろうとしたその刹那、バタン！　と、いきなり馬車の扉が開いた。

かと思ったら、中からにゅっと手が伸びてきて、私の二の腕を摑む。

そうして、悲鳴を上げる間もなく馬車の中に引っ張り込まれてしまった私は、手の主を知ってぎょっとした。

「——か、閣下!?」

馬車の中にいたのは、朝食の席で素っ気無く別れたはずの閣下だった。

しかし……

「え……か、会議だったのでは……?」

「父に頼んできた」

確か、重要な会議があると聞いたはず。おずおずと尋ねた私に、閣下は何故か怒ったような顔をして答えてから、いささか乱暴に馬車の扉を閉めた。

バン、と響いたけたたましい音に思わず身を竦める。

そんな私を、閣下はあろうことかいきなりぎゅっと抱き締めた。

「か、閣下……? あ、あの……?」

突然のことに、全身が硬直する。

心臓なんて、びっくりし過ぎて一瞬鼓動を忘れてしまったほどだった。

そんな私の耳元に、閣下がそっと囁く。

「——私と、これ以上一緒に居たくないのなら、遠慮なくそう言ってくれて構わない。その時は、私はすぐにこの馬車を降りよう。心配ないよ。どちらであっても、モリスがちゃんと君を汽車の駅まで送る」

落ち着いてはいるが、決意を秘めた声だった。

その声を聞く限り、一緒に居たくないと言えば、彼は本当に私を解放して馬車を降りてしまうだろう。そしてきっと、私達はもう二度と会うことはないに違いない——そう、感じた。

（そんなの、嫌だ——！）

私は反射的に閣下の背中に両手を回してしがみつく。

ひゅっ、と息を呑む音を耳元で感じた、次の瞬間——

「……っ、あ」

今度は息もできないほど強く、閣下の両腕にかき抱かれた。

私と閣下の身体の隙間が限りなく零《ゼロ》に近づき、押し付け合った互いの胸の奥で脈打つリズムさえも一つになっていく。

ドクドクドクと、私の心臓は煩かった。

ドクドクドクと、閣下の心臓も騒がしかった。

そんな中、閣下は私のこめかみにぐっと唇を押し当てると、御者台に向かって声をかける。

「——モリス、出してくれ」

御意、とすかさず少佐が応え、私と閣下を乗せた馬車はゆっくりと走り出した。

シャルベリ辺境伯邸の裏門を出発した馬車は、大通りを右回りに走り出した。

閣下の腕の中でそれに気付いた私は、はっとして顔を上げる。

というのも、王都行きの汽車が出発する駅はシャルベリ辺境伯領の北側のトンネルを越えた場所にあり、そこへ向かう乗り合い馬車は最短距離の左回りで運行されているのだ。

自分の乗った馬車が反対方向に進み始めたことに慌てる私の背を、閣下の大きな掌が宥めるように撫でる。

「私に、少し時間をくれないか。大丈夫、ちゃんと汽車の出発時刻までには駅に着くようにする」

「は、はい……」

戸惑いつつも頷く私を、閣下はもう一度ぎゅっと抱き締めた。

対面式の座席が設置された馬車の中、進行方向を向いた席に二人くっついて座っている状態だ。

前方の小窓越しに、御者台に座る少佐の背中が見えている。

その脇から、犬のロイの黒々とした瞳が興味深そうにこちらを覗き込んでいた。

だんだんと冷静さを取り戻すにつれ、私の中では新たな混乱が広がっていく。

さっきは、閣下が馬車を降りてしまって二度と会えなくなるのが嫌で、とっさに彼の背中に腕を回した。

しかし、よくよく考えるまでもなく、私と閣下はそもそもこんな、ひしと抱き締め合うような仲ではないのだ。

確かに初対面に比べれば、お互いの好感度はぐっと上がっているとは思う。閣下の城とも言える執務室でのお茶にも何度か誘ってもらえたし、先日なんて半日近く一緒に町を散策した。

とはいえ、結局私達は溢れ者同士で縁談を組み直すこともなかったし、ましてや恋人になったわけでもない。

むしろ、閣下には私とは別にクロエという縁談相手がいて、彼女が登場したことでシャルベリ辺境伯邸に留まる意味のなくなった私は、今まさにすごすごと生家に戻ろうとしているのだ。

私はとたんに居たたまれなくなって、閣下の胸元に顔を埋めているのをいいことに、こっそりと涙ぐむ。

他の女性とこれから婚約しようとしている人の胸で泣くなんて。

自分の浅ましさに嫌悪を覚えるとともに、いっそう惨めな気持ちになった。

ところがここで、閣下が思いもかけないことを口にする。

「私は、クロエ嬢との縁談を正式に断ろうと思う」

「え……？」

今まさに泣きべそをかいていたことも忘れて、私はついついぱっと顔を上げてしまった。

私の潤んだ両目を見た閣下が、一瞬驚いた表情になる。

しかし、彼はすぐに眦《まなじり》を緩めて、大きな掌で包み込むように私の後頭部を撫でた。

その蕩けるような眼差しには見覚えがある。子竜姿の時に向けられたのと同じ、とにかく可愛くて仕方がないといった慈愛に満ち溢れたものだ。

同時に、以前メイデン焼き菓子店からの帰り道でも、こうして頭を撫でられたのを思い出す。

ちょうどこの時、私達を乗せた馬車が、そのメイデン焼き菓子店とリンドマン洗濯店の前を通り過ぎた。

あの時は、幼子をあやすみたいな優しいばかりの閣下の手付きに不満を覚えたのだ。

だって、私は決して、閣下から妹みたいに可愛がられたいわけではなかったのだから。

じゃあ一体、彼にどう思われたいのか——あの時の私はまだ答えに窮していた。

けれども、今なら分かる。

私は女として、閣下に見られたかったのだ。

そんな私の恋心の発露に気付いてか否か。

閣下が、実は最初からクロエと結婚するつもりなんてなかった、などと言い出した。

「縁談が持ち上がってすぐ、彼女がうちみたいな辺鄙な地に嫁ぐのを嫌がっているという噂は届いていたんだ。いくら政略結婚とはいえ、はなからシャルベリを愛する気もない人と上手くやっていけるとは思えなかったし、結局それが原因で離縁することになるなら、最初から一緒にならない方がいいと思っていた」

それでもひとまず縁談に臨もうとしたのは、ひとえに仲人である私の叔父の顔を立てるためだったという。叔父の身内としては、少なからず申し訳ない気持ちになる。

閣下は苦笑いを浮かべながら、眉尻を下げた私の頭をまた撫でた。

「今回、改めてクロエ嬢と接してみて……うん……まあ、おそらくはパトリシアも察していることだろうが、私は彼女と致命的に合わないことを実感した。正直、このまま一緒にいるとストレスでハゲる自信がある」

す。

「ハゲ……？」

私は思わず目の前の黒髪をまじまじと眺める。

るとと閣下は、「まだだ！　まだ！　大丈夫だからっ‼」と全力で否定した。

それから、気を取り直すようにこほんと一つ咳払いをしてから、彼はとつとつと胸の内を語り出

す

「そもそも、だ。私は傍若無人な姉達に植え付けられたトラウマのせいで、もともと結婚に対して消極的だった。最悪自分に跡継ぎができなくても……まあ、ロイや姉達の子供の誰かに家督を譲ればいいか、なんて他力本願なことを半ば本気で考えていたんだ」

そんな中で、そもそも縁談相手でもない私がシャルベリ辺境伯邸に滞在することになったのが、人生の転機だったと閣下は言う。

「パトリシアが、父や母と打ち解けて和やかに過ごしているのを見た時は意外だった。社交的な母はともかく、父は……息子の私が言うのも何だが、強面《こわもて》な上に無愛想で近寄り難《がた》いだろう？」

「そんなことないです。奥様はもちろん、旦那様にも最初から優しく接していただきました」

確かに、旦那様は寡黙で一見すると厳しそうな人だが、にこにこしている奥様を見つめる眼差しは柔らかく、仲良く寄り添う二人を見ていると、私はいつも微笑ましい気持ちになった。

二人とも、子竜化した私を見て驚きはしても忌避するような素振りは一切なかったし、メテオリット家の秘密を守るのにも協力してくれた大切な味方である。

――旦那様も奥様も大好きです。

そう告げた私に、閣下はさも嬉しそうな顔をして、そうか、と頷いた。

「家族の食卓にパトリシアがいることが、いつの間にか私の中で自然になっていた。ふと見下ろした窓の下で、母の車椅子を押しながら談笑している君を見つける日常が愛おしくなっていた。この手を伸ばせば届く位置に、ずっと君を置いておきたいと思うようになっていたんだ」

ガラガラガラ、と馬車の車輪が回る音が大きく響いていた。ちょうど南側の水路の横に差し掛かったらしく、貯水湖から水門を通して流れ出る水音もけたたましい。

それでも、ぴたりと寄り添った閣下の言葉を私が聞き逃すことはなかった。

彼の胸の奥では、心臓が早鐘のように激しく脈打っていた。

そのリズムが移って心拍が乱れ、うっかり子竜化してしまうことを懸念した私は、自分を落ち着かせようと大きく深呼吸をする。

それなのに、なおも切々と語られる閣下の言葉が、容易《たやす》く私の鼓動を乱してしまう。

「とにかく、私はいつの間にか、パトリシアと過ごす未来を思い描くようになっていた」

「私と過ごす、未来……？」

「それなのに君は、今朝になっていきなり王都に帰るなんて言い出すし……そもそも、姉君から手紙で帰ってくるように言われたという話——パトリシア、あれは嘘だね？」

「えっ……」

はっと息を呑んだ私に、閣下が畳み掛ける。

「姉君は君への手紙と一緒に、件《くだん》の怪文書に対する見解を私宛てに送ってきてくださった。その手紙の追伸には、妹をくれぐれもよろしく頼む、とのお言葉がしたためられていたんだ。同時に送られた二通の手紙に、正反対のことが書かれていたとは考え難《にく》いだろう？」

「……」

問うようでいて、その実、確信を秘めた閣下の言葉に私は口を噤んで俯く。図星だったからだ。

閣下の言う通り、姉から手紙で帰ってくるように言われたというのは真っ赤な嘘。

むしろ、せっかくのご縁を大切にして、新国王陛下の即位式が済むまでシャルベリ辺境伯邸でお世話になるように、と書かれていた。

姉に手紙を送ったのは、閣下によく思われていないのではという誤解も解け、彼の城とも言える執務室でのお茶にも誘ってもらえるくらいまで打ち解けていた頃だ。

縁談相手に逃げられた溢れ者同士で縁談を組み直す、なんて叔父の無茶振りに応えるか否かはともかくとして、私達の関係は良好だったといえよう。

『シャルベリ辺境伯家の方々によくしてもらっているから、お姉ちゃんは何も心配しないで』

あの時は、少なくとも叔父が戻ってくるまではシャルベリ辺境伯邸にお世話になるつもりでいた私は、姉への手紙にもそうしたためた。

けれども、その返事が届くのを待っている間にクロエが現れたことによって、私の置かれた状況は一変する。

彼女は最初から閣下の婚約者か妻であるかのように振る舞い、奥様を義母《はは》と呼んで車椅子を押す役目さえ私から取り上げてしまった。

無為に過ごす日々の中で、私はシャルベリ辺境伯邸に滞在し続ける意義を失い、落ちこぼれ子竜と詰ってくる夢の中の子供の声にまで、お前がここにいる意味なんてない、と嘲笑われる始末。

何より、閣下とクロエが一緒にいる光景を、私はもう見ていたくなかった。

たとえ閣下の心が彼女に無いと分かっていても、二人が一緒にいる姿を見れば私はきっと嫉妬してしまうし、悲しくなってしまうだろう。

それが嫌で、私はシャルベリ辺境伯邸から逃げ出す口実として、メテオリット家の当主である姉が帰ってこいと言っている、と嘘を吐《つ》いたのだった。

私の無言の肯定に、閣下はやはりと呟いて小さくため息を吐き出した。

「別に、パトリシアを責めようと思っているわけではないよ。ただ、急に君が居なくなってしまうと思うと、年甲斐もなく居ても立ってもいられなくなってしまってね。こうして君を捕まえて、何とかその心を自分に繋ぎ止めようと足掻《あが》いているわけだ」

「……」

「さっきも言ったように、クロエ嬢との縁談は正式に断る。そして——改めて、パトリシアとの縁談をまとめてくれるよう、君の叔父上殿にお願いするつもりだ」

「え……？」

私の鼓動はますます跳ね上がった。

私がそうであったように、閣下にもこちらの心臓が大きく脈打っているのが伝わったのだろう。

彼は、私の背中を宥めるように撫でながら続ける。

「ただ、曲がりなりにもクロエ嬢は侯爵家の令嬢だ。うちのような辺境伯家が一方的に領内から排除するとなると分が悪い」

シャルベリ辺境伯家とマルベリー侯爵家では、後者の方が身分が上だ。上位の家との縁故を下位の家が仲人も介さずに反故《ほご》にするのは、一般的にタブーとされている。

そのため、仲人の叔父が帰ってくるまでシャルベリ辺境伯家はマルベリー侯爵令嬢であるクロエの存在を排除することが難しいのだ。私も小さな子供ではないので、その辺りの事情は理解できる。

なりふり構わず自分に執着するクロエの言動を、閣下自身も異様に感じていた。クロエが先日、老衛兵を買収してまで既成事実を作らんとしたのも、彼の女性不信を加速させてしかるべき暴挙だったに違いない。

ただ、あの場面に遭遇したのは子竜姿の私であったため、事情を知らないことになっている人間の私が、その節は災難でしたね、と閣下を労るわけにはいかない。それがひどく歯痒かった。

とにかく、自分以外の妙齢の女を閣下の側に置きたくないらしいクロエが、私を排除したがっているのは傍目にも明らかだったという。

思い余った彼女が私に危害を加えるなんて事態は、何としてでも避けなければならない。

そのためには、縁談を白紙に戻し、クロエがシャルベリ辺境伯領から出て行くまでの間、私を一時王都に避難させるべきだ。

閣下はそう、自らの心に折り合いを付けた上で、私をこうして王都行きの汽車が出発する駅まで送っていこうとしているのだという。

「本心を言えば、パトリシアを駅になんて送りたくない。このまま、大通りを一周してうちへ戻れとモリスに命じたいのは山々なのだが……」

「んんっ……閣下、くるしい、です……」

大人しく話を聞いていた私を、閣下はまたもぎゅうぎゅう抱き締めた。

私の抗議を受けてすぐに腕の力は緩んだものの、思いの丈を全部ぶつけるような抱擁は、普段の紳士然とした彼のイメージとは釣り合わない。

初めて子竜の姿で出会った日、自制が利かない閣下は繊細な小動物を飼うのに向いていない！と少佐に叱られていたことを思い出し、私はついつい笑ってしまいそうになった。

閣下がこんなに必要としてくれているとはっきりしたのだから、本当なら私は王都に戻らなくてもいいのかもしれない。

私がクロエに害されるのを閣下は心配しているが、曲がりなりにも竜の血を引くメテオリット家の人間なので、身体の方は普通の貴族のご令嬢より頑丈にできている。

ただ、私がシャルベリ辺境伯邸に留まることによって、閣下を独り占めしようとするクロエの行動が過激化する可能性も否めない。

結局は、クロエを落ち着かせるためにも、やはり私は一度王都に戻るべきだという結論に至った。

大通りを半周した馬車は、貯水湖を挟んでシャルベリ辺境伯邸と対極にある豪邸の前を通過する。

ここで、それまで御者に徹していた少佐が私達の方を振り返った。

「パトリシア嬢、右手をご覧ください。こちらが我が家、トロイア家でーす」

「モリス、こっちは取り込み中なんだ。少しは遠慮しないか」

「きっと私も、あなたとは長い付き合いになると思いますのでお見知りおきください。今度是非、うちの奥さんも紹介させてくださいね。閣下はせいぜい頑張って、パトリシア嬢を口説き落としてください」

「分かったから。ちゃんと前を向いて運転しろ」

にやにやする少佐に向かい、閣下は苦虫を噛み潰したような顔をして、しっしっと手を振る。

ロイの黒々とした瞳は相変わらず興味深そうにこちらを眺めていて、何だか落ち着かない気分になった私は閣下の腕の中でもぞもぞした。

馬車はやがて北の水門の前に差しかかる。

その時ふと視線を感じ、貯水湖の方を見た私の口から、あっと声が漏れた。

貯水湖の真ん中に浮かぶ島の上――すっかり修繕が済んで綺麗になった竜神の神殿の屋根に、先日までずっと私にくっついていたあの小竜神がいたからだ。

表情までは判別できないが、小竜神はじっとこちらを見つめているようだった。

きっと見送ってくれているのだと感じた私は、彼に向かって車窓から手を振る。

この地にやってきた時は、生け贄の乙女を食らって神になったシャルベリ辺境伯領の竜神という存在が怖くて怖くて仕方がなかった。

けれども、小竜神と身近に接したことで、竜神そのものに対する恐怖もいくらか和らいだように思う。

「パトリシア、誰に手を振ったんだい?」

「ええっと、シャルベリの竜神様……の石像にです」

慌てて誤魔化した私の言葉を訝しむ風もなく、閣下はそうかと頷いた。

神殿の屋根の上に鎮座する小竜神の姿は、やはり閣下の目に映っていないらしかった。


ポー、と汽笛を鳴らし、汽車はいよいよ出発の時刻を迎える。

私は閣下が手配してくれた一等車の窓際の席に座り、ホームに立つ彼との別れを惜しんでいた。

「パトリシア」

そっと、噛み締めるように名を呼ばれる。

とたんに離れ難くなった私が利き手を伸ばせば、閣下の大きな掌が包み込むみたいにぎゅっと握ってくれた。

蒸気音と喧騒の中、閣下が私の耳元に唇を寄せる。

「叔父上殿がシャルベリに戻ってきたら、その後一緒にメテオリット家を訪ねて姉君に直談判するつもりだ。パトリシアをもう一度シャルベリに——いや、私の許《もと》に帰してください、と」

「閣下……」

「だから、私が迎えに行くまで他の誰との縁談にも応えないでおくれ。どうか、私を待っていてほしい」

「……っ、はいっ……」

車掌がホームに降りて来て、汽車の扉を後ろから順に閉め始めた。

私はたまらず閣下の手を握り返し、窓から身を乗り出す。

危ないよと窘められても、聞き分けのない幼子みたいに首を横に振った。

「また……また、町を案内してくださる約束……果たしてくださいますか？」

「ああ、もちろん。今度は丸一日、パトリシアのために時間を作ろう。君を案内したい場所が、シャルベリにはまだまだたくさんあるからね」

閣下は優しく微笑んでそう言ったかと思ったら、縋り付く私の利き手の甲にいきなりキスをした。

ドキン——と大きく鼓動を刻んだ胸を、反対の手でとっさに押さえる。

利き手の甲にまざまざと残った唇の柔らかな感触に、自分の顔がじわじわと赤くなっていくのが鏡を見なくても分かった。

私の気持ちに連動するように、先頭の機関車の煙突がポーッと激しく蒸気を噴き出す。

我に返って慌てて手を引っ込めた私に、閣下は悪戯っぽく笑って言った。

「次に会う時は、唇にキスをする許可を姉君からいただきたいものだね」

シュッ、シュッ、と音を立てて汽車が走り出す。

それに触発されるように、私の閣下への気持ちも加速していった。

「——っ、閣下っ‼」

もう一度、私は走り始めた汽車の窓から顔を出し、ホームに立つ閣下に手を振る。

その姿を、この目に焼き付けてしまいたかった。

汽車はあっと言う間にホームを離れ、そこに立つ人の姿はどんどんと遠ざかっていく。

私は、閣下が砂粒みたいに小さくなっても、それこそ全然見えなくなってしまっても——間もなく汽車がトンネルに差し掛かるからと車掌が窓を閉めに来るまで、ずっとずっと窓の外を見つめていた。

第八章　失った記憶と真実

アレニウス王家の末席に連なるメテオリット家は、王都の南に邸宅を構えている。

汽車の発着駅からは、王城までまっすぐに伸びた大通りを馬車で半時間ほどのところ。

昨日の正午発の汽車に乗った私が王都の駅に到着したのは夜明け間近だったが、混雑する駅を出て乗り合い馬車に飛び乗った頃にはすっかり日も昇っていた。

そうしてようやく帰ってきた、おおよそ二十日ぶりの我が家は、まさに修羅場のまっただ中であった。

爵位を持つ家ほどではないもののそこそこ大きい屋敷は、ごく少数の――かの家が竜の血を引くと知る先祖代々の使用人の手を借りて維持管理されてきた。

そんなメテオリット家は今、一階のテラスに突き出たリビングの壁が半壊し、天井の一部からは青空が覗いている。

そして、リビングの真ん中には漆黒のビロードを纏ったような美しい竜がいた。

身体の大きさは馬ほどで、しなやかな四肢の他に大きな翼を持っている。

落ちこぼれ子竜の私とは比べ物にならないほど立派な姿をしたその竜は、白い軍服を着た人間の男を一人、床に組み敷いていた。

金色の鋭い目をギラギラさせ、ぞろりと並んだ牙を剝き出しにして男を威嚇している。

鋭い爪が掠ったのだろう。男の左の頰が切れて血を流していた。

しかし、恐ろしげな竜に襲われているというのに、彼は取り乱す気配もない。

私は目の前の光景に一瞬啞然としたものの、すぐに我に返って叫んだ。

「な、何してるの⁉　――お姉ちゃんっ‼」

黒い竜は私の姉、マチルダ・メテオリットである。

メテオリット家の現当主であり、始祖の再来と言われる優秀な先祖返り。

しかし、私の声に応えたのはこの姉ではなく、組み敷かれた男の方だった。

「おかえり、パティ。ちょっとそこで待っておいで。君の姉さんは今我を忘れているからね。うっかり君に傷でも付けたら大変だ」

「で、殿下……でも、リアム殿下が……」

「そんな他人行儀な呼び方はいやだな、パティ。兄様、といつものように可愛く呼んでおくれ。なに、私のことなら心配いらないよ。マチルダがこうなるのにも慣れているからね」

「……」

男は、アレニウス王国軍の参謀長リアム・アレニウス。現国王の三番目の王子であり、姉マチルダとは公私ともにパートナーの間柄にある彼を、私は「兄様」と呼んでいる。

銀色の髪と青い瞳の美形だが、右目の部分を黒い眼帯で覆っている。

彼もなかなか長身なのに、竜になった時ばかりは姉の方が勝《まさ》った。

グルグル、と黒い竜が低く唸る。その鋭い牙は、組み敷いた相手の喉笛を今にも噛み切らんとしているように見えた。

まさに、一触即発。

私は居ても立っても居られず彼らに駆け寄ろうとしたが、後ろから伸びてきた手にいきなり襟首を掴まれ、有無を言わさず部屋の隅まで引っ張っていかれてしまう。

犯人は、いつの間にか現れた実兄だった。閣下と同い年の長兄の方だ。

「リアム殿下、早くそのじゃじゃ馬を鎮めていただけませんか。今夜は雨の予報なのに、これ以上家を壊されては修繕が間に合いませんよ」

「心得たよ、義兄殿」

私を背中に隠した長兄の言葉に、殿下は――いや兄様は、辛うじて自由な右手をひらひらと振って見せた。

メテオリット家の当主は代々女性で、総じて怒りの沸点が低いという共通点がある。怒りに任せて竜化して、手が付けられないほど暴れる、なんてことも昔から日常茶飯事。

そのため、家を継がないメテオリット家の男子は、必要に駆られて建築関係の仕事に就く者が多かった。もちろん、頻繁に破壊される自宅を外部の人間に知られずに修繕するためだ。

今代も、長兄は大工、次兄が建築家になっている。

長兄はすでに愛用の大工道具を担いで準備万端。その広い背中越しに、私は修羅場の行く末を見守ることになった。

「マチルダ、君の怒りはもっともだ。けれど、私を食らったところでそれが晴れるのか？」

『お前ではなく、お前の兄――ハリス・アレニウスを引き裂けば、少しくらいはこの腹の虫がおさまるかもね』

「うーん、残念だけど、ハリス兄上を殺してはだめだよ。もうすぐこの国の国王になる人だからね。彼がいなければ国が乱れる」

『国ならばすでに乱れている。メテオリットを敵に回しておいて、アレニウスの安寧が続くと思うな』

　あまりにも物騒で殺伐とした姉達の会話に、私は壁になってくれている長兄の広い背中にしがみつく。一体何があったのかと長兄に問えば、マチルダに殺されたくないから自分の口からは言えない、と頭を振られた。

　姉と兄様が殺《や》る殺《や》らないと言い合っているハリスというのが、もうすぐこのアレニウス王国に新国王として立つことが決まっている現王太子だ。そのハリス王太子殿下が、何やら姉の怒りを買ったらしいのは分かった。

　そして兄様は、身を挺《てい》して彼女を宥めているのだ。

　ちなみに、竜になった姉の口も人語を発することはできないものの、念話によって普通に会話ができる。ぴぃぴぃ鳴くしかできない落ちこぼれ子竜としては、相変わらず劣等感を覚えずにはいられなかった。

『あいつに恩赦を与えるのは許さないと言ったはずだ。一生閉じ込めるという約束で、命ばかりは見逃してやったのを忘れたのか』

「約束を忘れたわけではないが、あれの謹慎を解くのが父が玉座を明け渡すための条件だったんだよ。その後は、父と現王妃が隠居先に連れていって、こちらには一切関わらせないという話だったんだけどね」

『謹慎を解いたとたんに逃げられていたんじゃ話にならないな。メテオリットも随分と舐められたものだ。一族郎党引き裂いてくれようか』

「まあ、あれを逃がしたことは完全に王家の失態だ。最悪あれ本人と、父と現王妃は引き裂いちゃってもいいから、ひとまず落ち着こうか」

姉と兄様が言う〝あいつ〟やら〝あれ〟やらが何なのか、私は皆目見当がつかない。

ただ、姉の怒りが、ハリス王太子殿下よりもその何かに傾いていることだけは分かった。

『王宮の地下牢に閉じ込めていた化け物まで連れていったそうじゃないか。あいつは、パティを諦めてなんかいないんだ。あの子が……私の大事なパティが、また傷付けられでもしたらどうしてくれるっ!!』

また傷付けられるって？　と姉の言葉に首を傾げる私の耳を、長兄が手で塞ごうとする。

一方、完全に頭に血が上っている姉は、私が側にいることに全く気付いていないようだ。

膨れ上がる竜の怒りに耐えられなくなったのか、辛うじて無事だったリビングの窓ガラスが、ここにきてパリンパリンと軒並み砕け散った。

その音に交ざって、長兄の手を振り払った私の耳に姉の悲痛な叫びが届く。

『パトリシアの誇りを返せ！　あの子の——翼を返せっ‼』

「——よせ、マチルダ。それ以上は喋《しゃべ》るな」

とたんに、兄様が腹筋を使って上体を起こしたかと思ったら、姉の——というか、黒い竜の顔を両手で挟んでキスをした。

今度は慌てて目を塞いできた長兄は、いまだに私を小さな子供だとでも思っているのだろうか。

その手を何とか引き剝がした時には、目の前の光景は一変していた。

兄様を組み敷いていた黒い竜は、妙齢の人間の女性——姉マチルダの普段の姿に戻っている。

兄様の膝の上に抱かれるような形でこちらに背を向けている姉は全裸で、天井に空いた穴から降り注ぐ光に照らされた白い肌が眩しかった。

「お、お姉ちゃん……？」

「……っ⁉」

私がおそるおそる声をかければ、姉の背中が一瞬びくりと震える。

そうして、そろりとこちらを振り返った姉は、私の姿を認めた瞬間、金色の瞳を零れんばかりに見開いた。

「パ、パパパパパパ、パティ——⁉」

「あの、ええと……た、ただいま？」

あわあわと一通り慌てた姉は、やがて自分が生まれたままの姿で兄様の膝に抱かれていることに気付いたらしい。

たちまち、顔どころか全身に至るまで真っ赤になった。全裸なせいで、染まりっぷりが顕著である。

「いやぁあああっ‼　パティの前で何すんのよっ‼　リアムのすけべぇっ‼」

「いてっ」

バシーンッ！　と兄様の頬が引っ叩かれる音が半壊したリビングに響く。

私の隣で長兄が一言、理不尽、と呟いた。


トントントン、トントントントン。

長兄が愛用のハンマーを打ち付ける音がリズミカルに響いている。

それを劇伴《げきばん》代わりに、「それで？」と最初に口を開いたのは姉だった。

「パティはどうしていきなり王都に帰ってきたの？　……いや、誤解しないでほしいんだけど、帰ってきちゃいけないって言いたいんじゃないのよ？　私だって二十日余りもパティがいなくて、すごーくすごおおーくっ、寂しかったんだからね？　何度迎えに行こうとして、リアムに邪魔されたことかっ！」

「お姉ちゃん、落ち着いて」

「でもね、先日送ってきた手紙では、次期シャルベリ辺境伯閣下によくしていただいているって喜んでいたじゃない？　だからてっきり、予定通り即位式が終わるまではシャルベリにいるものだと

ばかり思っていたのよ」

「うん……私もね、そのつもりだったんだけど……」

歯切れの悪い私の言葉に、頭上で姉が首を傾げている気配がした。というのも、現在私はソファに座った姉の膝にだっこされ、後ろからぎゅうぎゅうと抱き締められている最中なのだ。

私達は半壊したリビングから、隣にある書斎へと移動していた。

向かいのソファでは、兄様が苦笑いを浮かべている。姉の爪に切り裂かれていたはずの彼の左頰は、血を拭うとすでに傷が塞がっていた。

全裸だった姉も、参謀長閣下の右腕らしくきっちりと軍服を身に纏っている。

ちなみに、竜になると身体が縮む私なら服がぶかぶかになるだけだが、姉のような立派な竜の場合は、あらかじめ脱いでおかない限り毎回着ているものがビリビリに破れてしまう。

そういうわけで真新しい灰色の軍服を着た姉は、私の頭頂部にぐりぐりと額を擦り付けながら、あー……、と熱い湯に浸かったみたいな声を上げた。

子竜姿の私を抱いた閣下も同じようなことをしていたのを思い出し、別れてまだ一日も経っていないのに無性に彼が恋しくなる。

無意識に吐き出した物憂《ものう》いため息に、私にくっついていた姉がぴくりと反応した。

「まさか――何か、ひどいことでもされたの？」

「……え？」

「紳士ぶってパティを油断させておいて、急に豹変したんじゃないの？　確か、執務室に招き入れられたとか、手紙に書いていたよね……そこで、嫌がるパティを無理矢理手籠《てご》めに——あっ、無理。殺そう」

「お、お姉ちゃん⁉」

始祖の再来と呼ばれる姉の気質は、人間よりも竜のそれに近く、何ごとにおいても殺意は高め。

私の背中に胸をぴったりくっつけているせいで、怒りに震える彼女の心臓がドクドクと鼓動を速めていくのが手に取るように分かった。

竜の血を自在にできる姉でも、落ちこぼれの私と変わらず心拍数の上昇によって竜化を果たす。

自分よりもずっと強い竜が再び顕現しようとする気配に、本能的な恐れを感じた私の全身が総毛立った。

私を抱き締める姉の白い手が、鋭い爪を備えた黒い竜のそれに変わりかけた——その時だった。

「——落ち着け、マチルダ」

向かいのソファから伸びてきた兄様の手が、姉の手をぐっと握った。

「君ね、軍服を破るの今月だけで五度目だよ？　その度に新調するのは別にいいんだけど、私が妻の軍服を破って興奮するような特殊性癖なんじゃ、と経理の連中に疑われているのを知っているか？」

「へえ、そんな変態が上司だなんて最悪だな。今すぐ人事異動を願い出て、私はハリス殿下の護衛役に移ろう」

「とか言って、速攻ハリス兄上の寝首を掻く気だろう？」

「悲鳴すら上げさせずに息の根を止めてやる」

満面の笑みを浮かべて物騒な会話をする姉と兄様に、間に挟まれた私は震え上がる。

けれど、姉がギリリと奥歯を噛み締めて、「ハリス・アレニウスの次は、シャルロ・シャルベリだ」と唸るのが聞こえたため、慌てて叫んだ。

「ち、ちがうっ！　閣下には、ひどいことなんて何もされていないよっ！　てっ、手のっ、手の甲に、キスしてもらっただけだからっ!!」

とたんに、正面の兄様がぽかんとした顔になった。

背後の姉の表情は分からないが、しばしの沈黙の後、彼女が震える声で問うてくる。

「……手の甲に、キス？　え……それだけ？」

「そ、それだけ！　それだけだよっ!!」

あの時感じた閣下の唇の感触を思い出し、みるみるうちに火照《ほて》っていく頬を両手で覆う。

そんな私を、姉は力一杯抱き締めて叫んだ。

「はぁあ、かぁわいい！　手の甲にキスされたくらいで真っ赤になっちゃって……ハイ、無理。可愛いの極み。だれー？　この可愛い子、だれかなー!?　――あっ、私の妹ちゃんだった!!」

「いや、パティが初心《うぶ》過ぎて、お兄ちゃん逆に心配になってきちゃったよ」

「は？　黙って？　変態なリアム殿下は、可愛い妹ちゃんの前で今後一切発言しないでください」

「異議あり。その変態認定、そもそも冤罪《えんざい》なんだけど？」

姉と兄様は、また私を間に挟んで言葉の応酬を始めた。

その内容が物騒なものでなくなったのを機に、私はすかさず話題を変える。

「ところで、ハリス殿下は一体誰に恩赦をお与えになったの？　お姉ちゃんが許さないって言うくらいだから、相当のことをやらかした人なんでしょう？」

「――え？　あ、うん……ええっと……」

とたんに、姉の言葉は歯切れが悪くなった。

先ほど彼女が竜の姿で口にしていたことは、本当なら私には聞かせたくない事柄だったのだろう。

あーとか、うーとか、唸るばかりで一向に質問に答えようとしない相手を見上げ、私は続ける。

「王宮の地下牢に閉じ込めていた化け物って何？　化け物って、何かの動物か悪人を喩《たと》えてそう言っているの？　それとも――本当に、化け物なの？」

「いや……まあ、その……」

「私は、その恩赦を与えられた人とも化け物とやらとも無関係じゃないんでしょう？　だって、私を諦めていないとか、私がまた傷付けられたらとか、お姉ちゃんは心配してくれていたし。〝また〟ってことは、以前私がそれらに傷付けられた事実があるってことだよね？」

「ううう……あの、あのね、パティ……」

姉を困らせるのは本意ではないが、この時ばかりは譲れなかった。

さっき、怒り狂った彼女が吐き出した言葉の中に、私にとってどうしても聞き捨てならないものがあったからだ。

「ねえ、お姉ちゃん。私の誇りって――翼を返せって、一体どういうこと？」

「……っ、そ、それはっ……」

私の問いに、姉はいっそう分かりやすく狼狽《うろた》えた。アレニウス王国軍参謀長の右腕として、腹芸だってお手の物なはずの彼女がここまで取り乱すのも珍しい。

私は姉の腕の中でくるりと身体を反転させ、向かい合わせになるよう座り直す。

極めつけに、じっと上目遣いに見つめれば、彼女の金色の目が盛大に泳いだ。

その時、はは、と背後で兄様の笑い声が上がる。

「マチルダ、ここらが潮時だよ。パティだってもう小さいばかりの子供じゃないんだ。自分の身に起こったことを知る権利がある」

「でも、リアム……」

「それとも何か？　君の中ではいつまでも、パティは守られなければ生きていけない哀れな子竜なのかな？　それって、彼女に対する侮辱ではないか？」

「そんな……そんなつもりはない！　小さくたってパティは立派なメテオリットの竜だ！　その尊厳を踏みにじるつもりなんてあるものかっ!!」

だったら、と兄様に促された姉が、ついに観念したかのように語り始める。

それは私の記憶から消えた、幼い頃の出来事についてであった。

＊＊＊＊＊＊

「――えっ……私、飛べたの!?」

思いもかけない事実が判明した。

落ちこぼれ子竜の私にも、かつて翼があったというのだ。

姉みたいな立派なものではないが、それでも空を飛ぶには充分だったらしい。

では、いかにしてそれを失うに至ったのか――話すのが辛そうな姉に代わり、兄様が話を引き継いだ。

「私に、弟が一人いるのを知っているだろう？　ミゲル・アレニウス――私を含めた兄姉とは腹違い、父の後妻にあたる現王妃が産んだ唯一の子だ」

「はい……確か、生まれつき病弱で城から一歩も出られないと伺っていますが……その殿下が何か？」

現国王の第四王子であるミゲル殿下は、私と同じく現在十七歳。

これまで、自分は一度も顔を合わせたことのない相手だと思っていたのだが……

「この度、ハリス兄上の即位に先駆けて恩赦を与えられたのは、そのミゲルだよ。彼は十歳の時から七年間、王宮の奥で謹慎生活を送っていたんだ――パティから翼を奪った罪でね」

「え……？」

兄様の話は、当時の記憶がまったくない私にとって驚きの連続だった。

今から二十数年前、兄様の出産の際に最初の王妃を亡くして消沈していた現国王が、年若い子爵令嬢を見初めたことから全てが狂い始める。

王妃の喪も明けないうちに子爵令嬢を後妻に迎えた父から、王妃が産んだ子供達の心が離れていくのは当然のことだった。しかも、そのまま後宮に入り浸り、国政を疎《おろそ》かにするようになったのだから余計にである。

そんな中、ミゲル殿下が仮死状態で生まれたこともあって、現国王夫妻は必要以上に彼を甘やかした。

その結果、手が付けられないほど身勝手で我が儘な子供に育ってしまった末弟から、腹違いの兄姉達が呆れて距離を取るのも致し方ないことだろう。

特に兄様は、生まれると同時に母を亡くしたばかりか、後妻に入れ込んだ実の父には見向きもされないという辛酸を舐めた。

そんな彼を我が子同然に育てたのは、王妃の親友であり当時メテオリット家の当主でもあった私達の母だ。どこか、メテオリット家の始まりを彷彿とさせる話だった。

「父には、私達兄姉に避けられるミゲルが哀れに見えたんだろうね。せめて友達を用意してやろう、くらいの軽い気持ちで同い年のパティと引き合わせた」

それが、私とミゲル殿下が四歳の頃の話だという。ミゲル殿下は私のことをたいそう気に入ったらしく、しばらくの間は特に大きな問題もなく交流が続いていたそうだ。

転機が訪れたのは、私達が八歳になった時。ミゲル殿下が犬を飼い始めたのがきっかけだった。

闇に溶けるみたいに全身真っ黒い犬だったと聞いて私が思い浮かべたのは、シャルベリ辺境伯領で出会ったモリス少佐の愛犬ロイだ。

怯えてばかりの私にも、愛想良くしっぽを振ってくれていた姿が印象的だった。

しかし、ミゲル殿下の犬はロイとは違い、ろくな躾をされなかったらしい。最初は小さかった犬もみるみるうちに成長し、その体長は幼い私達の身長をすぐに追い越してしまった。

ある日、急に背後から犬に飛びかかられてびっくりした私が、ミゲル殿下の目の前で子竜化してしまう。彼も王子であるから、メテオリット家が竜の始祖を持つことはそれとなく聞かされていたが、実際その目で竜の姿を見たのはこの時が初めてだったという。

「ミゲルは、とにかくパティを欲しがった。百歩……いや一億歩譲って、嫁に欲しいっていうのなら、その当時だったら考えてやらんこともなかったが――違った」

私をようやく膝から下ろして隣に座り直した姉が、苦々しい顔をして言う。

彼女の手は、今はもう翼の形跡も、それを奪われてできたであろう傷も何も無い私の背中をしきりに撫でていた。

「あいつはあろうことか、犬みたいに首輪を付けてパティを飼いたいって言ったんだ。己を棚に上げ、パティを躾けてやるだなんて私の前で宣った時には――くびり殺してやろうかと思った」

「マチルダ、どうどう」

「いいや、あの時本当に殺しておけばよかったんだ。そしたら、パティが後々あんな目に遭うこともなかったのにっ！」

「まあ、あの時点でパティとの接触を完全に禁止しなかったことは、私も一生後悔し続けるだろうね」

現国王がいくら腑抜《ふぬ》けた親馬鹿でも、メテオリット家を蔑ろにするほど当時はまだ愚かではなかったらしい。さすがに、私の人権を無視するような要求を通そうとはしなかった。

いつもは二つ返事で聞き入れられていた我が儘が拒否された上、メテオリット家に対して無礼な真似はするなと父親に窘められ、ミゲル殿下はひどく衝撃を受けたという。

同時に矜持も傷付けられた彼は、私に悪い意味で執着するようになった。

『ひ弱なちびのくせに。お前みたいなのが竜を名乗るな』

『何の役にも立たない、出来損ない』

『お前みたいな落ちこぼれの子竜は、——でしか生きていけないだろう』

私を夢の中で詰っていたのは、当時ミゲル殿下から実際にぶつけられていた言葉達。知らない子供のものだと思っていたのは、私の記憶から弾かれていたミゲル殿下の声だったのだ。

夢の中ではいつもちゃんと聞き取れなかった部分には、〝僕のもと〟という言葉が入っていたらしい。

『お前みたいな落ちこぼれの子竜は、僕のもとでしか生きていけないだろう』

ミゲル殿下は会う度に私を罵《ののし》って劣等感を刺激した。

大人達の前では仲良くしているように見せながら、人目が無くなったとたんに豹変する。

そんな彼の変わり身の激しさに戦いた私は、戸惑うあまりに姉にも相談できなかったようだ。

ミゲル殿下はとにかく、自分が優位にあると思い込ませ、私が自ら屈するように仕向けたかったのだろう。幼いが故に残酷さは極まり、その言葉は私の心をどんどん切り裂いていった。

辛うじて、物理的に傷付けられるようなことはなかったが、そんな状況もある時を境に一変する。

「今から七年前。ちょうど、私とマチルダが正式に婚約を交わした頃、ミゲルはとんでもない暴挙に出た」

「翼を捥《も》いでしまえば、パティはどこへも行けない。傷物にする代わりに、自分が一生飼ってやればいいんだ――そんな手前勝手な言い分で、あいつは飼い犬にパティを襲わせたんだ」

姉と兄様の言葉に、私はひゅっと息を呑む。

と同時に、自分がどうしてこんなに犬が恐ろしいのか、合点がいった。

犬は、私を闇雲に嚙んで傷付けただけではなかった。

いつまで経っても身体は小さいままで、せっかくの鉤爪だって猫のそれにも敵わない――そんな、ただでさえ竜としては落ちこぼれの私から、翼さえも奪ってしまったのだ。

幸いと言っていいのかどうか、話を聞いただけでは当時の記憶が甦ってくることはなかった。

ただ、自分の竜としての誇りや尊厳を傷付けられたことに対し、ふつふつと怒りが込み上げてくる。

膝の上に載せていた手を、ぎゅっと握り締めて息を詰めた。

そうしていないと、人目も憚《はばか》らず泣き喚いてしまいそうだった。

さっき姉が悲痛な声で叫んだように、私の誇りを返せ、翼を返せ――と。

七年前のあの日、翼を失い血塗《ちまみ》れの私を見つけた姉は当然ながら怒り狂った。

一瞬にして竜に変化し、さっき兄様をそうしたように、ミゲル殿下を床に組み敷いてその喉笛を食い破ろうとしたが……

「すんでのところで、リアムが邪魔をした」

「まあ、ミゲルもまだ十歳だったし、一応兄としては命乞いくらいしてやらなきゃね」

心底不服そうな顔をする姉に、兄様は肩を竦める。

その時兄様は、ミゲル殿下を生かす代償として自分の右目を姉に差し出したのだという。

姉はそれを食らったことで、特別な竜になった。

何人もの乙女を食らって神となったシャルベリ辺境伯領の竜ほどではないが、これまでの先祖返りにはない様々な力を得たという。その一つが、兄様を自らの眷属にすることだ。

これには、兄様が私達の母の乳を飲んで育っていたことも幸いした。

こうして兄様は、姉の上司であり、夫でもあり、そして唯一無二の眷属ともなったのだ。

ちなみに、兄様のぽっかり開いた右の眼窩《がんか》を覆う黒い眼帯――実はこれ、姉の翼で作られたものだという。

七年前――十歳の自分の身に起こったこと、それによって引き起こされた周囲を巻き込む諸々の変化、しかもそれを自分が何一つ覚えていないことに、私はただもうひたすら愕然とするばかりだった。

無意識の内に握り締めていた両の拳は、血の気が失せて冷たくなっている。

私はゆっくりと掌を開いて血を行き渡らせながら、姉と兄様に疑問をぶつけた。

「でも結局、ミゲル殿下には恩赦が与えられて、王宮から出てきてしまったって話だったよね？

その後、逃げられたとか、地下牢の化け物なんていうのを連れていったとか……あと、私のことを諦めていないって、あれはどういうこと？」

とたんに、二人は揃って苦虫を嚙み潰したような顔をした。

彼らが言うには、当初ミゲル殿下を一生閉じ込めるという約束に、現国王は納得していたらしい。しかし、この七年の間に心変わりをしたのか、それとも後妻やその親族に唆《そそのか》されたのか、とにかく玉座を早々にハリス王太子殿下に譲る条件として、ミゲル殿下の謹慎解除を要求し出したというのだ。

また私を抱き締めてう－う－唸り始めた姉を、残った左目で優しく一瞥してから、兄様がアレニウス王国の現状を語り出した。

「後妻を迎えてからの父は完全に傀儡《かいらい》だった。ろくに能力もない後妻の親族を重要な役職に登用しようとしたり、言われるままに王家の土地を譲渡しようとしたり……幸い、宰相を務める叔父上が上手く舵《かじ》を取ってくれていたから何とか国が乱れずに済んだが、そろそろ限界だ。ライツ兄上――アレニウス王国軍大将がクーデターを起こすと言い出した」

「ク、クーデター!?　そんな話にまでなってたんですか!?」

「ライツ兄上の覚悟を知っているのは、ハリス兄上と、私とマチルダだけだ。パティも口外しないようにね」

「は、はい……それは、もちろんですけど……」

ライツ殿下は現国王の第二王子。王国軍を率いる彼がクーデターを起こせば、おそらく簡単に現国王から玉座を奪えるだろう。

しかし、そうなると腑抜けた現国王の代わりに奮闘してくれた宰相の叔父まで追い落とすことになるし、何より親子間でクーデターを起こしたとなると外聞が悪い。

ライツ殿下が軍を動かす前に何とか穏便に政権交代を行いたかったハリス王太子殿下は、現国王の要求を呑んでミゲル殿下に恩赦を与えることにしたのだ。

「玉座を下りた父と現王妃は、王都から離れた田舎の別荘で隠居生活を送ることになっていた。ミゲルもそれに同行し、王家の別荘地周辺に限って自由を許されることになったんだ。――まあ、それを決定して実行に移すまで、メテオリット家に何のお伺いも立てなかったから、マチルダはブチ切れていたわけだが」

「あー、思い出したら、また腹が立ってきた。やっぱりハリスは始末してくるわ。玉座にはリアムが座ったらいいよ」

「いやいや、私はマチルダのお守《も》りで手一杯だから、国王なんて大役は無理だよ。ハリス兄上を許せとは言わないが、今回のことであの人も相当こちらに対して負い目があるから、今後上手に使っていこう」

「未来永劫許さないし、一生ゆすってやろ」

ハリス殿下は絶対に敵に回しちゃいけない二人を敵に回してしまったようだ。

これからの祖国の行く末に若干の不安を覚えつつ、私ははたとあることに気付いた。

「もしかして……この時期に私がシャルベリ辺境伯領に行くことになったのって、そのミゲル殿下の謹慎解除を心配したから？」

「ううーん……アタリ。何だかきな臭いことになりそうだったから、パティには安全な所にいてほしかったの。それに、私がベッタリし過ぎるのもパティのためにならないってリアムが煩いから、泣く泣くだよぉ……」

「マチルダが過保護になる気持ちは分かるけど、放っておいたらパティを一生束縛しかねないからね。パティが可愛いならなおさら、もっと生きる世界を広げてあげないと。――それで、結局シャルベリ辺境伯領はどうだった？　手紙を見る限り上手くやっているようだったから私達も安心していたんだが、こうして一月《ひとつき》を待たずに帰ってきたところを見ると、何かあったのかい？」

優しい声で問う兄様に、私はこくりと頷いた。

一度は縁談をすっぽかしたはずのクロエが突然やってきて、シャルベリ辺境伯邸に居座っていること。

異様なほど閣下に執着しているクロエの行動が過激化するのを懸念し、彼女を刺激しないためにも私は一度王都に戻ることを決断したこと。

閣下は叔父を介してクロエとの縁談を正式に断る予定で、新国王の即位式が済んだら私を迎えに来ると約束してくれたこと、などを告げた。

とたんに、姉と兄様が揃って訝しい顔をする。

「え、クロエ？　クロエ・マルベリー？　パティ、シャルベリ辺境伯領に彼女がいるって言うの？」

「うん、クロエと面識のある旦那様――現シャルベリ辺境伯閣下は、彼女の顔を見て間違いないっておっしゃったけど……えっと、クロエがシャルベリにいるのはおかしいことなの？」

私と姉が顔を見合わせて首を傾げていると、向かいのソファから兄様が口を挟んだ。

「あのね、パティ。クロエ・マルベリーは今、王都にいるはずなんだよ」

「え？　でも……」

「一月《ひとつき》ほど前にマルベリー邸の使用人と駆け落ちしたものの、生活に困窮して他人の家に盗みに入ったらしい。で、住民に気付かれた時に慌てて突き飛ばし、怪我を負わせた上で逃走。一昨日の朝に主犯格の使用人共々捕まって、現在拘置所の中で裁判を待つ身だよ」

「えええ、拘置所!?　じゃ、じゃあ……シャルベリにいるのは、偽物……？」

何だかわけが分からなくなってきた。

クロエでないとしたら、今まさにシャルベリ辺境伯邸で閣下の女房を気取っている彼女は一体何者なのか。

——コンコン
私の混乱が極まる中、突然扉を叩く音がして兄様が席を立つ。

扉の向こうには、アレニウス王国軍の灰色の軍服を着た青年が硬い表情をして立っていた。

わざわざ部屋の中にいる姉にも丁寧に会釈したところを見ると、王国軍参謀部の者だろう。

部下から何ごとか耳打ちされた兄様は、一瞬身体を強張らせた。

彼は部下を帰して扉を閉めると、私達の方を振り返って口を開く。

「——ミゲルが、汽車を乗っ取って王都を出たそうだ」

その行き先が、シャルベリ辺境伯領であると聞き、私は思わずソファから立ち上がった。

「――ど、どうして？　どうして、シャルベリに⁉」

私は兄様に駆け寄って、摑み掛からんばかりの勢いで問う。

私の翼を犬に食いちぎらせたというミゲル殿下が、七年にもわたる王宮での謹慎処分を解かれたのが昨夜のことだという。

そのまま王家の別荘地に送られ、実質隠居状態になる現国王夫妻と静かに暮らしていくはずだった彼が、地下牢から化け物を連れて姿を消したと今朝判明した。

化け物とは、結局何なのか。そう問う私を、姉と兄様は痛ましそうに見つめながら口を開いた。

「あれは、パティの翼を食らったミゲルの犬の成れの果て。首を切り落とそうが火を掛けようが幾度となく甦り、とてもじゃないが人の手には負えないから地下牢に幽閉していたのよ」

「ただ、唯一ミゲルにだけは懐いていたらしい。ミゲルは謹慎が解かれてすぐ地下牢に向かい、化け物を檻から出してしまったそうだ。いよいよ、兄の私でも庇えないな……」

不死身の化け物と成り果てたミゲルの飼い犬は、始祖の再来と呼ばれる姉の力をもってしても消滅させることができなかったという。

メテオリットの竜自体は不死身ではないが、その再生能力は人間や他の動物よりも遥かに優れている。そのため、姉はもちろん、先祖返りとしては落ちこぼれの私でも、怪我をした時の治りは常人と比べ物にならないくらい早かった。

私の翼を食らった犬は、図らずもそんな再生能力だけ特化して進化してしまったのだろう。身体が壊れてもすぐに再生する代わりに、その姿はどんどん歪《いびつ》になっていき、今では犬の頃の面影もない異形に成り果てているという。

そんな化け物を地下牢から連れ出したミゲルが、シャルベリ辺境伯領に向かっているのだ。

「ドゥリトル子爵が手引きしたようだ。即位式の準備で軍の大半を王都の警備に割いている隙を狙われたみたいだな。私兵団を王都を出てすぐの駅周辺に潜伏させていたらしい」

私を再びソファに座らせた兄様が、苦虫を噛み潰したような顔をして唸る。

彼の口から飛び出した新たな登場人物の名に、私は隣に座る姉を見上げた。

「お姉ちゃん、ドゥリトル子爵って？」

「現王妃の実兄、ミゲルにとっては伯父にあたるね。現国王の口利きで宰相の下に就いてはいたけれど、全然使えない小物だから完全に干されていた。次の政権では、間違いなく真っ先に首を切られる人間だね」

自分は新しい国王に重用される可能性もなく、唯一血の繋がりのある王子は王宮での謹慎が解けたといっても、実質王都から永久追放されることになる。

自暴自棄になった末か、あるいは天運が味方するとでも思ったのか、後の無いドゥリトル子爵とミゲル殿下が向かっているのは、アレニウス王国において、現在唯一にして随一の自治区、シャルベリ辺境伯領。

ここで私は、はたとあることに気付いた。

「もしかして……最近になってシャルベリ辺境伯宛てに、領有権を返上しろって書簡を送っていたのは……」

「確証はないけど、おそらくドゥリトル子爵が絡んでいるだろうね。何が何でもミゲルに権力を与え、自分はその下にぶら下がりたいんだろう。件《くだん》の書簡はもちろん正式なものじゃないし、シャルベリ辺境伯邸に返した手紙にもその旨は綴っておいたよ」

「ドゥリトル子爵を取っ捕まえたら、拷問でも何でもして全部自供させてやるわよ」

兄様の言葉に合いの手を入れるみたいに、姉の口からはまた物騒な台詞が飛び出す。

けれども、今度ばかりは兄様もそれを窘めなかった。

「すでにライツ兄上が兵の派遣を決めたようだが、連中が汽車を乗っ取ったとなると馬車では間に合わないな。後続の汽車でも、今すぐ出たところで追いつけるかどうかも微妙だ」

「でも、空を行けば先回りは可能だよ。シャルベリ辺境伯領ではパティが世話になったみたいだからね。私がひとっ飛び行って先方に知らせてこよう」

姉がやれやれとため息を吐きつつ立ち上がろうとする。

ところが、兄様は彼女の肩を押さえてそれを阻止した。

「何よ、リアム。軍服なら、破れないようにちゃんと脱いでおくわよ」

「そうじゃない。私は軍服じゃなくて、身体のことを心配しているんだ。君――もう自分ひとりの身体じゃないって、分かっているのか？」

兄様の言葉に、私はえっ⁉　と声を上げる。

姉一人の身体じゃない、ということはつまり……

「パティがシャルベリに行っている間に判明したんだ。マチルダのお腹には子供がいる。三ヶ月だそうだ」

「えええ！　お姉ちゃん、本当に⁉　お、おめでとうっ‼」

「いくらメテオリットの竜が常人より頑丈にできているとはいえ、身重の妻を雨に曝《さら》すわけにはいかない」

「それは、もちろん――えっ、雨？」

兄様の言う通り、いつの間にか窓にはポツポツと水滴が付いていた。

隣のリビングからは、大至急布を掛けて屋根の穴を塞げ、との長兄の怒鳴り声が聞こえてくる。

お腹に子供がいるという姉を、雨の中行かせるのは当然私も反対だった。

けれど、シャルベリ辺境伯領に先回りするには、直線距離で空を行くしかないという。

私はしばし考え込んだ後、意を決して口を開いた。

「ねえ、お姉ちゃん――私の翼って、もう一度生えるのかな？」

「……え？」

「兄様の眼帯はお姉ちゃんの翼からできているんだよね。でも、さっき竜の姿になっていた時、お姉ちゃんの翼はどこも欠けていなかった。それってつまり、切り取った部分が再生しているってことでしょう？」

「それは、確かにそうだけど……でも……」

姉は珍しくおろおろし、助けを求めるように兄様を見た。

一方の兄様は、私をじっと見つめて問う。

「パティが、シャルベリ辺境伯領に知らせに行くつもりなのか？」

「……はい」

「翼を再生させるためには、それを失った時の記憶を取り戻さなければならないんだよ？」

「えっ……」

先にも述べた通り、メテオリットの竜は再生能力に優れている。兄様の眼帯用に切り取られたはずの姉の翼が元通りになったように、本来なら犬に食いちぎられた私の翼もやがて再生していたはずなのだ。

それなのに、何故七年経った今でも私には翼がないのか——それはひとえに、私自身が翼のあったことを忘れてしまっていたからだった。

当時十歳の子供だった私の心は、大きな犬に襲われた恐怖にも、翼を食いちぎられる凄まじい痛みにも耐えられなかった。手負いの獣のように泣き叫んで暴れ、手当てさえさせなかったという。

このままでは発狂してしまうのではと恐れた姉は、強硬手段に出た。

恐怖や痛みと一緒に、私の事件の記憶一切を封じたのだ。

それは、兄様の右目という贄を食らったことで姉が手に入れた能力の一つらしい。

「痛くて辛くて恐ろしいばかりの記憶だよ。思い出したって、何もいいことはない。私もマチルダも、パティにとって一生思い出す必要のない記憶だと思っている。それでも？」

「それでも——記憶が戻れば、私の翼も再生する可能性があるんですよね？　だったら私、全部思い出したい」

　とたんに、隣に座っていた姉がわっと顔を覆って泣き出した。

　姉の泣いた姿なんて初めて見る。

　私がおろおろしていると、兄様が彼女の頭を優しく撫でて諭すように言った。

「パティの覚悟を聞いただろう、マチルダ。記憶を返してあげよう」

「うっうっ、でも……」

「七年間、君は妹の心を守ってきた。今度は、彼女のメテオリットの竜たる尊厳を守ってやろう」

「……っ、うっ、うんっ……」

　兄様の言葉に頷いた姉が、ゆっくりと顔を上げる。

　その金色の瞳に覗き込まれると、私の中の竜の血がふつふつと沸いた。

　相手が、自分より遥かに強い竜だと本能的に恐れているからだ。

　鼓動は激しく乱れ、人間の形がたちまち崩れていく。姉のしなやかな腕の中で、私は小さなピンク色の子竜になった。背に、翼はない。

『ひ弱なちびのくせに。お前みたいなのが竜を名乗るな』

『何の役にも立たない、出来損ない』

『お前みたいな落ちこぼれの子竜は、僕のもとでしか生きていけないだろう』

　脳内に響く子供の声は、今までよりもずっと明瞭になっていた。

　私の思考はそのまま、過去を遡っていく。

ああ、あの日――姉と兄様に贈る婚約祝いを一緒に考えようと誘われて、私はミゲル殿下の私室に行ったのだ。それなのに、部屋に入るなり真っ黒い大きな犬に飛びかかられて、私は子竜化してしまった。

犬の名前はホロウ。見た目はモリス少佐の愛犬ロイにそっくりで、ミゲル殿下にだけ従順だった。

俯せで床に押さえつけられた私の傍らにはミゲル殿下が立っている。

整った顔立ちをしているが、兄様にはあまり似ておらず、現王妃譲りの栗色の髪と緑色の瞳をしていた。

彼は怯える私の頭を優しく撫でたかと思うと、いきなり両の翼を掴んだ。この時の私には、確かにちゃんと翼があったのだ。

それなのに、ミゲル殿下はひどく落ち着いた声でこう言った。

『こんなもの、いらないよね?』

次の瞬間、犬の鋭い牙が私の背中に突き立てられた。

身体を引き裂かれる痛みに、私はそれこそ耳を劈《つんざ》くような悲鳴を上げる。

側にはいない姉に、狂ったように助けを請い続けていた。

しかし無情にも、犬はわずかな躊躇もなく私の両の翼を食いちぎってしまう。

背中が燃えるように熱かった。

逆に、傷口から血が流れるほどに指先が冷たくなっていく。

床にできた血溜まりにびしゃっと膝を突き、ミゲル殿下は今度は血塗れの手で私の頭を撫でた。

『これからずっと、僕がパトリシアの手を引いてあげるから、どこへも行かないで』

（……っ、ひっ！　やあ、痛っ、痛い！　いたいいたい‼　怖い、こわいこわい‼）

全てを思い出した私が、姉の腕の中でぴいぴいと泣き叫ぶ。

それを聞きつけたのだろう。修繕中のリビングから、長兄が愛用のハンマーを握り締めたまま飛んできた。

（ああ、痛い、怖い、辛い、恨めしい、憎らしい――‼）

七年間、記憶とともに封じ込められていた負の感情が爆発する。

目の前のものをやたらめったら引き裂いてしまいたくなる衝動は、竜ならではの凶暴性か。

けれども辛うじて残った理性が私自身を押さえ込む。だって、今私の目の前にいるのは身重の姉だ。

そのお腹には、私の甥か姪が入っているというのだから、傷一つ付けるわけにはいかなかった。

ふうふうと息を荒らげて凄まじい破壊衝動を必死に押さえ込む。

そんな私を、ふいに誰かが姉の腕からかっさらった。兄様だ。

思わず腕に爪を突き立ててしまったが、彼はびくりともせずに私を抱き締める。

「大丈夫だよ、パティ。私にならいくら爪を立てても構わない。噛み付いたって構わない。恨んでもいい、憎んでもいい。ミゲルは――弟はそれだけのことをパティにしたんだ。兄の私が償えるなら本望だよ」

ミゲル殿下に対して恨みや憎しみを覚えないと言えば嘘になる。

けれども、兄弟だからという理由で兄様に責任を負わせる気になんてなれなかった。

兄様が姉に捧げた右目は失われたままだ。竜の眷属となった彼も常人よりは傷の治りが早いが、欠損した身体までは戻らない。

それに、今の私には復讐よりももっとずっと大事なことがあった。

姉のような立派な竜になれなくてもいい。

落ちこぼれでもいい。弱くたっていい。

ただ、今すぐ閣下のもとに飛んでいける翼だけが欲しかった。

あの人も、子竜の私を慈しんでくれた。

可愛い可愛いと惜しみなく褒め称え、優しく抱き締めてくれた。

そして、私との未来を思い描いたと、そう言った。

閣下の力になりたい——そのためには、恐怖も、痛みも、恨みも、憎しみも、全部乗り越えなければならない。

「……ぴっ、……っ‼」

私は兄様の腕に爪を立てるのをやめ、両手を胸の前でぎゅっと握り締める。

背中が急に熱くなってきた。血が、竜の血が、そこに集まっていくのを感じる。

やがて行き場を失った血潮は、私の背中の皮膚を二カ所突き破った。

パティ‼　と姉の悲鳴が聞こえる。

ところが、背中から噴き出した血は床に飛び散ることも伝い落ちることもなく、空気に触れた瞬間に固まっていく。

ちょうど肩甲骨の辺りから突き出た血の塊は、まるでコウモリの翼の骨格みたいに細長くなって三叉《みつまた》に分かれ、やがてその間を繋ぐように飛膜が張った。もちろん、身体と同じピンク色だ。

姉と兄様、そして扉の前に立ち尽くす長兄が固唾を呑んで見守る中――ついに、私の背中で二枚の翼がはためく。

兄様の膝の上から、子竜の身体がふわりと宙に浮いた。

水滴の付いた窓に映る自分の背中に確かに翼があるのを確認し、私は無性に泣きたいような気持ちになる。

けれども実際に泣いたのは、姉と、扉の方から猛然と駆け寄ってきた長兄だった。

「わああん、パティ!!」

「パティ！　えらいぞぉ!!」

血の気が多くて物騒で騒がしい――けれども妹思いな兄姉によって、たちまち私の胴上げが始まった。

第九章　落ちこぼれの意地

「まず、いの一番に北のトンネルを封鎖するように伝えるんだよ。あの辺りの山脈を越えるのは、訓練された軍人であっても至難の業だ。トンネルを押さえれば連中はそう簡単にシャルベリ辺境伯領には入れないだろう」

兄様は私にそう言い聞かせつつ、同じ内容を記したメモをロケットペンダントに入れて首に掛けてくれた。

子竜姿の私は人語を喋れないし、文字を書くのも拙いので正直ありがたい。

私はとにかく、ミゲル殿下一行が乗っ取った汽車がシャルベリ辺境伯領近くの駅に到着するよりも早く、このメモをシャルベリ辺境伯邸に届けなければならなかった。

「私達も王国軍に同行してすぐに追い掛けるからね。罪人どもの捕縛は王国軍に任せて、シャルベリ辺境伯領は守りに徹するよう伝えてちょうだい。パティも無理をしちゃだめよ？」

「まあ、万が一、我々が追いつく前に交戦することになったとしても大丈夫だ。シャルベリ辺境伯軍は強い。よほど不意をつかれない限り、子爵の私兵ごときに負けるはずがないよ」

姉と兄様の心強い言葉に私はこくりと頷きながら、七年振りに戻ってきた翼をバタバタとはためかせた。

不思議と不安はない。飛び方は身体が覚えているようだ。

窓を開ければ、外はやはり雨が降っていた。新しい翼の初舞台は、できることなら晴れの日がよかったが、緊急事態なのでそうも言っていられない。

幸い、雨足はまださほど強くはなく、遠くの雲間からはうっすらと日の光も漏れている。

私は意を決して窓の桟《さん》に脚を掛ける。

そうして、いよいよ飛び立とうとする私を、慌てて呼び止めたのは長兄だった。

「パティ、兄ちゃんの相棒を連れていけ！」

彼はそう叫んで、自身の愛用のハンマーを私の手に握らせた。

先祖返りの姉妹に屋敷を壊されまくって、否応無く大工の道を選んだメテオリット家の男達。

長兄のハンマーは、そんな彼らが代々受け継いできた、汗と涙が染み付いた代物だ。

ただし、子竜の身にはハンマーの重さはなかなかに負担である。正直言って遠慮したいところだったが、末妹を思う長兄の必死の形相に、いらないとは言い出せなかった。

そんな私の背を、姉が勇気づけるように優しく叩く。

「ひとまず、雲の間際まで高く上りなさい。そうすれば、アレニウス王国全土が見渡せる。シャルベリは、ここからまっすぐ南に位置している。山脈に囲まれた独特の地形をしているから、見ればすぐに分かるよ」

一度大きく翼をはばたけば、私の身体は驚くほど簡単に空へと舞い上がった。

姉の言葉に従って、雲を目指してぐんぐんと上昇する。

小さな雨粒にパシパシと頬を打たれたが、少しも気にならなかった。

だって、翼を得た私の世界はこんなにも自由だ。

短い手足でよちよちと歩いていたのが嘘みたい。翼はまるでずっとこの時を待っていたかのように、瞬く間に私を雲の間際まで連れていってくれた。

アレニウス王国の王都は国土の北寄りにあり、まっすぐ南に行けばシャルベリ辺境伯領、そのずっと向こうの南端にはメテオリット家の始祖たる竜が棲んでいた土地がある。もともと国土全体が起伏に富んだ地形のため、平野を選んで敷かれた鉄道はくねくねと曲線を描かざるを得なかった。

そのため、現在アレニウス王国内最速の交通手段である汽車でも、王都からシャルベリ辺境伯領近くの駅までは、一日近く掛かってしまう。

ミゲル殿下一行が、今朝方王都に到着した私と入れ違いに出発したとして、シャルベリ辺境伯領付近に到着するのは明日の早朝になるだろう。

一方、障害物がない空ならば目的地までまっすぐに行くことが可能だ。

常人よりも視力の優れた竜の目をぐっと凝らし、私は遠くに小さく、ぐるりと山脈に囲まれた盆地を見つけ出す。シャルベリ辺境伯領だ。

この頃には、飛び立った時よりも雨粒が大きくなっていたため、私は進行方向だけ確認するとすぐさま雲の上へ出る。

雲の上は一転して晴天だった。

ふわふわの真っ白い絨毯がどこまでもどこまでも続いていて、まさしく圧巻の光景である。

空気は、下界よりもずっと薄い。呼吸が苦しくなってもおかしくない高度でありながら、案外平気なのは私の身体に流れる竜の血のおかげだろう。

始祖たるメテオリットの竜や姉のような立派な先祖返り達にとっては、見慣れた光景なのかもしれない。

翼を失っていた七年間、私はそんなことも知らずに、ただ惨めに地べたを這って生きてきた。

けれども、翼がなかったからこそ、シャルベリ辺境伯邸の庭園で子竜化した際に犬のロイに捕まり、そのまま閣下と対面することになったのだ。

もしもあの時の私に翼があって、ロイから逃げ果《おお》せていれば、閣下のあんなに緩みまくった表情を目にすることもなかっただろう。

そうだったとしたら、私はきっと今でも彼と心を通わせられないまま――それどころか、もっと早くに王都へ逃げ帰っていたかもしれない。

そう思うと、あの時の自分は落ちこぼれ子竜でよかったとさえ感じた。


左手にあった太陽が頭上を通り過ぎ、右手の方に傾いて行くのを目の端に捉えつつ、私はひたすら南を目指して雲の上を行く。

空気の薄さにも翼を動かし続けることにも、当然疲れ始めてはいた。それでも、シャルベリ辺境伯領に迫る危険を自分が知らせるのだという使命感が、私の背中をずっと押してくれている。

やがて、雲の絨毯が鮮やかな茜色《あかねいろ》に染まる頃、進行方向いっぱいに並んで飛ぶ鳥の一団に遭遇した。南を目指す雁《かり》の群れだ。

翼を広げれば子竜姿の自分よりも大きいのに、その温和そうな顔立ちに油断したのは否めない。

先を急ぐから、と無闇に群れの間を突っ切ろうとしたのが間違いだった。

「グァン！　ガン、ガン！」

いきなり現れたピンク色の異物に、混乱したらしい雁達がけたたましく鳴き始める。

彼らは翼をはばたかせつつも長い首をもたげ、私の方に注目した。

ツン、と最初に突《つつ》かれたのは後脚の爪先だった。

それを皮切りに、四方八方から伸びてきた固い嘴《くちばし》が、ツンツン、ツンツンと、一斉に私の全身を突き出す。私の翼が七年もの時を経て再生したばかりだなんて事情も、彼らにとっては知ったことではないのだ。

「ぴー！　ぴい、ぴいいっ……!!」

容赦ない攻撃に成す術《すべ》もなく、私は這《ほ》う這《ほ》うの体《てい》で雲の下へと逃げるしかなかった。

けれども、いざ雲を抜けたとたん、ひゅっと息を呑む。

今まで見ていた夕焼け空が嘘みたいに、雲の下はざあざあ降りだったからだ。

下界はすでに夜闇に侵食を許していた。眼下には大きな湖が広がり、落ちてくるものを食らおうとぽっかり口を開けているようにも見える。

いきなり雨の洗礼を受けた私は見事に体勢を崩し、錐揉《きりも》み状態になって急降下し始めた。

急激な気圧の変化によって一瞬意識が飛びそうになる。

しかしその時、ポーと遠くで汽笛が聞こえたような気がして我に返った。

必死に翼を動かし、空中で体勢を立て直そうと奮闘した結果、私はどうにかこうにか地表への激突だけは免れた代わりに、湖の縁に立つ巨大な木に突っ込んだ。

ガサガサと枝葉を激しく揺らしながら、木の天辺から四半ほど滑り落ちた所で引っかかって止まる。あちこち傷だらけになったものの、ひとまず助かった、と私がほっとしかけた時だった。

「ガアッ！　ガアッ！」

「――ぴっ⁉」

いきなり聞こえてきた濁った鳴き声に、私は不安定な枝の上でうっかり飛び上がってしまうくらい驚いた。

折り重なった葉の陰からのっそりと現れたのは、一羽の大きなカラスである。

近くに巣は見当たらないので、雨宿りでもしていたのだろうか。

その身を覆う艶やかな黒には、竜となった時の姉の肢体を彷彿とさせる美しさがあった。

とはいえ、ギョロギョロとした目玉には私に対する親愛など欠片《かけら》も浮かんではいない。ガアガアと、警戒を示す鳴き声を上げながら、その視線は私の首にぶら下がった物に定められていた。

カラスは元来光り物を好む。そして、兄様が私に持たせたメモ入りのロケットペンダントは金属製だった。

私はそれを取られまいと、ぎゅっと手で包み込んで後退る。

するとカラスは、私が遠のいたのと同じ分だけぴょんぴょんと跳ねて近づいてきた。

「ガア！」

「ぴぃ！」

先ほどの雁ほどではないがカラスも大きい。何より、雁よりも賢くて攻撃的だ。

私は恐怖に戦きつつも、とっさに右手に握っていたものを振り上げて威嚇する。

長兄が持たせてくれたハンマーだ。

カラスの嘴が固いか、それとも長兄のハンマーか。

まさに一触即発。カラス対子竜、世紀の一騎打ちが始まろうとした——その時だった。

ポーッ、とけたたましい汽笛の音が、私とカラスの足下から響いた。

と、同時に、もくもくと蒸気を吐き出しつつ汽車が通り過ぎていく。

私達がいる大木の袂《たもと》を線路が通っていたらしく、それは湖を大きく迂回する形で南西へと曲線を描いていた。

南へ向かう汽車だ。それが、ミゲル殿下達が乗っ取ったものであると、私はすぐに確信した。

何故ならその屋根に、得体の知れない黒い塊が張り付いていて、それに気付いた瞬間自分の身体が勝手にブルブルと震え出したからだ。

見れば、カラスも羽を膨らませて硬直している。

疑うべくもなかった。あれが、ミゲル殿下が地下牢から連れ出したという化け物——七年前、私の翼を食らった犬、ホロウの成れの果てだ。

カラスに対峙した時とは比べ物にならないくらいの恐怖を覚え、私は枝の上に尻餅をついた。手が震えて長兄のハンマーを取り落としてしまいそうになり、慌てて両手で柄を握る。

しかし、今一度、ポーッと響いた汽笛の音で、私ははっと我に返った。

雨が降りしきる薄闇の向こう。ぐねぐねと曲がりながら南に伸びる線路の先にぐっと目を凝らせば、黒い雨雲に覆われた空に一カ所だけぽっかりと穴が開いて光が漏れている場所がある。

シャルベリ辺境伯領だ。

それを見たとたん、あそこに行かねばならぬという使命感が甦り、心が奮い立った。

私は今一度翼を広げ、濡れて貼り付いていた枝やら葉っぱやらを振り落とすと、えいやっとばかりに空へ飛び上がる。

すっかり戦意を喪失したらしいカラスが、カア、と一声餞別みたいに鳴いた。


ミゲル殿下一行が乗った汽車は、カラスと別れてすぐに追い抜いた。平野を選んで曲がりくねる線路とは対照的に、直線を行く私は随分と汽車との距離を稼げたはずだ。

ただし、雨は時間を追うごとにひどくなり、満身創痍の身体を容赦なく叩いてくる。

シャルベリ辺境伯領の町の灯りが見える頃には、私はくたくたに疲れていた。

どうにかこうにかその手前の山脈まで辿り着いたものの、最大の難関が私の前に立ち塞がる。高い山脈にぶつかった雨雲が大量の雨を降らせて滝のようになっていたのだ。

意を決して飛び込んだ豪雨の中は、それこそ地獄だった。

冷たい雨に打たれた手足はすっかりかじかみ、生えたばかりで酷使された両の翼は今にも根元からちぎれてしまいそう。優しく抱き締めてくれた閣下の腕の中が無性に恋しくて、私はついにえぐえぐと泣き出してしまう。

閣下、とどれだけ必死に叫ぼうが、助けに来てくれるはずがないのは分かっていた。

だって、人語をしゃべれない子竜の叫びは閣下には届かないし、そもそも彼は昨日見送ったはずの私がシャルベリ辺境伯領まで戻ってきているなんて知りもしないのだから。

何も知らないあの人は、今頃どうしているのだろう。

シャルベリ辺境伯邸一階の食堂で、夕餉《ゆうげ》の食卓を囲んでいる時間だろうか。

旦那様と奥様と――それから、私の脳裏に思い浮かんだのは、クロエと名乗ってシャルベリ辺境伯邸に滞在している女の姿だ。

正体不明の彼女の目的が何なのかは分からない。

もしかしたら本当に、純粋に閣下のことが好きで一緒になりたいだけなのかもしれない。

閣下はクロエとは合わないと言っていたが、私だって最初は閣下と仲良くなんてなれないと思っていたのに、ちょっとしたきっかけで印象が変われば、打ち解けるまではすぐだった。

私がいないたった一日の間に、閣下が彼女に対する印象を改める場面がなかったとも限らない。

それでなくても最初の頃の私は、年の差を気にした閣下に結婚対象とさえ見られていなかったのだ。

対してクロエは、私よりも大人っぽくて閣下と年が近い。

さらには、王都に戻ってしまった私と、今まさに側にいるクロエ——閣下ははたして、もう一度私の方に手を差し伸べてくれるだろうか。

極度の疲労は思考力を低下させ、心を弱くする。

嫌な考えばかりが頭を擡《もた》げて、私を挫《くじ》けさせようとした。

右手のハンマーが重くて、長兄の厚意さえ恨めしくなる。

けれども豪雨は私を閉じ込めて、もはや後戻りだってできやしない。

だったらもう、前に進むしかないだろう。

『泣くな！　行け！　それでもメテオリットの竜か！　落ちこぼれの意地を見せろっ‼』

涙は雨にすっかり押し流されてしまった。

私はひたすら自分を叱咤して、必死に翼をはばたかせる。

そうして、ついに高い山脈を越えたとたん——ぱっと雨が途切れた。

ところが、やったと歓喜の声を上げようとした私に、最後の試練が降りかかる。冷たい雨に打たれてかじかんだ手から、長兄に持たされたハンマーの柄がつるっと滑ってしまったのだ。

メテオリットの男達から長兄が受け継いだ大事な仕事道具を失くすわけにはいかないのはもちろんのこと、地上にいる人の上にでも落ちたらもっと大変だ。

私は慌てて急降下し、どうにかこうにかハンマーの柄を捕まえたまではよかったが、雁の群れから逃れた時ほど高度が無かったのが災いした。

はっと気がついた時にはもう、すぐ目の前にシャルベリ辺境伯領側の山肌が迫っていた。

とっさにメモが入ったロケットペンダントと長兄のハンマーを抱き込むようにして身体を丸め、ぎゅっと目を瞑る。

ところが――覚悟していたような衝撃は、訪れなかった。

固い山肌に激突する前に、滑らかで弾力のある何かが私の身体を受け止めてくれたからだ。

（な……何が……？）

疲労のあまり意識が朦朧《もうろう》としていたため、自分を助けてくれたのが何なのか、その正体をはっきりと見ることは叶わなかった。

けれども、霞んだ視界に虹色の鱗がキラキラと輝いたような気がする。

（……もしかして、竜神……？）

気付いた時には、私は広いベランダの隅に転がっていた。

大事なメモが入ったロケットペンダントはちゃんと首に掛かっているし、長兄のハンマーも手元にある。

それにほっとした私は、疲れ切った身体に鞭打ってのろのろと頭を擡《もた》げた。

どことなく見覚えのあるベランダには、室内から灯りが漏れていた。

這うようにして掃き出し窓へと近づき中を覗き込んだ私は、はっと息を呑む。

部屋の奥に置かれた執務机の向こうに、難しい顔をして書類を睨んでいる閣下がいたからだ。

（閣下……、閣下っ……!!）

私は窓に縋り付き、必死にガラスを叩いた。

しかし、疲れ切った小さな拳が窓を揺らす音は弱々しく、風に掻き消されてしまってまったく気付いてもらえない。

ここでついに、長兄のハンマーが真価を発揮する時がきた。

私は最後の力を振り絞り、両手で持ち上げたそれを窓へと打ち付ける。

ガシャン、とガラスが割れる音が響き、閣下がはっとしたように書類から顔を上げた。

そうして、こちらを向いた彼の青い瞳が、自分を捉えてまん丸になるのを見届けると、私はようやく安堵とともに完全に意識を手放したのだった。

＊＊＊＊＊

子竜の姿で、私は真っ黒い世界の中にいた。

背中には、ちゃんと翼もある。

少し離れた場所には、子供が一人、ぽつんと立っていた。

母親譲りの栗色の髪と緑色の瞳をした十歳の男の子——七年前、自身の飼い犬に私の翼を食いちぎらせた張本人、ミゲル殿下だ。

彼は口をパクパクさせて、懸命に何か言っているようだった。

『ひ弱なちびのくせに。お前みたいなのが竜を名乗るな』

『何の役にも立たない、出来損ない』

『お前みたいな落ちこぼれの子竜は、僕のもとでしか生きていけないだろう』

声は聞こえないが、きっとまたそうやって私を詰っているのだろう。

記憶を取り戻した今、幼い頃に幾度も彼から投げ付けられた心無い言葉を思い出すのは容易い。

けれども、恐ろしくも何ともなかった。

だって、相手はたった十歳の子供で、今の私はただの傍観者だ。

自分を罵る子供の表情を初めてまじまじと眺めた私の口からは、思いがけない言葉が零れ出た。

『――かわいそう』

だって、幼いミゲル殿下の顔には愉悦どころか嘲笑さえも浮かんでおらず、むしろ、寂しそうで心細そうで、今にも泣き出してしまいそうに見えたからだ。

そうこうしている内に、背景の闇がミゲル殿下の姿まで呑み込んで、私の視界はいつしか完全な黒一色に染まってしまった。

けれども、ふと遠くの方に一筋の光が射す。光はゆっくりと領域を広げていき、闇をどんどん隅へと追いやっていく。さっき闇に呑まれた子供の姿は、もうどこにもなかった。

いつしか光は私のもとまで辿り着き、足先からゆっくり上へと這い上がってくる。

光に撫でられた部分より、私の身体は子竜から人間へと戻っていった。

やがて顔まで辿り着いた光が眩しくて、ぎゅっときつく瞼を瞑《つむ》る。

そうして次に瞼を開いた時――

（……あれ？）

ざあざあと雨の音が聞こえる中、私はベッドに横たわって見知らぬ天井を見上げていた。

のろのろと身体を起こして辺りを見回すが、頭はいまだぼんやりとしている。

見覚えのない広い部屋の中は物が少なく整然としていて、壁際の棚の上に置かれた時計は六時を指そうとしていた。

窓の外は雨が降っていて薄暗く、朝なのか、それとも夕方なのか判然としない。

夕闇迫る時刻にシャルベリ辺境伯領に到着し、閣下の執務室の窓を叩いて彼と目が合ったところまでは覚えているのだ。並々ならぬ苦労の末の出来事なのだから、あれは全部夢だった、なんてことだけは勘弁願いたい。

そんなことを思いながら部屋の中をきょろきょろと見回していた私は、程なくある物を発見する。

長兄愛用のハンマーと金属製のロケットペンダント——私の苦難の道程が夢ではなかったという物的証拠が、ベッド脇の棚の上に並べて置かれていたのだ。

私はひとまず、後者の中身を確認しようと手を伸ばし——

「あっ……」

ここでやっと、自分の身体が完全に人間のそれに戻っていることに気がついた。

と同時に、ガチャリと音が響いて、いきなり扉が開く。

現れたのは、相変わらずきっちりと軍服を身に着けた閣下だった。

「おはよう、パトリシア。もう起きて——」

何故だか途中で言葉を切った閣下が、空色の瞳をまん丸にした。

私はいまだぼんやりとした頭で、どうしたんだろうと首を傾げる。

閣下は軍服の上着を脱ぎながらつかつかと近づいてくると、ベッドの上に座り込んでいた私をそれですっぽりと包み込んだ。

いつぞやオリーブの木の下でも、くしゃみをしたのをきっかけに着せ掛けてもらったのを思い出す。あの時は、上着に残った体温と香りに包まれて、まるで閣下に抱き締められているみたいに錯覚したものだ。

それは今回も同じ――いや錯覚どころか、事実閣下は自身の軍服の上着で包み込んだ私をぎゅうぎゅうと抱き締めていた。

「か、閣下？」

いきなりの抱擁に頬を赤らめた私だったが、ここでふと違和感を覚える。

閣下の軍服の上着を、まるで素肌に直接羽織っているように感じたのだ。

それが気のせいではないと知った時、私はリンゴみたいに真っ赤になった。

眠っている間に子竜から人間の姿に戻った私は、生まれたままの姿でベッドに横たわっていたのだ。起き抜けのぼんやりした頭で、そうとは気付かぬまま身を起こし――そして、部屋に入ってきた閣下の前で、見事素っ裸を披露してしまったわけである。

「――っ、み!?　みみ、見た……閣下、見たんですかっ!?」

「見てない――と言ったら、嘘になるな」

「み、見ていないことにしてくださいっ!!」

「分かった分かった」

恥ずかしいやら情けないやらで、穴があったら入りたい気分だ。

閣下がノックも無しに扉を開いたのは、そもそもここが彼の私室だからだった。もちろん、私が眠っていたベッドも閣下のもので、余計に顔から火が出た。

さっき、おはようと挨拶をされたのだから、今は朝の六時と考えるのが妥当だろう。

私を一度解放した閣下は、着せ掛けた上着のボタンを全部留めてくれた。

「うん、いいね」

ブカブカの軍服姿の私を眺めて満足そうに頷いてから、彼は椅子を引いてきて正面に腰掛ける。そして、ロケットペンダントの中身を確認したことを告げた。

「メモにあった通り、昨夜のうちに北のトンネルを封鎖したよ。念のため、南のトンネルにも見張りを置いている。――それで、第四王子ミゲル殿下とドゥリトル子爵の私兵団がシャルベリ辺境伯領への侵攻を目論んでいると？」

「あ、はい……王都の郊外で汽車を乗っ取ってこちらに向かっています。どうやら以前閣下に届いていた、シャルベリ辺境伯領の領有権を要求する書簡とも無関係ではないようです」

「なるほどね。つまり、あれに書かれていた〝アレニウス王家直系の後任者〟とは、ミゲル殿下のことだったわけか。しかし、私兵団を率いての侵攻ということは、殿下はアレニウス王国が認めた正式な後任者ではないということだね。そもそも彼は病弱で、王城から一歩も出られないと聞いていたが、何だって急に？」

「そ、それがですね……」

私はいまだに赤い頬を両手で押さえつつ口を開く。

何しろ時間が無かったもので、兄様のメモに記されていたのは、ミゲル殿下とドゥリトル子爵の私兵団がシャルベリ辺境伯領に迫っているという事実と、それを阻止すべく後発の王国軍が到着するまで北のトンネルを封鎖せよ、という指示のみ。事態の詳細を閣下に説明するのは私の役目だ。

ミゲル殿下が王城から出られなかったのは病弱なせいではなく、贖罪《しょくざい》と更生のために謹慎生活を送っていたこと。

この度、新国王陛下の即位に先立ち恩赦を与えられたものの、釈放の条件を無視してシャルベリ辺境伯領に向かっていること。

そして、ミゲル殿下が化け物を――得体の知れない存在に成り果てた犬を同行させていること。

焦る気持ちを必死に宥めつつ、私は懸命に語った。

閣下はそれを黙って聞いていたが、やがて根本的な質問を口にする。

「ミゲル殿下は、いったいどのような罪を犯して七年間も謹慎することになったんだろうか。話を聞く限り、更生はできていないようだが……」

「それは……」

ミゲル殿下の罪を語るということは、すなわち、私自身が彼から受けた仕打ちを改めて言葉にするということだ。あの時の恐怖や痛みがぶり返してくるような気がして、私の心は動揺した。

うっかり鼓動を乱して子竜化してしまっては大変だ。

ところが、閣下は私の答えを待たずに、畳み掛けるように問うた。

「そもそもパトリシア——今、私の目の前にいる君と……ピンク色の可愛い子竜は、同一体ということで間違いないかな?」

私はひゅっと息を呑み、とっさに胸元を押さえる。ドキリ、と大きく跳ねた心臓の鼓動が掌まで伝わってきた。

おそるおそる顔を上げれば、閣下も私をじっと見下ろしていた、かと思ったら……

「はぁあああ……」

「か、閣下……?」

いきなり盛大なため息を吐き出して、私が腰掛けたベッドに突っ伏してしまう。

そんな体勢のまま閣下が話し始めたのは、これまでの経緯だった。

昨日の夕刻にシャルベリ辺境伯領に到着し、閣下の執務室の窓を叩いた私は、やはりあのまま気を失ってしまったらしい。

すぐに私が首から提げていたロケットペンダントの中身に気付いた閣下は、少佐に隊を率いさせて即座に北側のトンネルを封鎖すると、旦那様とともに軍の幹部を緊急召集して対応を協議した。

突然のことに戸惑っていた老齢の幹部達も、アレニウス王国軍参謀長のサインが入ったメモを見て納得したという。

その間、子竜姿の私に付いていてくれたのは奥様だった。ずぶ濡れで、あちこち傷だらけだった身体は、奥様に湯浴みをしてもらったらしく綺麗になっている。

そんな子竜の私を、会議から戻った閣下は自分のベッドに寝かせてしまった。

子竜が朝には人間の姿に戻ってしまうと知っていた旦那様と奥様は、やむを得ず閣下にメテオリット家の秘密を話したのだろう。

閣下は最初、半信半疑だったらしいが……

「パティがパトリシアになる瞬間をこの目で見てしまっては、信じないわけにはいかないだろう!? いや、何となく雰囲気が似てるな、とか！　どっちも可愛いな、とか！　前々から思ってはいたんだけどね!?」

「か、閣下……あのぅ……」

「まさか、パトリシアがパティで、パティがパトリシアだったなんて――!!」

「ええっと、その……閣下、黙っていて、ごめんなさい」

私がおずおずと謝れば、閣下はベッドに突っ伏したまま首を横に振った。

それはもう、ぜんまいを巻かれ過ぎた絡繰《からく》り人形みたいに、ぷるぷるぷるぷると。おかげで彼の黒髪が軍服の上着から出た素足を掠めて、私もくすぐったいやら気恥ずかしいやらだ。

そうこうしている内に、閣下はついに頭を抱え始めた。

「パティに散々デレデレしておきながら、パトリシアの前では取り澄ましていたなんて……さぞ、滑稽だったことだろう。穴があったら入りたいよ」

「いえ、そんな……お気になさらず……」

「ああ……自分がパティに何をしたのか思い出したら居たたまれないんだが？　だっこして？

頬擦りして？　――あっ、待ってくれ！　爪を切り過ぎて出血させてしまったのを思い出したぞ⁉　パトリシア、手を見せなさいっ‼」

「だ、大丈夫です。ちょっと深爪しただけですから。もう治りましたし……」

いきなり顔を上げた閣下に左手を取られる。竜は再生能力が優れているし、そもそも深爪してからもう何日も経っているので、あの時血が出た人差し指の爪は完全に復活していた。

それでも閣下は、傷が残っていないか念入りに検分していたが、私が照れくさくて首を竦めたのを見てカッと目を見開く。

「――そうだ、首輪。子猫用に手配したものを使い回そうとしたこと……もしかして、怒っているかい？」

「え？　いえ、未使用品を使い回されそうになったことは、全然気にしていませんが……」

「モリスには最低男呼ばわりされたからね。次は正真正銘、パティのために選んだ新品を用意するから許しておくれ」

「あ、あのですね。できれば首輪を付けること自体、諦めてもらってもいいですか？　きっと姉を怒らせてしまうと思いますので……」

もはやわずかにも取り繕うことなく、素の表情を曝け出す閣下に私はたじたじとなる。

けれども同時に、自分も子竜姿では言葉にできなかったことが、今なら伝えられることに気付いて口を開いた。

「竜の時の姿を閣下に受け入れていただけて、私は嬉しかったんです。怖がられたり、気味悪がられたりするんじゃないかって、不安だったから……」

「──は？　怖い？　気味が悪い⁉　パティが？　あんなに小さくて可愛い子が⁉　いやいやいや、全身全霊をかけて愛《め》でる以外、私には考えられないんだが⁉」

閣下はそう叫ぶと、ついに私をぎゅっと抱き締めた。

「パティに、あんなに立派な翼があったなんて知らなかったな。あの翼で、王都からここまで飛んできてくれたんだろう？」

「はい……」

大きくて温かな掌が、労るように背中を撫でてくれる。

生えたばかりで翼を酷使したせいか、人間の姿に戻っても肩甲骨辺りに倦怠感がわだかまっていたのだが、不思議と消えていくようだった。

落ちこぼれながらよくぞ最後まで頑張った、とやっと自分を褒めたい気持ちになる。

閣下の背中に両腕を回して縋り付き、私はほっと安堵のため息を吐き出した。

ざあざあと、昨日からの雨はまだ降り続いている。

私は閣下の腕の中で、先ほどの質問──ミゲル殿下が七年前に犯した罪について、答えることになったのだが……

「──うん？　ううん？　待ってくれ。パティの翼を、何だって？　犬に、食いちぎらせた⁉」

「は、はい……」

「いやいや、そんなとんでもないことをしでかしておいて、殿下は謹慎処分だけで済んだのか⁉

嘘だろう？　君の姉君がそれで納得するわけがない。もちろん、私も全然納得できないんだが⁉」

「姉も納得していなかったそうですが、最終的には兄様――ミゲル殿下のお兄様であるリアム殿下が、片目を差し出したことで手打ちにしたそうです」

私が受けた仕打ちを知った閣下は、今まで見たこともないような怖い顔をした。

竜神の眷属の気配が顕著なロイ様を前にしたような畏怖を、この時初めて閣下にも覚え、私の身体は勝手に震え出す。すると、閣下は慌てて優しい顔に戻り、君に怒っているんじゃないよ、と言って頭を撫でてくれた。

ほっとした私が擦り寄れば、こめかみにぐっと唇を押し当てられる。

痛かったろう、辛かったろう、と我が事のように苦しげな声で労られ、鼻の奥がツンと痛んだ。

その時である。

――コンコン

軽やかなノックの音が響いた。

それに続いて扉の向こうから聞こえた声に、私はびくりと肩を跳ね上げる。

「――おはようございます、シャルロ様。起きていらっしゃいますの？」

声は、クロエ・マルベリーを名乗ってシャルベリ辺境伯邸に滞在している女のものだった。

＊＊＊＊＊

「ねえ、シャルロ様。扉を開けてもかまいません？」

媚びるような声で、クロエを名乗る女は閣下の名を呼んだ。

扉に鍵はかかっていないが、さすがに許しも得ずに入ってくるほど無作法ではないらしい。

閣下はやれやれと言わんばかりにため息を吐きつつ立ち上がり、扉の方へ行こうとする。

私がとっさに袖を掴むと、彼は弾かれたように振り返り、それから相好を崩して私の耳元に唇を寄せた。

「大丈夫。すぐに戻ってくるからね。いい子で待っておいで」

閣下は優しい声でそう囁いてから、コンコンと催促するようにノックの音を響かせる扉へと向かう。取手に手を掛けた彼が、そのまま扉を開いてクロエを名乗る女に応対するのだと思った私は、そこではたと気がついた。

閣下には言いそびれてしまったが、姉と兄様の言葉が確かなら、本物のクロエは今、王都の拘置所にいるはずなのだ。そんなクロエを――閣下の縁談相手を騙《かた》って現れた女の目的は何なのか。そもそも彼女は一体何者なのか。

マルベリー侯爵が体裁を保つために用意した替え玉だとしても、本物のクロエが使用人と駆け落ちした事実を仲人に知られている時点で無意味だろう。

（――まさか、ミゲル殿下やドゥリトル子爵が送り込んだ、刺客⁉）

だとしたら、彼らが動き始めた今、クロエを名乗る女も閣下を害す可能性があるのでは。

そう思い至った私は真っ青になって、閣下の背中に向かって、待って！　と叫ぼうとした。

ところがである。

――ガチャッ
その場に響いたのは、扉を開いた音ではなく、その逆――扉に鍵をかける音だった。

「「えっ……？」」

図らずも、私と偽クロエの声が重なる。シャルロ様？　と困惑した声を上げる扉の向こうの相手に対し、閣下は何でもない風に口を開いた。

「おはようございます、クロエ嬢。こんな朝早くにどうかなさいましたか？」

「あ、あの……私、朝食のお誘いに上がったんです。昨日はあまり食が進まないご様子でしたから、シャルロ様が心配で……」

「そうですか。ご心配をおかけして申し訳ありません。しかし生憎《あいにく》、今朝は仕事が立て込んでおりましてね。私は朝食をご一緒できませんが、どうぞお構いなく」

「そんな……昨日も、朝食後はずっと執務室にこもっていらっしゃってお会いできなかったわ！　せめて、この扉を開いて元気なお顔だけでも見せてくださいませんか？」

この後、閣下は懇切丁寧な口調ではあったが、偽クロエの要求をことごとく断っていった。

偽クロエの方も負けじと食い下がり続けていたが、やがてどうあっても閣下に扉を開く気がないと気付いたのだろう。

「――中に、女がいるんですか？」

さっきまでの猫撫で声が一変、地を這うような声でそう呟く。

次いで、ドン、と強く扉が叩かれた。

「寝室に女を連れ込んでいるんだわ！　絶対そうでしょう⁉　私という者がありながら、ひどいわっ‼」

偽クロエは金切り声を上げ、鍵が閉まった扉の取手を無理矢理動かそうとガチャガチャする。

「やっと、パトリシアさんがいなくなったと思ったのに‼　やっと、シャルロ様と二人きりになれると思ったのにっ‼」

この頃には、扉の向こうがザワザワし始めていた。騒ぎを聞きつけて、シャルベリ家の使用人達が様子を見に集まってきたのだろう。

けれども、偽クロエは憚ることなくなおも扉の向こうで喚き立てた。

「ひどい、ひどいわっ‼　私を馬鹿にしているのっ⁉　せっかく、王都を捨ててこんな所にまで来てやったっていうのにっ……‼」

「――ほう、〝こんな所〟か」

ここで、しばらく無言だった閣下が唐突に口を開いた。

その温度のない声に、ひゅっと扉の向こうで偽クロエが息を呑む気配がする。

「申し訳ありませんね、シャルベリが〝こんな〟辺鄙な所で。〝来てやった〟とおっしゃるが、そもそも私が頼んだわけではないのですが？」

「え、いえ、そんな……今のは言葉の綾でして……」

「いいえ、本音でしょう。今更取り繕う必要もありませんよ。まあ、ここが辺境なのは事実ですからね」

「シャ、シャルロ様……私、そんなつもりじゃ……」

己の失言に気付いたのだろう。さっきまでの威勢はどこへやら、偽クロエはしどろもどろになった。対して閣下は容赦なく畳み掛ける。

「〝こんな所〟に留まっているのは、あなたもさぞ不本意だったことでしょう。よかれと思って仲人が来るまでうちに滞在していただきましたが……いやはや、申し訳ありません。余計なことをしてしまいましたね」

「そ、そんなことは……」

「ご安心ください。マルベリー侯爵には私から手紙を送っておきます。〝お嬢様のご要望により、この度の縁談は白紙に戻りました〟とね。お父上も、二度とあなたを〝こんな所〟に嫁入りさせようなどとお考えにならないでしょう」

「や、やめてっ！　手紙なんか送らないでっ……!!」

バンッと音を立てて扉が揺れた。偽クロエが縋り付いたようだ。

ここを開けて！　ちゃんと説明させて！　と扉をドンドン叩いて必死に訴えている。

しかし、閣下はただ淡々とした口調で続けた。

「あなたにとってはつまらない〝こんな所〟でも、私にとっては大事な故郷です。生涯をかけて守り抜き、骨を埋める地。そして——愛しい人と未来を紡ぐ場所なのです」

最後の一文で、閣下は偽クロエに向けた冷たい声とは裏腹に、私を振り返りにこりと笑う。

一昨日、王都に戻る直前、私と過ごす未来を思い描くようになっていた、と閣下の腕の中で聞いたのを思い出し、ドキリと鼓動が跳ね上がった。

そうこうしている内に、「シャルロ様、如何様《いかよう》に？」と、扉の向こうからシャルベリ家の家令の声が掛かる。軍人上がりらしい家令は、執事というよりも用心棒というのが似合う、すこぶる体格のいい人だ。

閣下はそんな彼に、躊躇《ためら》うこと無く命じた。

「クロエ嬢を客室へ。それから、メイド長を呼んで荷造りを手伝って差し上げるよう伝えてくれ。――トンネルの向こうの問題が片付き次第、クロエ嬢は王都へお帰りになる」

「ま、待って！　いや！　ちがう、ちがうのよぉ……!!」

とたんに、偽クロエが一際大きな声を上げたが、それも家令や他の使用人達の手によって程なく遠ざかって行った。

やがて、完全に彼女の声が聞こえなくなると、閣下はようやく鍵を外して扉を開いた。

部屋の前に誰もいなくなったのを確認すると再び扉を閉め、私の方を振り返る。そして、大きく一つため息を吐《つ》いた。

「もっと早く、こうすべきだったな。パトリシアにいらぬ面倒をかけた」

「閣下……あの、大丈夫なんですか？」

マルベリー侯爵家がシャルベリ辺境伯家より身分が上なため、仲人を引き受けた私の叔父が帰ってくるまで閣下は縁談相手であるクロエを排除することが難しかったのだ。

それなのに、クロエ——偽物の可能性が高いが——を王都に追い返してしまって、シャルベリ辺境伯家の立場的に問題はないのかと不安になる。そんな私に、閣下はニヤリと不敵に笑って見せた。

「確かに、うちが一方的に侯爵家との縁談を反故にするのは難しいが、クロエ嬢本人が〝こんな所〟は嫌だと言うのだから仕方がないさ。うちとしたら、侯爵家のお嬢様のご希望に添うだけだから、文句を言われる筋合いはないだろう？」

扉の前から戻ってきた閣下が、ベッドに腰を下ろして私の髪をさらりと撫でた。

昨夜雨に打たれながら、自分のいないたった一日やそこらで閣下の心がクロエに移っていたら……なんて考えてしまったことが恥ずかしくなる。

私はそれを誤魔化すように、偽クロエが残していった話題を振った。

「昨日は、食が進まなかったというお話でしたけれど……？」

「パトリシアがいない食卓はどうにも虚しくてね。長居する気になれなかっただけだよ」

「ずっと執務室にこもっていらっしゃった、とも……」

「執務室を出たって、どうせパトリシアの姿も見られないんだ。仕事に没頭して寂しさを紛らわせていた。女々しいことを言うと呆れたかい？」

最後の問いに、私はブンブンと首を横に振る。

その拍子に乱れた髪を、閣下が手櫛で丁寧に整えてくれた。

「一昨日は、確かに納得して君を帰したはずだったけれど、あれから私は死ぬほど後悔したよ。無茶をしてでも、君を自分の側に繋ぎ止めておくべきだった」

切なそうにそう呟いた閣下は、大人しくされるがままの私の頭をそっと自身の胸に抱き寄せた。

すぐ側で聞く閣下の心音が、徐々に速くなっていく。

「そういえば、まだ言っていなかったね。――おかえり、パトリシア」

「閣下……」

「私が迎えに行くつもりだったのに、まさか子竜の姿で君の方から戻ってきてくれるだなんてね。道中の苦労を思えば申し訳ないし、昨夜の満身創痍な姿を思い出すと可哀想でならないんだが……」

閣下はそこで言葉を切ると、私をぎゅうと抱き締める。

耳を押し当てた彼の胸の奥は、忙《せわ》しなく音を奏でていた。

「すまない――正直言うと、そうまでして私のもとに戻ってきてくれたことが、嬉しくて仕方がない！　まったく……パティはいったい、どれだけ私を悶えさせたら気が済むんだろうね!?」

ドキドキと、私の胸も高鳴る。

今なら、このまま閣下の腕の中で子竜になってしまったって平気だと思えた――その時である。

バーン！　と、何の前触れもなく扉が全開になった。

「閣下ー！　お取り込み中、失礼しますよっ!!」

「本当に失礼だな！　ノックくらいしようか!?」

偽クロエでも憚った閣下の私室の扉をノックも無しに全開にして、我が物顔で飛び込んできたのは、お馴染みのモリス少佐だった。今日も絶好調である。

上司の苦言もどこ吹く風で、彼はさっさと用件を告げる。

「つい先ほど、北のトンネルの向こうに王国軍が到着し、大捕り物が始まっております。現在のところ、我が軍に負傷者はなし。屋内待機中の一般市民にも目立った混乱はありません」

「それは重畳《ちょうじょう》。王国軍から制圧完了の通告があるまで、総員持ち場を死守すること。一般市民の外出禁止令も同様に継続する」

「御意。ところで閣下、昨夜からの雨のせいで貯水湖の水嵩《みずかさ》が増えてきているようです。南のトンネルを一部開放しても構いませんか？」

「南のトンネルか——待て、私が行こう」

閣下と少佐が、珍しく主従らしい真剣な顔をして話し合う中、私はというと……

「ぴい！　ぴいい……!!」

さっきまで自分が着ていたはずの閣下の上着の中でもがいていた。

やっとのことで顔を外に出せたかと思ったら、ぬっと黒い影が視界を覆う。

「ぴっ!!」

「わふっ」

少佐と一緒に部屋の中に飛び込んできたかと思ったら、いの一番に自分に駆け寄ってきた犬のロイ。彼に驚いて、私はまたしても子竜になってしまったのだ。

完全な好意によりベロベロと顔中を舐め回されながら、私は遠い目をした。

第十章　成れの果て

空は一面黒い雲に覆われ、朝日の居所はとんと分からない。

止め処なく降り注ぐ雨は、貯水湖の湖面をしきりに叩いて波立たせていた。

周囲を取り囲む山脈によって雨雲が遮られ、昔から水不足に悩まされてきたシャルベリ辺境伯領では、貯水湖が警戒水位に達するほど増水するのは珍しいことだ。

しかし、過去には痛ましい水の事故も起きている。

今から五年前、アレニウス王国全土を覆うような巨大なハリケーンが襲来し、各地に未曾有の大水害をもたらした際、シャルベリ辺境伯領でも貯水湖の氾濫を阻止しようとした一般市民二人が犠牲になった。

当時すでにシャルベリ辺境伯軍司令官として立っていた閣下は責任を感じ、犠牲者の遺族を陰ながら支えつつも、今もまだ罪悪感から解放されていない。

『軍の失態によって一般市民の尊い命が失われたことは、決して忘れてはならない。二度と同じ過ちを繰り返さないために、私は一生この罪を背負っていくつもりだ』

そう告げた閣下の固い声が、今も私の耳の奥に残っている。

少佐から貯水湖の増水の報告を受けた際、自ら南のトンネルに向かうと言ったのも、そんな思いがあったせいだろう。

「こら、パティ。濡れるぞ。頭を引っ込めなさい」

「ぴっ」

首を伸ばして雨に濡れる街並を眺めていた私は、頭上から降ってきた苦笑を含んだ声に顔を仰向ける。案の定、困ったような笑みを浮かべた閣下が、私の眉間にぷちゅっと唇を押し当ててきた。

子竜のパティが人間のパトリシアと同一体であるという衝撃から、閣下は早々に立ち直ったどころか開き直ったらしく、愛情表現するにも躊躇がなくなっている。

突然の再会に興奮した犬のロイの突撃により、またもや子竜姿になってしまった私は、軍馬に跨《また》がった閣下のマントの中にいた。閣下は留守番をさせたかったようだが、子竜姿なのをいいことに胸元にしがみついて駄々をこねまくった結果、最終的に私を引き剥がすのを断念したのだ。

北側トンネルの向こうでは、シャルベリ辺境伯軍が築いたバリケードの前で立ち往生していたドゥリトル子爵の私兵団に、ようやく追いついたアレニウス王国軍が背後から奇襲をかけた。

ドゥリトル子爵を含む大半はすでに捕らえられ、現在は散り散りに逃げた残党の掃討作戦が繰り広げられているという。

新国王の即位式を間近に控えているため、事を大きくしたくない王家は迅速かつ内密に事件が解決されることを望んでいる。

王太子殿下の立場を斟酌《しんしゃく》した閣下は、急遽即位式に関係する王国軍との合同訓練を執り行うと称し、夜半から今日の正午まで南北のトンネルの封鎖と全領民の外出禁止を通達していた。

そんな中、私達は南のトンネルに向かうために、シャルベリ辺境伯邸の裏門を出て大通りを右回りに走り出す。少佐も軍馬に跨がり、彼の愛犬ロイも随行する。

昨夜より降り続く雨のため、多くの家では雨戸を閉めてしまっていた。

蹄鉄が石畳を叩く音が、無人の町に雨に混じって響く。

軍馬の動きに合わせて、閣下と少佐の腰に提がったサーベルがカシャカシャと硬質な音を立てた。

本日休業の札を掲げたメイデン焼き菓子店とリンドマン洗濯店の前を通り過ぎ、貯水湖から南の山脈の向こうへと流れる水路に辿り着く。すっかり増水して濁った水路の中には、以前北側で見たようなマス達の姿を確認することはできなかった。

水の流れに沿って進んでいくと、やがてぽっかりと空いたトンネルの口が見えてくる。

「……っ、ぴっ⁉」

とたんに、私の全身に悪寒が走った。

軍馬は嘶《いなな》いて脚を止め、閣下と少佐を乗せた二頭とも前に進まなくなってしまう。

ロイも歯を剝き出し、トンネルの方を見据えてウーウーと低く唸り始めた。

「どうやら、中に何かいるみたいだな。モリス、南のトンネルに派遣した兵の数は？」

「北側に人員を多く割いているので、南側には中尉率いる一個小隊のうち、十名を配置しています」

閣下は私の背中を宥めるように撫でながら少佐と言葉を交わすと、動かなくなった軍馬を降りて歩き始める。

ぽっかりと口を開けたトンネルの奥は、脚を踏み入れるのを躊躇するほど真っ暗だった。

封鎖しているとはいえ、灯《あか》りが点《とも》っていないのは不自然だ。

入り口で立ち止まった閣下のマントの中で、私は全身がぞくぞくするような寒気に震える。

やがて、カツン、カツン……と、何か固い物が地面を叩くような音が聞こえてきた。

人間の靴音かと思ったが、それにしてはやけに重くて鋭い。

音は、トンネルの入り口に立つ私達の方へ徐々に近づいてくる。

私は閣下のマントをぎゅっと握り締め、固唾を呑んでそれが姿を現すのを待った。

「なんだ、あれは……」

「え、熊……？　牛……？」

それが雨空の下に這い出てきた瞬間、私はひゅっと息を呑む。

閣下と少佐は、腰に提げていたサーベルを抜いた。

ロイは私達の前に回り、体勢を低くしてさらにウーウーと唸る。

同じような唸り声がトンネルの方からも上がったが――その姿は、犬とは似ても似つかなかった。

閣下がサーベルの切っ先を向けたまま、苦々しい顔をして呟く。

「地下牢から連れ出されたという化け物――パティの翼を食いちぎった憎き犬の成れの果て、か」

それは、熊や牛よりもまだ大きく、全身毛むくじゃらの黒い塊だった。

四本の脚の先には竜のような鋭い鉤爪が付いていて、カツンカツンと聞こえていたのはそれが地面を打つ音だったらしい。大きく裂けた口からは鋭い牙が覗き、爛々《らんらん》と輝く目は真っ直ぐに私を捉えていた。

　さらにはもう一対、子竜の私に絡み付く視線がある。

　それは、化け物の背に平然と跨がっている人物から放たれていた。

「……へえ、驚いた。本当にいたよ。ホロウが、こっちに竜が居るって言うから半信半疑で来てみたけれど、まさかお前だったなんてね。久しぶりだね——落ちこぼれ子竜」

　嘲《あざ》み笑って私を「落ちこぼれ子竜」と呼ぶ声は、夢の中で何度も聞いた子供のものとは声変わりを経て随分と違っていたが、その風貌は取り戻した記憶の中の人物の面影を色濃く残していた。

　私と同じ、十七歳。現王妃譲りの栗色の髪と緑色の瞳をし、十歳の頃よりは少し腹違いの兄様と似てきたように思う。濃紺色の軍服は案外様になっているが、腰に提げたサーベルは典礼用みたいにやたらと装飾が目立った。

「……パティ、彼がミゲル殿下だね？」

　こそりと小声で問いかけてきた閣下に、私は震えながらこくこくと何度も頷いた。

　北側のトンネルからシャルベリ辺境伯領に侵攻しようとしていた連中は王国軍に捕らえられたが、その大捕り物から運良く逃れたのか、それとも最初から別行動する計画だったのか、とにかく化け物に跨がったミゲル殿下は警備が手薄だった南側のトンネルを突破してきたようだ。

　配置されていた十名の兵の安否も気になる所だが、ただならぬ存在をシャルベリ辺境伯領内に踏み込ませないためには、この場を死守する以外の選択肢はない。

　すぐに冷静さを取り戻した閣下は、隣で呆然と立ち尽くしていた少佐を叱咤した。

「モリス、ぼうっとしていないで増援を連れてこい！　それから、王国軍の士官に状況を報告!!」

「で、でも、閣下お一人ではっ……」

「さっさと行って、三分で戻って来い！」

「えええー、無茶をおっしゃる!!　ああ、もうっ！　ロイを置いて行くので使ってください!!」

少佐が乗った軍馬の駆ける音が遠のいていく。

それを背中で聞きながら、閣下は震える私をマントの下に隠した。

そして、サーベルの切っ先を相手に向けたまま口を開く。

「ミゲル・アレニウス第四王子殿下とお見受けします。私は、シャルベリ辺境伯軍司令官を務めます、シャルロ・シャルベリ。王国軍の命により、御身を拘束させていただきます」

「いやだね、お断りだ。こちとら七年も不自由を強いられていたんだよ。せっかく解放されたのに、また窮屈な毎日に戻るなんてのはご免だね」

「ならば何故、この度のような暴挙に出たのです。恩赦を与えてくださった王太子殿下に感謝して、慎ましく身の丈に合った人生を送るべきではなかったのですか」

「ふん、田舎貴族風情が分かったような口をきくな」

化け物の上で踏ん反り返ったミゲル殿下は態度だけは一人前だが、人格形成に失敗しているのは私の目から見ても明らかだった。

彼はじろりと閣下を睨《ね》め付けると、さも当然のように言い放つ。

「これより、僕がこの地を統治する。シャルベリ家はさっさと荷物を纏めて邸宅を明け渡せ」

「お言葉ですが、そのような勅命は受けておりません。我がアレニウス王国は歴史ある法治国家でございます。いかに王子殿下であろうとも、正当な理由もなく領有権を取り上げることなどできますまい」

「正当な理由ならあるさ。僕がこの地を治めることで、ここは正真正銘、王家の直轄地になるんだ。辺境伯領なんて、自ら田舎ですって名乗るような不名誉な名前も返上できる。きっと、民は喜ぶだろう」

「いや、領主が代わってもここが辺境であることに変わりないんですが……」

ミゲル殿下の幼稚な屁理屈に、閣下は呆れた顔をしてため息を吐《つ》く。

結局ミゲル殿下は、王都から離れた田舎の別荘で、退位する両親とともに隠居生活を送ることに納得していなかったのだ。そんな不満に付け入られる形で、政権交代が迫って後が無くなったドゥリトル子爵に担ぎ上げられてしまったのだろう。

彼は尊大な態度のまま、化け物の上で苛立たしげに言い放つ。

「とりあえず、その落ちこぼれ子竜を返してもらおうか。それは、生まれた時から僕のものなんだ」

「ほう、ご自分のものとおっしゃる割には、ちっとも大事にされなかったように聞き及んでおりますが？」

「僕が僕のものをどうしようと勝手だろう。そいつはね、見ての通り、竜を名乗るのもおこがましいほどひ弱なちびで、何の役にも立たない出来損ないだ。それを、かわいそうだから王子の僕が飼ってあげようって言っているんだ。大人しく言うことを聞いていればいいんだよ」

「なるほど……かわいそう、ね」

ミゲル殿下の口からは、実に滑らかに私に対する罵詈雑言が繰り出される。

それはかつて、幼い私が彼と会う度に浴びせられていた定型文にも等しかった。

明らかに自分よりも子供っぽい相手の言葉に今更傷付くことはないが、とはいえ聞いていて気持ちがいいはずもない。

閣下は、身を強張らせる私の背中を優しく撫でながら、ミゲル殿下を見据えてぴしゃりと言い放った。

「かわいそうなのは、殿下――あなたの方だ」

「……何だと？」

「愛しいものを愛しいと、ただ慈しむ方法もご存知ないのですね――まったくもって、哀れなことだ」

「……っ、貴様っ!!」

閣下のあからさまな挑発に、ミゲル殿下はたちまち逆上した。

腰に提げていたサーベルを、ごてごてと装飾された鞘から抜き放ち、閣下に斬り掛かってくる。

簡単に、化け物――ホロウから降りてしまったことが、彼が冷静さを欠いた証拠だった。

この隙に、ずっと身を低くして唸っていたロイが、一気にホロウへ飛びかかって鼻面に噛み付く。

急所を思いっきり噛まれたホロウは、キャン！　とその風体に似合わぬ子犬のような悲鳴を上げた。ホロウは確かに化け物に成り果ててはいるが、元々はただのペットの犬で特別訓練されていたわけではない。

一方、普段は温厚ながらも、ロイの方は賢くて勇敢な正真正銘の軍用犬だ。

しかも、ここで思わぬ加勢が現れた。一般的な成人男性の身長ほどの体長で、虹色に輝く鱗でびっしりと覆われた長い胴体を持つ存在——小竜神だ。

貯水湖の真ん中に立つ竜神の神殿は、南のトンネルの入り口からも辛うじて確認できる位置にある。そのため、ギリギリ小竜神の活動可能範囲内なのかもしれない。

閣下とミゲル殿下の目には映らない彼が、その長い身体をホロウの首に巻き付けて締め上げると、ロイは素早く背後に回って後ろ足に嚙み付く。バランスを失った真っ黒い巨体が雨に濡れた地面に倒れ、ばしゃん、と大きな水飛沫《みずしぶき》が上がった。

「なっ……ホロウ！　くそっ……!!」

明らかに体格差のあるロイに、ホロウが倒されるなんて想定外だったのだろう。小竜神の姿が見えていないから余計にである。

地面に転がった大きな相棒の失態に、ミゲル殿下が焦り出す。

彼のサーベルを片手で受け止めていた閣下は、静かな声で諭すように言った。

「恐れながら、殿下。私があなた様に差し上げるものは、何一つございません。シャルベリ辺境伯領も——もちろん、パティも」

「……っ、黙れっ!!」

キン、と切り結んでいた刀身を弾き、ミゲル殿下が後ろへ飛び退く。

煌びやかなサーベルはただの飾りではなかったのか、腕にはそれなりに覚えがあるらしい。七年間の謹慎生活中に、彼に剣術の稽古を付けた者がいたのだろう。柄を握り直して、腰を低く落としている。

雨はいつの間にか小降りになっていた。湿って重くなった栗色の前髪の隙間から、ギラギラと光る緑色の瞳が、閣下とその腕に抱かれた私を睨み据える。

「貴様……その落ちこぼれをどうする気だ？」

唸るような声でそう問うミゲル殿下に対し、閣下は冷ややかな眼差しを返した。

「質問にお答えする前に、パティを落ちこぼれなどと称すのを即刻やめていただきたい。その言葉は、彼女を表すのにまったくもって不適切です」

「落ちこぼれを落ちこぼれと呼んで何が悪い。歴代のメテオリットの竜のような強さも美しさもないちびが……」

「なるほど、殿下はとんだ節穴をお持ちで。彼女の良さが理解できないとは、何ともお気の毒なことです。心底ご同情申し上げますよ」

「なっ……ふざけたことをっ――！」

ミゲル殿下は怒りで顔を真っ赤にして、再びサーベルを振り上げた。

しかし、冷静さを欠いた状態で繰り出される剣戟は、打撃一辺倒だ。

ただただ力任せに振り回すばかりで、技術も何もあったもんじゃない。

一方、落ち着き払っている閣下は、私を抱えたまま最小限の力で悠々と相手をいなしていた。

「……っ、くそっ‼」

当然ながら、疲労の度合いは圧倒的にミゲル殿下に傾いていった。

肩で息をしているようでは、渾身の一撃だって閣下の片手で簡単に受け止められてしまう。

しかも、切り結んだのは一瞬で、閣下はそのまま刀身を滑らせ、相手の鍔《つば》を強く叩いた。

その衝撃に耐えかねたミゲル殿下が、思わずサーベルを手放す。

ガシャンと音を立てて石畳に叩き付けられたそれを、閣下はすかさず遠くへ蹴った。

濡れた地面に膝を突いたミゲル殿下が、口汚く悪態を吐く。

閣下はそれを淡々と見下ろしつつも、年長者らしく落ち着いた口調で言った。

「さて、先ほどパティをどうする気だとおっしゃいましたね。質問にお答えしましょう。僭越ながら、私は早々に彼女との縁談を進めたいと思っております。姉君のお許しさえいただければ、今すぐにでも」

「え、縁談、だと……⁉」

閣下の言葉にミゲル殿下は目に見えて動揺した。しかし、すぐに取り繕うように顔面に嘲笑を貼り付けると、ふんと鼻を鳴らす。

「そんな、何の役にも立たない出来損ないを娶ろうっていうのか？　はっ、随分と酔狂なことだ。田舎貴族の考えることは、まったくもって理解できないね」

「殿下に理解していただけなくとも構いませんよ。価値観は人それぞれですからね。邪魔さえしないでいただければ結構です」

「邪魔も何も、そいつは最初から僕のものだって言っているだろう！　僕の許しもなく縁談を進めようなんて、無礼にも程があるっ‼」

「無礼ついでに申し上げれば、パティをご自身の所有物であるかのように主張するのは、あなたの単なる独り善がりです。幼い子供ではないのですから、いつまでも駄々を捏ねるのはおよしなさい。みっともなくて見るに耐えないです」

ミゲル殿下に武器を手放させた閣下は、自らもひとまずサーベルを鞘に収めた。

しかし、言葉はむしろ斬れ味を増すばかり。

子竜の私にデレデレになっていた人と同一人物だなんて嘘みたいに、この時の閣下はそれこそサーベルの切っ先のように鋭く、また為政者らしい矜持に満ち溢れていた。

その迫力に呑まれ、さしものミゲル殿下もたじろぐ。

この間に、少佐が呼びに行った増援や王国軍が到着してくれれば、と私が思った時だった。

「――キャン‼」

突如甲高い悲鳴を上げて、ロイがホロウから離れた。

ぱっ、と周囲に血飛沫が飛ぶ。ホロウの前足の鉤爪が、ロイの横っ腹を掠めたらしい。

犬らしからぬ鋭い爪は、私の翼を食らったことで得た竜の爪だ。

次いで爪は首もとを掻きむしり、そこに巻き付いて締め上げていた小竜神をも引き剝がしてしまう。

ホロウは図体が大きいばかりでさほど強くはないが、再生能力が驚異的に優れているせいで回復が速く、やたらとタフなのが厄介だった。

さっきロイに思いっきり嚙まれた鼻先や後ろ足の傷も、もう塞がって皮膚が張っている。

引き剝がされた小竜神はその勢いのまま遠くへ投げられたものの、幸い地面に叩き付けられる前に体勢を立て直して激突を免れた。

ロイもとっさに距離を取ったために深い傷には至らなかったが、小竜神とは対照的に体勢を崩したところに、ホロウが猛然と襲いかかる。

それを目の当たりにした私は、気がつけば閣下のマントの中から飛び出していた。

「……っ、パティ！」

はっとした閣下が私の名を叫ぶ。

一瞬の隙を狙って、ミゲル殿下が懐に隠し持っていたらしいダガーを振り上げた。

閣下は間一髪のところでそれを躱し、再びサーベルを鞘から抜いて応戦する。

一方、私が無我夢中で横っ腹に体当たりをしたホロウは、ばしゃーんと水飛沫を上げて水たまりの上にひっくり返った。すかさず、ロイとともにホロウから距離を取り、実はちゃんと持って来ていた得物《えもの》——長兄のハンマーの柄を握り直す。

するとここで、私の背中に震える声が掛かった。

「パトリシア？　お前……その翼……」

閣下のマントに隠れて今まで見えていなかったのだろう。私の背に、七年前に自分が奪ったはずの翼が戻っていることに、ミゲル殿下はここで初めて気がついた。

とたん、彼は烈火の如く怒り出す。

「ふざけるな！　そんなもの、いらないって言っただろうが‼　どうして、僕の言うことを聞かないんだっ‼」

そうやって喚き散らしながら、手に持っていたダガーを私に向かって投げようとする。

それに気付いた閣下は、私に気を取られていたミゲル殿下と一気に距離を詰め、右手を捻り上げてダガーを奪い取った。さらに、足を払って地面に俯せに倒すと、膝で背中を押さえつつ後ろ手に彼を拘束してしまう。

閣下の鮮やかな手際に、ミゲル殿下は成す術《すべ》もなかった。

ところが彼は、自分を押さえつける相手には見向きもせず、ひたすら憎悪に塗《まみ》れた両目で私を睨んで叫ぶ。

「ホロウ――そいつを捕まえろっ‼」

飼い主の言葉に突き動かされるように、凄まじい咆哮《ほうこう》を上げたホロウの真っ黒い身体が大きく膨れ上がる。

それに驚いて後退ろうとした私は、水たまりに足を取られてひっくり返ってしまった。

慌てて起き上がろうと身を捩ったとたん、ガッと背中を押さえつけられて息が詰まる。

翼の付け根の間に、鋭い鉤爪の先がぐぐっと食い込んだ。

「……っ‼」

私は言葉もなく喘いだ。

七年前とそっくりの状況に、あの時感じた恐怖と痛みが甦ってきたからだ。

全身がブルブルと震え出した。胸が張り裂けそうに苦しくなって、涙で視界が滲む。

私を押さえつける大きな足に、ロイが噛み付いて引き剝がそうとする。慌てて飛んできた小竜神も再びホロウの首に巻き付き、ガブリとその鼻面に噛み付いた。

それなのに、ホロウはもはや痛みも感じていないのかびくともしない。

そこに、ミゲル殿下の高笑いが聞こえてきた。

「あははっ、落ちこぼれのくせに、僕に逆らうのが悪いんだ！　やれ、ホロウ！　もう一度、翼を引きちぎってやれっ‼」

ぐわっとホロウが牙を剝いたのが、背中越しにも分かった。

凄まじい恐怖が私の全身に伸し掛かり、身体の動きを封じてしまう。

「翼なんか二度と生えないよう、背骨まで食らってしまえっ‼」

ミゲル殿下の声は狂気に満ちていた。七年前と、結局彼は少しも変わっていなかったのだ。

狂気と恐怖と痛みで私を支配して、自分の手もとに置いておこうとする。

あの時の私は必死に姉を呼び続け、一番に助けに来てくれたのもやっぱり彼女だった。

けれど今、脳裏に浮かんだのは姉の金色の瞳ではなく、彼女と同じくらい――いや、時にはそれ以上に蕩けて私を見つめた空色の瞳。

（――閣下！　閣下、助けてっ‼）

私は心の中でそう叫び、閣下を求めて顔を上げようとした――その時だった。

「――ギャッ!!」

ゴキッと骨が砕けるような音が響いたかと思ったら、私を押さえつけていたものが唐突に無くなる。反射的に上を仰ぎ見れば、ちょうど閣下の長い脚が、おそらく二発目であろう蹴りを繰り出すところだった。

ドンッと鈍《にぶ》い音を立てて、ホロウの巨体が吹っ飛ぶ。

身体が二つ折りになるくらい強烈な蹴りを腹に食らった黒い塊は、巨大なボールみたいに二度三度と跳ねてから、湿った地面を転がっていく。

それを呆然と見ていた私を、温かな手が掬い上げてくれた。

「こーら、パティ。私のマントの中で大人しくしていないとだめだろう？　危ないことをしては、めっ、だぞ？」

「……ぴぃ」

今まさに、息もつかせぬ攻撃で化け物を蹴散らしたとは思えない、いっそ場違いな甘い口調で説教をした閣下は、再び私をマントの中に仕舞ってしまう。

もぞもぞと動いて顔だけ出せば、後ろ手に縛られたミゲル殿下は地面に座り込んでいて、ごろごろといまだ転がっているホロウをロイと小竜神が追い掛けていた。

さらには、遠くの方から馬の蹄の音が聞こえてくる。

少佐が呼びに行ったシャルベリ辺境伯軍の増援か王国軍が到着するようだ。

ようやく事態が収拾する気配を感じ、私は閣下の襟元に頭を預けてほっと息を吐く。

「怪我はないか？　後で、全身くまなく確認させてもらうからね？」

「ぴ……」

ただでさえ気が抜けたところに、閣下が優しく頭を撫でてくれるものだから、私は眠気に負けてうとうとしかける。

しかし、事態はまだ終わりではなかった。

「――ホロウ！　僕を置いてどこへ行くんだっ‼」

ミゲル殿下の悲痛な叫び声が響いたかと思ったら、たちまち閣下の身体に緊張が走る。

何ごとかと顔を上げれば、つい先ほどまでボールみたいに転がっていたホロウが、いつの間にか立ち上がって四本足で走り出していたのだ。

ホロウは水路の脇を水の流れに逆らって脇目も振らずに駆けて行き、ロイと小竜神がそれを猛然と追い掛ける。彼らの行く先には大通りがあった。

ホロウに町の中に逃げ込まれては厄介だし、それによってシャルベリ辺境伯領の領民に危害が及んでは大変だ。しかも相手は不死身ときた。

まずいな、と呟いた閣下が、私を抱いたまま軍馬に飛び乗り駆け出す。

わんわん、わんわんと、ロイの鳴き声が静まり返った町中に響いていた。

雨はいつの間にかすっかり上がっていて、雲の隙間からは所々光の筋が漏れている。

閣下ー！　と、遠くの方から少佐の声が聞こえてきた。

竜の視力によって、少佐に続いて駆けてくる馬の乗り手を知った私はほっとする。アレニウス王国軍参謀長――兄様が来てくれたようだ。

ところが、彼らがこちらに辿り着くよりも先に、ホロウが大通りへと躍り出てしまった。

右へ行くのか左へ行くのか。一瞬だけ迷うような素振りを見せたものの、結局雨によって増水した貯水湖へと飛び込むことを選んだようだ。


誰でもいいから、捕まえて――!!


私がそう、他力本願なことを心の中で叫んだ時だった。

貯水湖に向かって岸を蹴ったホロウの身体に、ついに追いついた小竜神が空中で絡み付く。

その瞬間、貯水湖の上空の雲に、突如としてぽっかりと穴が空いた。

穴はみるみるうちに大きく広がっていき、今の今まで雲に遮られていた分をぎゅっと濃縮したような強い光が溢れ出す。

光はホロウに巻き付いた小竜神の鱗に反射して、閃光となって辺りを包んだ。

次いで、あまりの眩《まばゆ》さに圧倒される私の視界に、一本の太い光の柱のようなものが雲の穴から下りてくるのが映り込む。

さらにそれは、湖面に到達する直前でくにゃりと曲がり、貯水湖の上で大きくとぐろを巻いた。

その表面は小竜神と同じ、虹色の鱗に覆われてキラキラと輝いている。

のそりと持ち上がってこちらを向いたのは、巨大な頭らしき部分。

閣下のそれとよく似た色の瞳と、私は一瞬、確かに目が合った。

閣下が呆然とそう呟いたことで、今度ばかりは私以外の目にも同じ光景が見えていると分かった。

「――竜、神……？」

突然、雲の中から姿を現したのは、竜神だった。

ロイとともにホロウを捕えようと奮闘してくれていた、石像の化身みたいな小竜神ではない。

正真正銘、シャルベリ辺境伯領の陰の支配者たる巨大な竜の神様だ。

人間と血を交わらせることで細々と種を繋いできたメテオリットの竜とは対照的に、人間の血肉を食らって神へと伸し上がった、私にとってはずっと恐ろしくてならなかった相手。

だが、いざ相見《あいまみ》えてみれば、その眼差しは拍子抜けするほど穏やかだった。

呆気にとられて立ち尽くす私達に、竜神はふいにふっと目を細め、笑ったように見えた。

しかしそれも一瞬で、次の瞬間には貯水湖に飛び込もうとしていたホロウに突進し、大きな口を開けてパクリと食らい付く。この時には、小竜神の姿は光に溶けるようになくなっていた。

とにかく、たった一口。

それで、決着がついてしまった。

ホロウは悲鳴を上げる間もなく、竜神の腹の中へ。

不死身の化け物の、あまりにも呆気ない最後だった。

その後、竜神は貯水湖の上を悠々と一周したかと思ったら、現れた時と同様に光の柱のようになって、あっさりと雲の中へ戻っていってしまった。

「「……」」

私と閣下は無言のまま顔を見合わせる。

いつの間にか側に戻ってきていたロイは、閣下が跨がった軍馬の足下に行儀よくお座りしていた。

第十一章　落ちこぼれ子竜の縁談

「返せ、返せよ！　ホロウを返せっ‼」

「あー、うっるさーい」

そろそろ喉が潰れるのではと心配になるくらい、ミゲル殿下はずっと喚き続けていた。

その顎を、ガッと片手で鷲掴《わしづか》みにしたのは私の姉マチルダである。

骨を粉砕しそうな勢いでミゲル殿下の顎をギリギリと締め上げながら、姉は隣に座る相手に、ねえと問い掛ける。

「リアム。こいつ、うるさいから舌を引っこ抜いてもいい？」

「うーん、まだだめかな。色々と聞かなきゃいけない話があるからね」

物騒な姉の言葉に苦笑いを浮かべたのは、第三王子にしてアレニウス王国軍参謀長のリアム殿下。

第四王子ミゲル殿下とその母方の伯父にあたるドゥリトル子爵によるシャルベリ辺境伯領への侵攻は、シャルベリ辺境伯軍と王国軍の協力のもとで速やかに鎮圧された。

南のトンネルを守っていた十名の兵は、ホロウが無理矢理倒したバリケードの下敷きになって身動きが取れなくなっていたが、大きな怪我を負っていなかったのが不幸中の幸いだった。

北のトンネルの前で拘束されたドゥリトル子爵とその私兵団は、王国軍によって早々に王都へ送り返されることになっている。

国家が正式に認めたシャルベリ辺境伯家を脅かし、その領土を不正に手に入れようとした彼らの罪状は、内乱罪に当たる。首謀者はドゥリトル子爵。次の政権において完全に居場所を失うばかりか、現王妃の実兄という立場を利用して行《おこな》っていた数々の不正が暴かれて王都に居られなくなることを見越した上での犯行だった。

シャルベリ辺境伯領が狙われたのは、アレニウス王国で唯一の自治区であり、南北のトンネルを封鎖してしまえば籠城できると考えたかららしい。

国法では、内乱罪の首謀者は死刑または無期禁錮に処すとされている。いずれにせよ、裁判は新国王の即位式が済んでから行われるため、それまでドゥリトル子爵は拘置所で過ごすことになるだろう。

ミゲル殿下は、結局ドゥリトル子爵に担ぎ上げられただけだった。

シャルベリ辺境伯領は王族が正しく治めるべきであり、現国王最愛の末王子であるミゲル殿下が復権して活躍する場としてふさわしい、と唆かされたらしい。

そして、七年前の行いをちっとも反省していなかったミゲル殿下は、当たり前のように私の所有権を主張するつもりだった。とはいえ、少しは年を重ねて分別を覚えたのか、相応の権力がなければメテオリットの竜を側に置くことができないのも理解していたようだ。

つまり結局のところ彼は、落ちこぼれ子竜と扱《こ》き下ろしていた私が欲しくてシャルベリ辺境伯領を得ようとしたのだという。

「はあ……まあ、どちら様も、こちらの意思を無視して好き勝手やってくれますね」

一連の事情を聞き、深々とため息を吐いたのは閣下だった。

現在、閣下の執務室に集まっているのは、閣下と少佐とロイと私、それから姉と兄様と、彼らの足下に転がされたミゲル殿下だ。

兄様とソファに並んだ姉は、向かいに腰を下ろしている閣下をビシリと指差した。

「ちょっと、そこの人！　さっきからパティを撫で過ぎ！　なでなでし過ぎっ‼」

姉の指摘通り、閣下は膝の上に抱いた私の頭をずっとなでなでしている。

ちなみに、私の姿は子竜のままだ。

というのも、事態が収束してから、実はまだ一時間ほどしか経っていなかった。

モリス少佐とともに現場に駆け付けた兄様から遅れること半時間。お腹の子供に配慮し、駅からは馬車を使ってやってきた姉とは、シャルベリ辺境伯邸で合流した。

「いやもう、こうやってパティを撫でて癒やされていないとやってられませんよ。無能な子爵をここまでのさばらせたのも、七年かけてもそちらの王子殿下を更生させられなかったのも、全部中央の失態ではないですか。我々シャルベリ辺境伯領としてはとばっちりもいいところですよ」

「うーん、耳が痛いね。慰謝料代わりに、気が済むまでパティを撫でてくれ」

閣下の苦言に肩を竦めた兄様が、私を生け贄に差し出した。

そんな彼の肩を、姉が摑んでガクガクと揺すぶる。

「ちょっと、リアム！　勝手にパティを売らないでちょうだい！　私だってパティに癒やされたいし、なでなでしたぁいっ!!」

「はいはい。君は十七年間たっぷりパティを享受しただろう。そろそろ妹離れしなさい」

駄々を捏ねる姉を、兄様が手慣れた様子で窘める。すると、彼らの足もとからも声が上がった。

「その竜は僕のだって言ってるだろう！　気安く触るなっ!!」

「「——お前は黙ってろ」」

後ろ手に縛られて絨毯の上に転がされたミゲル殿下の主張は、瞬時に一刀両断された。

息の合った姉と兄様に、閣下はほうと感心したように頷いている。

一方、めげないミゲル殿下は、キッと兄様を睨んで叫んだ。

「リアム兄上は狡《ずる》いっ！　自分だけメテオリットの竜を手に入れて、味方にしてっ……昔からそうだ！　兄弟はみんなリアム兄上の味方で、僕には見向きもしてくれなかった!!」

「んん？　おやおや……何か言い出したな？」

青い目をぱちくりさせた兄様が、姉から足裏マッサージするみたいにふみふみされているミゲル殿下の顔を覗き込む。国王夫妻に甘やかされて我が儘放題のミゲル殿下に、兄様を含めた腹違いの兄姉達が呆れて距離を取ったのは事実だが……

「ミゲル……お前まさか、私がマチルダと一緒にいたから、パティに——メテオリットの竜に執着したのか？」

「……ち、ちがうっ」

「もしかして……私が羨ましかったとか?」

「……っ」

唇を噛み締めたミゲル殿下が、涙目でぐっと兄様を睨みつける。無言の肯定だった。

すると兄様は、いきなり弟の栗色の髪をわしゃわしゃと撫でてから、困った顔をして続ける。

「あのね、私もお前が羨ましい時があったよ。父の愛情を独り占めするお前が、子供心に妬ましかったさ。何しろ私は生まれてこの方、父に抱いてもらうどころか、名を呼んでもらったことすらないのだからね」

「え……?」

前王妃は、兄様の出産直後に亡くなった。彼女を深く愛していた国王陛下は食べ物がろくに喉を通らないほど消沈し、それはミゲル殿下の母親と出会うまで続いたという。

国王陛下は言葉にすることはなかったが、心のどこかで前王妃が亡くなったのは兄様のせいだと思っていたのだろう。

「私は、親から与えられなかった分の愛情をメテオリット家の人々からいただいて、今こうして生きている。一生添い遂げたいと思う人と出会えたし、可愛い妹もできた。でも——お前のことも、弟として大事に思っているよ」

「う、嘘だ!」

とっさに兄様の言葉を否定したミゲル殿下を、姉がまたガスッと踏みつけて呆れた顔をした。

「ちょっとは考えてから物を言いなさいよ。どうでもいいヤツのために、片目を差し出す馬鹿がどこにいるっていうの」

「で、でも……」

「私は今でもお前を殺してやりたいほど憎んでいるよ。私の可愛いパティを傷付けたこと、絶対に許さない。けれど、リアムに免じてあの時は牙を収めた。竜に身体の一部を捧げるということは、人生を捧げるということだ。そうまでして守られたのに、お前ときたらっ……」

「うっ、ぐえっ……だって、そんな……」

姉はゴミを見るような目で見下ろしながら、ミゲル殿下をグリグリと踵《かかと》で踏みつけた。

当のミゲル殿下はというと、呆然と兄様を見上げている。

自分が知らずに兄弟に守られていた事実を突き付けられ、振り上げた拳をどうしていいのか分からなくなってしまったのだろう。

そんな中、コンコンと扉がノックされる。

部屋の主《あるじ》である閣下が投げ掛けた誰何に、応えたのは旦那様の声だった。

扉を開いた旦那様が、姉の足置きにされているミゲル殿下を見て目を丸くする。

しかし、すぐに気を取り直してコホンと一つ咳払いをしてから、客人を連れてきた、と告げた。

「おや！　おやおやおや！　役者が揃っているねぇ!!」

はたして、場違いなほど声を弾ませながら部屋の中に入ってきたのは、私を最初にシャルベリ辺境伯領に連れてきた叔父だった。

あの時、一月《ひとつき》後に迎えに来ると言い置いて出掛けていったが、予定より早く戻ってきたようだ。

「あら、叔父さん、ここで会ったが百年目。私がお願いしていたパティの縁談について、随分勝手な真似をしてくれたそうじゃない？　――後でちょっと、倉庫裏まで顔を貸してもらえるかしら？」

こめかみに青筋を浮かべた姉の言葉に、おお、こわい！　と叔父は全然怖くなさそうに笑う。

相変わらず悪怯れる様子のない叔父に、閣下は飽きもせずに私の頭をなでなでしながら苦笑いを浮かべていた。

しかしここで、叔父に続いてとある人物が入ってきたことで、部屋の空気は一変する。

とたん、閣下は両目を見開いて、私を抱いたまままさっとソファから立ち上がった。

ごくり、と閣下が唾を呑み込む音を、私は至近距離で聞くことになる。

「陛下――国王陛下」

唐突に現れたのは、アレニウス王国の現国王――兄様とミゲル殿下の父親だった。

旦那様や叔父と同年代のはずの国王陛下だが、彼らと並ぶとずっと老けて見えた。

三番目の息子であるリアム兄様の銀髪と違い、国王陛下のそれは加齢による白髪のようだ。

国王陛下は、姉の足置きにされているミゲル殿下を見て目を丸くしていたが、すぐに顔を引き締め、私達が陣取るソファの方へ歩いてきた。

そんな国王陛下に敬意を表して直立不動の姿勢を取ったのは閣下と少佐だけで、床に転がされたミゲル殿下はともかくとして、姉と兄様はソファから立ち上がる素振りさえない。

玉座を譲る条件としてミゲル殿下の謹慎解除を掲げたことで、国王陛下と兄様を含めた上の息子達の関係は完全に決裂してしまった。七年前の約束を反故にする上、なおも後妻が産んだ子供だけに心を砕こうとする父親を、前妻が産んだ子供達が見限るのも当然だろう。

それでも、国王陛下は国王陛下である。

私は閣下の腕に抱かれながら、姉と兄様が不敬罪に問われまいかとハラハラしていた。

しかし、幸いそれは杞憂に終わる。

国王陛下は姉と兄様の態度を咎めることもないまま、二人に向かっていきなり頭を下げたのだ。

ぎょっとする一同の前で、国王陛下は口を開く。

「この度のミゲルの暴挙、父親として心より詫びたい。誠に申し訳なかった」

「ち、父上……」

自分の行いが原因で、父親に――しかも、一国の国王に頭を下げさせてしまったことに、さしものミゲル殿下も動揺する。

なおも床に転がったままの末息子を、国王陛下はひどく悲しそうな目で一瞥した。

そんな父子《おやこ》に、姉は冷淡な眼差しを向ける。

「お言葉ですが、陛下。そもそも謝る相手を間違えていらっしゃるんじゃないですか？　今回、あなたの愚かな息子のせいで最も迷惑を被《こうむ》ったのは、私でもリアムでもなく、そちらにいる私の可愛い妹とシャルベリ辺境伯領の方々です」

「ああ、そうか……そうだな……」

不躾な姉の言葉にも神妙な顔で頷いた国王陛下が、閣下とその腕に抱かれた私、後ろに控えた少佐の方に向き直る。

改めて姿勢を正して緊張する私達の側で、犬のロイだけが暢気《のんき》な顔をしてしっぽを振っていた。

「息子が、すまなかった。長年、よく王家に仕えてくれたシャルベリ家に対し、無礼千万な振る舞いであった。私は国王である前にミゲルの父親として、この度のこと、心より申し訳ないと思っている」

「いいえ、陛下。我ら一族がこのシャルベリ辺境伯領を治めることを、陛下が正しく認めてくださっているのでしたら、私はもう何も申し上げることはございません。今後も変わらず、ここに住まう民のため、アレニウス王国の平穏のため、粉骨砕身して務める所存です」

沈痛な面持ちで謝罪する国王陛下に、閣下は穏やかに、しかし堂々と言葉を返す。

すると、国王陛下が懐から一通の書状を取り出した。それは本来なら早々に届いていたはずの、シャルベリ辺境伯位を閣下が継ぐことを認める、国王陛下のサイン入りの任命状だった。

「君のますますの活躍を期待している。新たに国王となる私の息子にも、どうか力を貸してやっておくれ」

「拝命致します」

閣下と国王陛下のやり取りを見て、扉の側に立っていた旦那様が目頭を押さえている。叔父はその肩を叩いて、立派な息子さんだねぇ、と笑った。

そんな中、国王陛下は閣下の腕に抱かれた私に向き直る。

メテオリット家の成り立ちを知っている国王陛下は子竜を見ても驚く様子はないが、私個人とはほとんど面識がない。ガチガチに緊張する私の背を、閣下が宥めるように撫でてくれた。

国王陛下はそんな私達に眦を緩め、懐かしそうな顔をする。

「やあ、パトリシア。驚いた。お母さんの小さい頃にそっくりだ。あの頃は、彼女もそうやってだっこさせてくれたんだがなぁ」

「……ぴ？」

意外なことを聞いた。メテオリット家は王家の末席に連なり、時の国王やその家族と浅からぬ関係を築いてきた流れで、目の前の国王陛下と私の母が幼馴染であったことは知っている。

ただし、母は自分の幼少期の話など、一度も語ったことがなかったのだ。これは、姉も然り。

メテオリット家の先祖返りは総じてプライドが高く、弱々しかった子供の頃のことなど思い出したくないのかもしれない。

それでも、姉や母にも確かに、今の私みたいな子竜の時代があったはずなのだ。

そんな至極当たり前のことに、私は国王陛下の言葉で初めて気付かされた。

とたんに、ミゲル殿下に落ちこぼれだとか成り損ないだとか言われたのを真に受けて、いちいち落ち込んでいた過去が馬鹿らしくなる。

ちびだけど、姉みたいに美しくも強くもないけれど、そんな自分を恥じる必要なんて少しもないんだと、私はこの時思い至ったのであった。

「パトリシアにはいくら詫びても足りないだろう。幼い君の尊厳を傷付け、とてつもなく辛い思いをさせてしまったこと、そして再びそれを繰り返そうとしたこと――私の余生の全てをかけてミゲルを真っ当な人間にすることで、償いたいと思っている」

後宮に入り浸り現王妃の一族を重用する一方で、前王妃が命と引き換えに産んだ兄様を顧みなかったりと、これまで耳にしていた国王陛下の評判は散々だった。しかしここにきて、真摯に謝罪する姿に少々印象が改まる。彼はきっと押しに弱く流されやすいだけで、人間性自体が歪んでいるわけではなかったのだろう。

現在、実質アレニウス王国の頂点に立っているハリス王太子殿下は、ミゲル殿下を裁判にはかけずに王都から追放することに決めたらしい。行き先は、元々移り住むはずだった田舎の別荘地から離島へと変更になった。こちらも一応別荘地には違いないが、実質流刑だ。

それに付いて行くらしい現国王夫妻も、おそらく悠悠自適の余生とはいかないだろう。

とにかく、間近に控えた即位式にこれ以上けちを付けられたくないハリス王太子殿下は、ミゲル殿下に関してはそれで手打ちにしたいようだ。しかし、当事者に相談もなく勝手に話を進めたことで、姉の機嫌は再び最悪なことになった。

私だって、ミゲル殿下のことを許せと言われれば簡単には頷けないだろう。ただ、少なくとも国王陛下の誠意は伝わってきたため、人語を話せない私はこくこくと頷いて返した。

ところがである。

国王陛下が、今後二度とミゲル殿下を私に接触させないことを誓う、と告げたとたんだった。

「そんなっ……そんなこと、認めるもんかっ‼」

それまで口を噤んでいたミゲル殿下が、姉の足の下から顔を上げて猛然と抗議し始めたのだ。

パトリシアは自分のものだ、自分が飼うんだ、と相変わらず彼の主張は一貫していた。

それを聞かせまいとしてか、閣下の大きな手が私の子竜の耳を塞ぐ。

姉は青筋を立てて、ミゲル殿下の頭を思いっきり踏みつけようと足を上げた——その時だった。

「——黙れ、ミゲル!!」

「……っ!?」

鋭い声で一喝したのは、国王陛下だった。これまで甘やかされるばかりで、声を荒らげて叱られたことなどなかったであろうミゲル殿下は絶句する。

「お前はもう何も喋るな。己がこの場にいる人々の恩情によって、辛うじて生かされていることを自覚しなさい」

そう続けた国王陛下の声は震えていた。

もしかしたら、自身がこうしてシャルベリ辺境伯邸に到着するまでの間に、ミゲル殿下が王国軍なり姉なりの手で死んでしまっていてもおかしくない、と覚悟してきたのかもしれない。

痛ましいものを見るような目でミゲル殿下を一瞥してから、国王陛下が改めて向き直ったのは姉だった。

「ミゲルをこんな風にしてしまったこと、私自身責任を感じている。必要とあらば、この目を——片目と言わず、両目を抉ってくれても構わない。そうする覚悟で、ここに来た」

「ち、父上っ……そんなことっ……!!」

国王陛下は、この場で一番力を持っているのは姉だと判断したらしい。

部屋の主である閣下でも、現シャルベリ辺境伯である旦那様でも、王国軍参謀長である兄様でもない。

今ここで物理的に最強なのは、始祖たるメテオリットの竜の再来と謳われる姉なのだ。

おそらく、その判断は間違ってはいないだろう。

当の姉はしばらくの間真意を探るようにじっと国王陛下を見つめていたが、やがてため息を吐《つ》きながら口を開いた。

「いらないですよ。陛下の目玉なんて、私にとって何の価値もない。まあ、パティとシャルベリ辺境伯領の方々が望むならば、抉って差し上げますけれど？」

「結構です。遠慮します。必要ありません」

姉の言葉を閣下が食い気味に否定する。私もブンブンと首を横に振った。

それを見た姉が、肩を竦めて続ける。

「陛下、勘違いしないでいただきたいんですけど、七年前に私が代償として目玉を受け取ったのは、あれがリアムのものだったからですよ。リアムは私にとって掛け替えのない存在ですから」

「いや、マチルダ……改めてそういうことを言われると、照れるんだけど……」

「照れたきゃ照れればいいじゃない。食らった右目も含めて、今じゃあなたの全部が私のものなんだからね」

「うーん……これは、参ったね……」

目玉を食った食われたと物騒な話題だが、姉と兄様的には惚気話《のろけばなし》だったようだ。

仲のいい夫婦だね、と閣下に耳元で笑われて私まで照れくさい気分になった。

一方、姉と兄様の様子に国王陛下も気が抜けたらしく、一つ大きなため息を吐いた。

そうして、ようやく床に転がっていたミゲル殿下を立たせて部屋から連れ出そうとするその背に、姉が思い出したかのように、そうそう、と声をかける。

「陛下はご興味ないかもしれませんが、一応報告しておきますね。来年早々、陛下に孫が一人生まれますよ。女の子の場合は、もしかしたら竜かもしれません」

「ま、孫⁉　そ、それはつまり……」

姉の言葉で、彼女が妊娠していること、そしてその父親が自分の息子であることを察した国王陛下は、慌てて立ち止まってこちらを振り向く。

一瞬ぐっと言葉に詰まってから、噛み締めるように言った。

「教えてくれてありがとう、マチルダ。女の子でも、男の子でも……竜であろうとなかろうと、ただ健やかに生まれることを心より祈っている――おめでとう、リアム」

それを聞いた兄様は、姉と顔を見合わせて苦笑いを浮かべた。

それから、小さく肩を竦めて茶化すように言う。

「生まれて初めて、名前を呼んでくださいましたね」

二十数年冷えきっていた兄様と国王陛下の親子関係が、ようやくわずかに融解した瞬間だった。

そして――

「さようなら、父上」

永遠の決別の瞬間でもあった。

＊＊＊＊＊＊

ミゲル殿下を連れた国王陛下と、彼らに付き添って旦那様が部屋を出て行く。

一瞬しんと静まり返る中、真っ先に口を開いたのは叔父だった。

「いやいやいや、陛下も苦労するねぇ」

恰幅のいい身体を揺らしながら、私達のいるソファの方に歩いてきた彼は、やれやれといった風に肩を竦める。

「今の王妃を後妻に迎えるの、僕は反対したんだよ。陛下は聞く耳を持たなかったから、まあこうなってしまったのは仕方ないよね」

そう言う叔父を、姉がじろりと睨んだ。

「まるで、自分の忠告を聞かなかったから、こんな状況になったみたいな言い方するわね。叔父さん、一体何様なのよ」

「えっ、僕？　僕は善良な仲人だよ？　ただし、数多《あまた》の幸福な夫婦を誕生させてきた、凄腕のね！」

凄腕というのは誇張ではなかった。事実、旦那様と奥様の仲を取り持ったのも、国王陛下と亡き前王妃が結婚したのも、はたまた私の両親をくっつけたのまで叔父の功績らしい。

しかも、前王妃と私の母を引き合わせたのも彼だというから、姉と兄様の縁が結ばれるのにも一役買っている。

そんな叔父に、私と閣下も、それぞれ別々に縁談をまとめてもらうはずだったのだ。

結局私とロイ様も、閣下とクロエも、実際結婚まで至らなかったのだが……。

「あっ、そういえば！」

と、ここで声を上げたのは、それまで閣下の従者として黙って後ろに控えていた少佐だった。

少佐は、私を抱いてソファに座り直した閣下の後ろからずいっと身を乗り出し、姉と兄様に向かって問う。

「クロエ嬢を名乗った女の身柄も、王国軍が引き取ってくださるんですよね？　できれば早急にお願いしたいんですが！」

身勝手な理由でシャルベリ辺境伯領にやってきたのは、ミゲル殿下とドゥリトル子爵だけではなかった。

クロエ・マルベリーと偽って閣下の妻の座に収まろうとしていた女性。彼女はなんと、ドゥリトル子爵の娘、ミリア・ドゥリトルだったのだ。

旦那様が同一人物と判断してしまうほどミリアとクロエがそっくりな理由を、私達はここで初めて知ることになる。

「――双子？　ドゥリトル子爵の娘とマルベリー侯爵の娘が、ですか？」

「もちろん、片方が養女に出されてややこしいことになっているんだよ」

目を丸くする閣下に、兄様が苦笑して答える。ちなみに閣下の手はさっきから私のほっぺをムニムニしていて、それを見た姉がギリギリしている。

そんな姉を宥めながら兄様が語ったクロエ――いや、ミリアの境遇は、実に複雑であった。

「マルベリー家の姉妹が十歳の時のことだ。二つ年上の兄が原因不明の病を患ってね。医者にも見放され、マルベリー侯爵は途方に暮れた。大事な跡取り息子を何としても救いたかったんだろう。彼が藁《わら》をも縋る思いで頼ったのは、高名な占い師だった」

占い師は無責任にも、マルベリー家に凶星を呼び寄せているのは双子の娘達で、どちらかを家から出さねば更なる災いに見舞われるだろう、などと宣った。それによって、ミリアは母の妹が嫁いでいたドゥリトル子爵家に養女に出されてしまったのだという。

彼女は自分を捨てたマルベリー侯爵家をひどく恨んでいた。

そして今から半月ほど前、使用人と駆け落ちしたものの生活に行き詰まったクロエ本人が金の無心に来たことで、閣下と彼女の縁談が宙に浮いていることを知り、自分が成り代わることを思いついたらしい。

クロエのふりをして閣下との間に既成事実でも作り、自分がシャルベリ辺境伯夫人の座に収まることで、マルベリー侯爵家を見返してやろうと考えたのだ。

ただでさえこの時、養父であるドゥリトル子爵の金策のために、年老いた成金男の後妻に差し出されそうになっていた彼女は、何としても閣下を落とそうと必死だった。

ついでに、王国軍の会合に出席した閣下を目にしたこともあって、その頃から憎からず思っていたらしい。

ただ、ドゥリトル子爵がシャルベリ辺境伯領に侵攻しようとしていることは知らなかったようで、ミリアは別段罪に問われることもなく王都に帰らされる運びとなった。

「ドゥリトル子爵家は今回のことで爵位剝奪を免れないだろうから、王都に戻ったところでミリアを待っているのは茨《いばら》の道よ。正直、同情する。いっそ、本当にシャルベリ家に嫁がせてあげればいいんじゃない？」

「えっ、冗談はよしてくださいよ！　これ以上あの人の相手をさせられたら、うちの閣下がストレスでハゲてしまいます！　それに、そもそも閣下はパトリシア嬢と縁談を組み直す気満々なんですからねっ‼」

他人事みたいに言う姉に、少佐が食って掛かる。

すると、姉はいきなり真顔になって、少佐ではなく閣下を見据えて続けた。

「パティと縁談を組み直す、ですって？　ミリアくらいで手を焼いているような男が、はたしてメテオリット家の女を扱えるのかしら。私達は人間だけれど、同時に竜だもの」

「おや、随分今更なことをおっしゃる。そもそも、ロイ――私の弟との縁談を勧めたのはあなただと伺っておりますが？」

「だって、ロイ・シャルベリは竜神の力を受け継いだ先祖返りでしょう？　同じ先祖返りとして、きっとパティの気持ちも分かってくれると思ったのよ」

「なるほど……我が家の事情をよくご存知で」

竜神の眷属とされているシャルベリ辺境伯家だが、現在先祖返りとされているのはロイ様ただ一人。彼以外は、旦那様も閣下も、三人のお姉様達も普通の人間として生まれている。

メテオリット家との大きな違いは、そもそもシャルベリ家に直接竜の血が混ざっていないことだろう。シャルベリ家が竜神の眷属となり得たのは、あくまで生け贄を捧げたことへの対価である。

姉は閣下をまっすぐに見据えたまま、淡々と言葉を続けた。

「もしも、途中で持て余して放り出されるくらいなら――そうしてパティが傷付けられるなら、今すぐ手を引いてもらいたいの。傷が浅いうちに、王都に連れて帰るわ」

私はひゅっと息を呑んで、とっさに閣下にしがみついた。

閣下はそんな私を両腕で包み込み、落ち着いた様子で姉と対峙する。

「正直に申し上げると、ミリア嬢に限らず、私は基本的に女性の相手が苦手です」

「あら、だったら尚更、妹は任せられないわね」

「いえ、そんな私にとってパティは特別なんです。彼女との縁を繋いで下さった叔父上殿には、今では深く感謝しております」

「……ちょっと、そこ！　叔父さんったらニヤニヤしない！　パティの縁談相手を勝手に変更しようとしたこと、私はまだ許していないんだからねっ!!」

閣下の感謝の言葉を聞いて、「損はさせないって言ったでしょう？」と誇らしげに胸を張る叔父を、姉がぴしゃりと牽制する。私はハラハラしながら、閣下と姉の顔を見比べていた。

「竜のパティも、人間のパトリシアと同じくらい、私にとっては大切です。持て余すだなんて、あり得ない。姉君が心配するようなことは、何も起きないと断言いたしましょう」

「へえ……その根拠は？」

姉が胡乱《うろん》げな顔をしてそう話を振ったとたん、閣下はたちまち水を得た魚のようになった。

「だって、パティはこんなに可愛いんですよ？　大事にするに決まっているでしょう⁉　手だって小さくて可愛いのに爪だけは健気《けなげ》に尖っているとか、ご存知でしたか？　いや、当然ご存知でしょうね！　あなたはお姉さんですからね‼」

「は？　ご存知もご存知、あったり前じゃないのっ！　パティの爪切りは赤ちゃんの頃から私の担当だったんだもんねー！　それにしても爪に注目するなんて……あなた、なかなかの見る目があるわね。パティ愛好家筆頭の私的には、ちっちゃな牙も推してるんですけど？」

「ほう、牙……どれ、パティ。ちょっとあーんして、私にも牙を見せておくれ。ほら、あーん。大丈夫、恥ずかしくないよ？」

「ああん、パティ！　お姉ちゃんにも久しぶりに可愛いの見せてっ！　あーん、してぇ‼」

一体これは何が始まったのだろう……。

自分の子竜っぷりを話題にしてたちまち意気投合した閣下と姉に、私は目が点になる。

パティ愛好家って、何ソレ。初耳なんですけど。

私の困惑をよそに、閣下と姉はますます盛り上がっていく。

「一度、子竜姿で字を書いてくれましてね。小ちゃい手でぎゅっとペンを握っているのも、プルプル震えながら一生懸命紙に向かっている姿も、何なら書いた字までも可愛くて……あれはもう、悶えずにはいられませんでしたね」

「分かる、それ！　書いた字はへったくそなんだけど、一生懸命さがひしひしと伝わってきて尊いの極みなのよね！　私なんて、初めてこの子が書いた字、こっそり額に入れて寝室に飾ってるんだから‼」

いつぞや、王都で行われたという王国軍の会合の打ち上げで、閣下と姉が弟妹談義で大盛り上がりしたことがあったと聞いたが、その時の光景を彷彿とさせるようなやり取りである。

ただ決定的に違うのは、今は二人とも素面《しらふ》だということだ。

字がへったくそだとか、初めて書いた字を額に入れて飾ってるとか、正直聞き捨てならない言葉は多々あれど、子竜の今は文句さえ言えない。

ぐぐっと眉間に皺を寄せた私を見兼ねた兄様が、ここでようやく二人の会話に割って入ってくれた。

「二人とも、肝心のパティが置いてきぼりになっているよ。君達のパティ愛は充分に理解できたから、後はパティ自身がどうしたいのかを聞くべきじゃないかな？」

そんな兄様の意見に、閣下も姉も異論はないようだ。ただ、一つ問題があった。

私が子竜から人間の姿に戻って話し合いの席に着くには、じっくり睡眠をとったりして心拍数を落ち着ける、という実に面倒くさい手順が必要なのだ。

そのため、この場はひとまず解散し、明日にでも仕切り直しを、というような空気になりかけたのだが……

「パティを……というか、メテオリットの竜を、強制的に人間に戻すとっておきの方法があるんだけど——シャルロ殿、聞きたいです？」

「——は？　ちょっとリアム、何を言って……⁉」

「ええ、是非」

いきなりなことを言い出した兄様に、姉がぎょっとして胸倉を掴む一方で、閣下は一も二もなく頷いた。

私はまたもや目が点になる。だってそんな方法、私自身だって知らなかったのだ。

何故だか顔を赤くした姉にガクガクと揺すられながら、にこにこした兄様は自分と彼女の唇を順にトントンと人差し指で突《つつ》いた。

「キスをするんだよ、唇に。竜に真実好かれている相手がね。なかなかどうして、ロマンチックでしょ？」

私は思わず閣下と顔を見合わせた。

思ってもみない、それこそおとぎ話に出てきそうな方法だったからだ。

私だって幼い頃、王子様のキスでお姫様が目覚めるシーンに憧れたことがある。女性優位なメテオリット家では、意識のない姫に断りもなくキスをする王子は如何《いかが》なものかと物議を醸したが。

しかし、兄様の話はおとぎ話でも机上の空論でもなく、ちゃんとした根拠に基づいていた。

「まず、マチルダやパティのようなメテオリット家の先祖返りは、竜の姿をとることはあっても、生物学的には人間と変わりはない。彼女達が竜化するのはそもそも生存本能からなので、命の危険がなくなれば竜の姿でいる必要がないわけだ」

私が落雷や犬のロイに驚いて子竜になってしまったのも、命の危険を覚えて危機回避能力が働いた結果だった。つまり、竜の姿になっている時の私は、生存本能が全開だということだ。

兄様の言うように、メテオリット家の先祖返りは生物学的には人間であって、本来なら竜の姿であることは異常――ある意味、手負いの獣の状態なのだ。

そんな中で他人とキスのような濃厚な接触をする場合、竜は相手が自分を委ねられる対象かどうかを無意識に審査する。

竜であろうと人間であろうと、当然好いた相手にしか自分を委ねようと思わないだろう。すなわち、ここで行われるのは、相手が自分のパートナーとしてふさわしいか否かの選定でもある。

是と判断されれば、これ以上生存本能全開の異常な状態を継続する必要はない。

命の危険は去ったと脳が判断し、睡眠を取った後のようにリラックスして心拍数が落ち着き、その結果人間の姿に戻る、というわけだ。

姉のような優秀な先祖返りは精神力が強く、自分自身をコントロールすることで、人間にも竜にも自在に変化することができるのだが、著しく心が乱れている時などはその限りではない。

事実、私は昨日王都の生家に戻った際に、竜になって怒り狂っていた姉が、兄様にキスされたとたんに人間の姿に戻ったのを目撃していた。

「なるほど、真実好かれていなければいけない理由は分かりました」

兄様の説明に納得したらしい閣下は、私の両脇に手を入れて自分の顔の前まで持ち上げた。

ぎょっとする私に、彼はにっこりと満面の笑みを浮かべる。

「そういえば、一昨日の駅での別れ際に、次に会う時は唇にキスをする許可を姉君からいただきたいものだと言ったね」

「ぴ……？」

「まさか、こんなに早くその機会が巡ってくるとは思わなかったな」

「みっ……!?」

とたんに、私はジタバタと暴れ始めた。

だって、閣下が自分にキスする気なのだと悟ったからだ。

周囲には姉も兄様も叔父もいる。身内の前で誰かとキスをするなんて、あまりにも恥ずかし過ぎるではないか。

人間に戻って全裸になることを考えてか、閣下は上着を脱いで私を包んでくれたが、そんなの気休めにもならなかった。

「みぃ！　ぴぃっ……!!」

「ああこら、そんなに暴れないで。ほら、ちゅってするだけだから、怖くないよ。よしよし、いい子いい子、いい子だねー」

「何というか……閣下がイケナイことをしようとしているみたいで、部下としては居たたまれないんですけど……」

「そもそも、姉君に許可をもらうって話どこへ行ったの!?　私はまだ、いいよなんて言ってないんですけどっ!?」

いたいけな子竜に迫る閣下を前にして、少佐が両手で顔を覆うのに対し、姉は猛然と食って掛かった。

人間達の悲喜こもごもに付き合わされるロイの頭をなでなでしながら、叔父は傍観に徹している。

そんな中、兄様はじっと閣下を見つめていたが、やがて淡々とした声で問うた。

「その子に好かれている自信があるんだね。けれど、もし——あなたがキスをしてもパティが人間の姿に戻らなかったら、どうします？」

「それはつまり、彼女が私のことを好きではないと判定されればどうするか、というご質問ですね？」

一瞬、バチッ、と閣下と兄様の間で火花が散った気がした。

不安になった私は暴れるのをやめ、おそるおそる閣下の顔を窺う。

「ぴっ」

とたん、無防備だった額にぷちゅっと唇を押し当てられて、私はとっさにぎゅっと両目を瞑った。

そのまま、スーハーと猫吸いならぬ子竜吸いを始められてしまい、今度は顔が赤くなる。

閣下はそうやってしばらく私を堪能してから、兄様に向き直って淀みない声で言った。

「答えは簡単です。ただパティに好きになってもらえるよう、精進するのみ」

その言葉に弾かれたように、私はぱっと瞼を開く。

そうして目の当たりにしたのは、まっすぐに自分を見つめる空色の——涼しげな色合いにもかかわらず、たっぷりと熱を孕《はら》んだ眼差しだった。

その視線に囚われて動けなくなった私に、閣下は噛んで含めるように告げる。

「手放す気なんて、微塵もないからね。君の全部を、私に委ねてしまいなさい」

「ぴゃ」

ぽかんとして半開きになった私の唇に柔らかなものが重なったのは、この直後のことだった。

「「きゃーっ!!」」

姉と少佐の悲鳴が被る。初対面のはずなのに、息ぴったりだ。

不意打ちのキスにびっくりした私は、悲鳴を上げる間もなく閣下の上着に潜り込んだ。

胸が苦しいくらいにドキドキしていた。

そんな私を、閣下は上着ごとぎゅうと抱き締める。

耳を押し当てた彼の胸の奥は、私と同じくらいに賑やかだった。

「うんうん、若いっていいねぇ。——おや、みんな空をご覧よ。彩雲だ。こりゃあ、縁起が良いね」

ロイと一緒に窓辺に寄っていた叔父がふと、雨が上がったシャルベリ辺境伯領の空を見上げて声を上げた。

彩雲は、太陽の光が大気中の水滴や氷晶によって回折されることで、雲が虹のような様々な色に彩られる現象である。古来より吉兆の現れとされ、見た者には幸福が訪れると言い伝えられている。

「ああ、本当だ。パティも見てご覧。とても綺麗だよ」

閣下が優しい声で私を誘う。それでも上着の中でもぞもぞしながら葛藤する私の頭を、彼はもう一度包み込むみたいに抱き締めた。

「さあ、顔を見せておくれ。一緒に、これからの話をしよう——私のパティ」

自信に満ち溢れた閣下の声が耳を打つ。

私はようやく覚悟を決めた。

上着の中からもぞもぞと顔を出せば、たちまち閣下が相好を崩す。

青空みたいな彼の瞳には、耳まで真っ赤に染まった人間の私の顔が映り込んでいた。

窓辺の叔父が、ふふと笑う。

「ね？　叔父さんは、まとまらない話は扱わないって言ったでしょ？　君達も、仲人たる僕の輝かしい功績の一つになるんだよ」

窓の向こうには、さっき叔父が言った通り、一面虹色の雲に覆われた空が広がっていた。

それはまるで、シャルベリ辺境伯領の竜神の身体を覆う鱗みたいに美しく、キラキラと輝いて見えた。

＊＊＊＊＊＊

――ところで
七年前、私の翼を食らって、ただの犬から不死身の化け物に成り果てたミゲル殿下の愛犬ホロウ。
その最期は、シャルベリ辺境伯領の竜神に一呑みにされるという、実に呆気ないものだった。
だがこれにより、シャルベリ辺境伯領の竜神は、間接的とはいえメテオリットの竜の血を体内に取り入れてしまっている。

私がその影響の片鱗を知るのは、閣下とともに改めて、貯水湖の真ん中にある竜神の神殿を訪れた時だった。

『ごきげんよう、パトリシア』

「……え？」

神殿に祀られた石像そっくりの小竜神に、私はこの日、初めて念話で挨拶をされた。

と、同時に……

「パティ……その竜の子は、パティの友達かい？」

「ええっ⁉」

これまで小竜神の姿が見えていなかったはずの閣下が、彼を指差してそう問うた。

つまり小竜神は、私と念話でもって意思の疎通ができるようになったばかりか、その姿が竜神の眷属——すなわち、シャルベリ家の人間の目にも映るようになったのだ。

私が初めてシャルベリ辺境伯領を訪れた日から数えて、ちょうど一ヵ月目のことである。

この日、閣下は私との婚約を竜神の神殿に報告した。

悪役令嬢になりたくないので、王子様と一緒に
完璧令嬢を目指します！
フェアリーキス
NOW ON SALE
1〜3巻
Saki Tsukigami 月神サキ
Illustration 雲屋ゆきお
私は悪役令嬢……らしい!?
違う違う、そんな最低女じゃなーい!!
第一王子アランとのお見合いにやってきたリズは、兄に語りかける弟王子の声を偶然聞いて仰天する。「彼女は傲慢な我が儘お嬢様で、まさに悪役令嬢という言葉がぴったり」悪役令嬢って何!? 絶対なりたくない！　婚約者となって悪役令嬢にならないように協力してあげる、と申し出てくれたアランの甘すぎる指導を受け、リズは弟王子を見返すために奮闘する！
フェアリーキスピュア
fairy kiss
定価：本体 1200 円＋税

フェアリーキス
NOW ON SALE
Illustration 氷堂れん
Ten Kashiwa
柏てん
リストラの聖女
異世界旅
青春取り戻してやるから見てなさい!?
聖女辞めたので、天然魔族剣士を連れて素敵な恋探しの旅に出ます！
突然召喚された挙句聖女に任命され、魔王討伐を命じられた女子高生アズサ。日本への帰還を条件に使命を果たしたのに、詐欺師呼ばわりされ追われる身に!?　もういい、帰る方法は自力で探す。ついでに恋もして青春取り戻してやる！　てなわけで元冒険仲間の魔族剣士と共に新たな旅に出たものの、この天然魔族、私の恋や帰還に関する事件の時に限って非協力的になるのは何故!?
定価：本体1200円＋税
Jパブリッシング　http://www.j-publishing.co.jp/fairykiss/

落ちこぼれ子竜の縁談
閣下に溺愛されるのは想定外ですが!?

著者　くるひなた　

2020年2月5日　初版発行

発行人　神永泰宏

発行所　株式会社 J パブリッシング
〒102-0073　東京都千代田区九段北1-5-9 3F
TEL 03-4332-5141　FAX03-4332-5318

製版　サンシン企画

印刷所　中央精版印刷株式会社

ISBN：978-4-86669-266-1
Printed in JAPAN